Leseforum Oldenburg (Hrsg.)

Zukunft?!

Originalausgabe – Erstdruck

Leseforum Oldenburg (Hrsg.)

# Zukunft?!

Geschichten und Gedanken
von Autorinnen und Autoren
des Leseforum Oldenburg e.V.

Bibliographische Information der Deutschen Bibliothek:

Die Deutsche Bibliothek verzeichnet diese Publikation in der Deutschen Nationalbibliografie; detaillierte bibliographische Daten sind im Internet über www.dnb.de abrufbar.

Umschlaggestaltung: Marlies Mittwollen,
Mangoblau GmbH,
Agentur für Medien und Text, Oldenburg
www.mangoblau.de

© 2020
Herstellung und Verlag:
BoD – Books on Demand, Norderstedt
ISBN: 9783751955706

# Vorwort

Wir gestalten keine Zukunft, wenn wir uns nur an das längst Dagewesene klammern. Wir entdecken keine neuen Horizonte, wenn wir uns verstecken, und wir erschaffen keine neuen Perspektiven, wenn wir nur in eine Richtung starren.

Nie waren wir der Zukunft so nah wie in diesem Augenblick.

Liebe Leserin, lieber Leser,

es ist mir eine besondere Ehre, Ihnen die neue Anthologie des Leseforum Oldenburg e.V. vorstellen zu dürfen. Das Thema, dem sich die Autorinnen und Autoren gewidmet haben, ist unübersehbar. Die Zukunft. Sie liegt direkt vor uns, nur einen Schritt, einen Atemzug entfernt.

Zurzeit machen sich viele Menschen Gedanken, wie unsere Zukunft aussehen wird. Ich spreche nicht von morgen oder übermorgen, sondern vom dem Danach. Von dem, was einmal sein wird, was wir den Generationen nach uns hinterlassen – einen Scherbenhaufen oder den einen Ort, den man nie wieder missen möchte.

Für welchen Weg entscheiden wir uns, was wollen wir entdecken, was brauchen wir wirklich zum Leben, was fehlt uns und wer wird uns begleiten?

Digitalisierung, Infrastruktur, die Sicherung unserer Ernährung, ein Platz, an dem wir leben und nicht nur anwesend sind. Genuss, Gesundheit und das, was unser Herz höherschlagen lässt. Menschen, die wir lieben und mit denen wir nicht nur sichtbare Dinge teilen, sondern auch die, die wir entstehen lassen. Träume, Visionen, Erinnerungen, Hoffnungen – unsere Zukunft.

Fünf-Jahres-Pläne, Bucketlists, volle Terminkalender und abgearbeitete To-do-Listen. Ein erfülltes Leben, ein volles Bankkonto und immer einen freien Platz für die Me-Time.

Doch was geschieht, wenn man uns plötzlich den Boden unter den Füßen wegreißt, wir dastehen mit Panik in den Augen, endlosen Fragen und keinen Antworten in unseren Gedanken? Was bedeutet das für unsere Zukunft?

Für … Ihre?

Deine?

Meine?

Unser aller?

Darauf haben wir keine Antworten, denn auch wenn wir hier alle gemeinsam, Seite an Seite leben, ist jede/r von uns so einzigartig, dass es keinen allgemeinen Fahrplan für unser Leben und unsere Zukunft gibt.

Das Leseforum Oldenburg e.V. hat diese Anthologie mit diesem speziellen und doch so ungreifbaren Thema Zukunft schon länger geplant. Denn auch uns SchriftstellerInnen, uns KulturliebhaberInnen und Heimatverbundene stellt sich immer wieder die Frage:

Werden die Menschen noch Interesse an dem haben, was wir erschaffen?

Mit unserer Fantasie, mit unserem Wissen, mit unserer Zeit und unserem Talent und unserer Liebe für das Wort – geschrieben, gesprochen, gesungen, in Szene gesetzt? Und werden sie noch die Zeit haben, sich uns zu widmen, die Möglichkeiten, sie zu erleben und zu verstehen?

Ja, werden sie. Doch es liegt auch an uns, sie daran zu erinnern. Sie zum Lachen und zum Weinen zu bringen. Sie zum Nachdenken und zum Hinterfragen anzuregen, ihnen Mut zu verleihen und unsere Erfahrungen mit ihnen zu teilen, sie zu lehren und zu begleiten.

Genießen Sie dieses Werk, nehmen Sie sich Zeit – für sich – denn wenn Sie es nicht tun, es wird kein anderer diese Aufgabe für Sie übernehmen können. Kultur – egal auf welchem Wege Sie sie erleben – wird immer da sein, wenn Sie es zulassen.

Auch in Zukunft(?)!

Es grüßt Sie ganz herzlich

Ihre Alexandra Schwarting
*1. Vorsitzende des Leseforum Oldenburg e.V.*

# Inhalt

*Axel Berger*

## In Zukunft – Tod!

Der Lauf der Waffe war keine fünfzig Zentimeter von seinem Gesicht entfernt. Jan Martens wusste, dass er nur noch Minuten, ja, vielleicht nur noch Sekunden zu leben hatte, und machte seinen Frieden mit der Welt.

„Du Schwein wirst diesen Tag nicht überleben, das verspreche ich dir!", schrie der Mann und fuchtelte dabei mit der Waffe vor dem Gesicht des Journalisten herum. Dabei flogen einzelne Spucketröpfchen durch die Luft und landete in seinem Gesicht. Jan Martens traute sich nicht, sie wegzuwischen, aus Angst, der Mann könnte seine Bewegung als Angriff missdeuten und feuern. Es nicht zu tun, kostete ihn jedoch einiges an Selbstbeherrschung. Woher er die in diesem Moment nahm, war ihm ein Rätsel.

Aus angsterfüllten Augen starrte er sein Gegenüber an und versuchte zu realisieren, was hier gerade mit ihm geschah. Er war aus dem Büro gekommen, wollte nach Hause fahren und sich nach einem anstrengenden Tag einfach eine schöne Flasche Wein aufmachen und entspannen, als der Mann plötzlich vor ihm aus dem Gebüsch gesprungen war und ihn mit einer Pistole bedrohte.

Instinktiv versuchte er Ruhe zu bewahren, doch es gelang ihm nicht wirklich.

Der Journalist konnte Schweißperlen auf der Oberlippe des Mannes erkennen, konnte seinen Atem riechen und seine Wut förmlich spüren. Unterbewusst registrierte er eine unangenehme Mischung aus kaltem Rauch, verdautem Knoblauch und einem verzweifelt gegen den Geruch ankämpfenden Fisherman´s Friend. Jedes noch so kleine Detail brannte sich für immer unauslöschlich in sein Gedächtnis ein. Er nahm alles, jede Bewegung, die Äste im Wind, ein Flugzeug am Himmel, den Mann, die Waffe, wie in Zeitlupe wahr. Die Geräusche, dumpf, wie aus weiter Ferne; als ob irgendjemand ein Taschentuch über die Welt gelegt hätte. Ein Auto hupte. Ein Krankenwagen fuhr vorbei ... das Tuten der Sirene verklang im Halbdunkeln der herannahenden Nacht ...

*Was hatte der Mann gesagt?* Sein Verstand weigerte sich, den Worten einen Sinn, eine logische Bedeutung zu verleihen. *Wer ist dieser Typ und was will er von mir?*

Gedankenspiele aus Angst. Jan Martens wartete auf den Film. Wo blieb der verdammte Film? Hieß es nicht, dass kurz vor dem Tod noch einmal das ganze Leben an einem vorbeiziehen würde? Wie gerne hätte er noch einmal seiner ersten großen Liebe, seinem Hund, seiner Großmutter, seinen Eltern, ein letztes Lebewohl zugerufen. Doch nichts dergleichen passierte. Heute sollte die Vorstellung wohl ausfallen. Welch ein Trauerspiel ...

Stattdessen wirbelten Gedankenfetzen durch seine Hirnwindungen. Wenn er sich doch nur erinnern könnte. Dieser Mann. Martens versuchte sich zu erinnern. War er dem Mann vielleicht schon einmal begegnet? Vielleicht im Rahmen einer Ermittlung, einer Pressekonferenz, bei einem seiner vielen Besuche in den Gerichtssälen oder den Justizvollzugsanstalten der Republik?

Der Reporter versuchte im Gesicht seines Gegenübers zu lesen, wichtige, möglicherweise lebenswichtige Antworten darin zu finden. Versuche sich anhand seines Äußeren und seiner Mimik seine Chancen auszurechen. Die schulterlangen lockigen Haare, durchzogen von grauen Strähnen, fest zusammengebunden in einem Pferdeschwanz. Der ebenfalls von Grau durchzogene, spitz zulaufende Kinnbart, die Brille. Eine schwarze Ray Ban Wayfare; das Modell aus dem Blues

Brothers-Film, das auch John Belushi und Dan Aykroyd trugen. Die weißen Zähne, die ordentlich geschnittenen Fingernägel … ein augenscheinlich gepflegter Mann, der auf sein Äußeres achtete. Dafür sprachen auch der schwarze Rollkragenpullover und die gebügelte Jeans. Die weißen Adidas-Superstar gaben ihm einen Anstrich von Bill Gates oder Tim Cook. Doch für ein perfektes Abbild waren die Haare zu lang.

*Wer ist das? Was will er von mir?*

Erschossen von einem Unbekannten, ohne zu wissen, warum oder wofür. Der Journalist zermarterte sich das Gehirn, während der Tod seine dürren Finger immer weiter nach ihm ausstreckte. In Gedanken ging er immer und immer wieder seine alten Fälle durch, Artikel, Reportagen, Recherchen. Doch das Denken fiel ihm schwer. Kein Wunder, mit einer Pistole vor der Nase. Der Mann war offensichtlich völlig verrückt. Unruhig lief er vor ihm auf und ab. Gemurmelte Wortfetzen waberten durch die Luft … Der Journalist verfolgte aufmerksam jeden seiner Schritte. Dann blieb sein Blick auf der Waffe hängen. Er kannte das Modell; er hatte vor einiger Zeit einen Bericht über sie geschrieben.

Im Angesicht des nahen Todes zerfaserten seine Gedanken, lenkten ihn ab, schützten ihn; ein perfider Selbstschutzmechanismus des Gehirns.

Es war eine SFP9, eine nicht unumstrittene, vom deutschen Waffenhersteller Heckler & Koch entwickelte Selbstladepistole; die Standardwaffe der niedersächsischen Polizei. Sie war relativ neu und erst seit Kurzem in Gebrauch. In Niedersachsen wurde sie seit 2018 an die Polizei ausgegeben und war entwickelt geworden, um die HK P7 und die P2000 abzulösen.

*Woher hat er so ein Modell?*, fragte sich Jan Martens im Stillen, während die Fakten zu dem todbringenden Werkzeug in seinem Kopf umherflogen, sich zeigten und wieder verschwanden, wie der Rauch einer abgefeuerten Waffe nach einem Schuss. Unterschiedlichste Gedankengänge feuerten im Sekundentakt hin und her, kreuz und quer.

*Warum habe ich bloß so weit weg vom Gebäude geparkt?*

\*\*\*

Zurück auf Anfang. Zum wiederholten Mal. In Gedanken ging er erneut seine bedeutenden Reportagen und Artikel durch, um dort vielleicht einen Anhaltspunkt zu finden, warum ihn der Mann bedrohte. Aber es waren einfach zu viele. Wo sollte er anfangen, wo aufhören? Sein Spezialgebiet waren seit jeher Serienmörder, Vergewaltiger und andere Monster. Nun würde ihn dieser Hang zur Gewalt wohl umbringen.

*Habe ich irgendwas über diesen Mann geschrieben?* Aber wenn der Mann in diese Kategorie fiel, warum lief er dann frei herum? Alle, die in dieses Schema passten, waren entweder hinter Gittern – oder tot.

Jan Martens verfing sich für einen Moment in seinen Gedanken, während ein Rabe über die beiden Männer hinweg flog. Mit leisen Flügelschlägen hielt der schwarzgefiederte Bote des Todes Ausschau nach seinem nächsten Kunden. Jan Martens folgte seinem Flug und lächelte in sich hinein. Ein Ausspruch von Friedrich Nietzsche kam ihm in den Sinn:

„Und wenn du lange in einen Abgrund blickst, blickt der Abgrund auch in dich hinein …"

Sekunden verstrichen … wurden zu Minuten – ohne Hoffnung, ohne Zukunft. Dann holte die Stimme des Mannes den Todgeweihten wieder zurück in die Gegenwart.

„Wissen Sie, es ist gar nicht so schwierig, einen Menschen zu töten. Und man kann daran sehr schnell Gefallen finden." Er neigte dabei langsam den Kopf nach rechts und links. Ein deutlich vernehmbares Knacken folgte. Erleichterung zeigte sich auf dem Gesicht des Mannes. „Diese Verspannungen bringen mich nochmal um."

Der Mann schien einen Moment abgelenkt zu sein. So unauffällig wie möglich verlagerte Jan Martens sein Gewicht auf das hintere Bein, um einen möglichst festen Stand zu bekommen. Möglicherweise würde sich ja die Chance ergeben, den Mann anspringen und überwältigen zu können. Als der Mann dann fortfuhr, erstarrte Martens.

„Bei mir fing es nicht wie bei den anderen an. Ich hatte keine schlimme Kindheit, habe nie Feuer gelegt, niemals Tiere gequält oder getötet. Ganz im Gegenteil. Ich hatte einen Hund. Ich habe ihn über alles geliebt!"

Der Journalist hörte zu und schwieg. Es war das Einzige, was er im Moment tun konnte.

„Aber gespürt habe ich es eigentlich schon immer. Irgendwie habe ich diese Veranlagung. Und als ich es dann zum ersten Mal getan hatte, fühlte es sich grandios an."

„Ihr erstes Mal?"

„Ja, meinen ersten Mord." Der Mann kratzte sich mit der Waffe am Ohr und lächelte versonnen in sich hinein. Eine perfide Geste, Ausdruck einer krankhaften Seele …

Wie sehr hätte sich der Journalist jetzt gewünscht, dass jetzt irgendein allmächtiger Gott, das Schicksal oder Karma jetzt den Abzug betätigen, die Würfel zu seinen Gunsten fallen lassen würde. Doch bekanntlich würfelt Gott nicht. Folgerichtig passierte auch nichts dergleichen. Natürlich nicht. Also musste er sein Schicksal selbst in die Hand nehmen. Das Mittel seiner Wahl: Er versuchte ihn zu beschäftigen, abzulenken, Zeit zu gewinnen; kostbare Lebenszeit …

„Erzählen Sie mir mehr."

\*\*\*

15

„Mein allererstes Mal war hier ganz in der Nähe gewesen. Am kleinen Bornhorster See. Es war ein berauschendes Gefühl, das viele Blut, der Schmerzschrei, das erstickende Sterben des Mannes – es hat mich erregt, wie mich noch nie zuvor irgendetwas erregt hat."

Er hielt kurz inne und grinste breit. Jan Martens lief ein Schauer über den Rücken. Dann fuhr der Mann fort. Sein Gesichtsausruck hatte sich etwas entspannt. Mit einem weichen Lächeln auf den Lippen, das die folgenden Wörter irgendwie noch irrer klingen ließ, sagte er: „War nur Spaß. Ehrlich gesagt hatte es mich nicht besonders erregt. Ganz im Gegenteil. Tatsächlich hat es mich völlig kalt gelassen. Das Blut. Das Messer. Das Ende. Es war viel schneller vorbei, als ich erwartet hätte. Aber dass ich einen Menschen so schnell aus dem Hier und Jetzt, aus dem Leben scheiden lassen konnte, fand ich schon bemerkenswert. Eben war er noch voller Träume, Wünsche, Gedanken – und dann nur noch ein lebloses Stück Fleisch." Er machte eine kurze Pause, wischte sich mit dem Handrücken über den Mund und ergänzte: „So wenig mich sein Tod auch berührt hat, war es dann doch wie ein unaussprechlicher Zwang, der mich dazu trieb, alsbald das zweite Opfer zu töten."

Jan Martens schwieg.

Ohne mit der Wimper zu zucken, ohne irgendeine Art von emotionaler Regung zu zeigen, setzte der Mann seinen Monolog fort. Es folgte Leiche um Leiche …

\*\*\*

*Mein Gott ich habe es mit einem leibhaftigen Serienkiller zu tun*, dachte Jan Martens und schluckte. Seine Gedanken kreisten im Kopf und kreierten ein Karussell aus Angst und Schrecken. Jeder normale Mensch hätte unter diesen Umständen sehr wahrscheinlich keinen klaren

Gedanken fassen können, doch bei ihm war das anders, in ihm erwachte der Instinkt des Reporters. Fragen …

*Er hat mich nicht zufällig ausgesucht. Was will der Typ von mir? Warum ich?*

Fragen, die über Leben und Tod entscheiden würden. Über sein Leben, seinen Tod – seine Zukunft. Soweit er wusste, änderten Serientäter ihren Modus Operandi nur sehr selten; eigentlich nie. Wie passte er, der Journalist, da ins Bild? Er versuchte sein Motiv, seine Motivation zu ergründen:

*Er tötet, weil … ja, warum eigentlich? Aus sexueller Erregung? Frustration? Leidet er unter einer krankhaften Veranlagung? Hat man ihn als Kind missbraucht oder gequält?*

Dann, plötzlich: Für eine kurzen Moment war der Mann abgelenkt. Jan Martens nutzte die Gelegenheit, langte so unauffällig wie möglich in seine Hosentasche, fand sein Handy und fuhr über die Tastatur des in die Jahre gekommen Mobiltelefons in Richtung der obersten Kurzwahltaste. Als er sie fand, biss er sich auf die Lippen, kniff die Augen zusammen – und betätigte sie. Dumpf konnte er die Tonabfolge, die das Gerät mit seiner Redaktion verbinden würde, vernehmen. *Bitte. Bitte sei doch leise!* Das Freizeichen. Es schien ihm so laut wie das Läuten einer Kirchenglocke, doch sein Gegenüber nahm keine Notiz davon. Auch als seine Kollegin abnahm, reagierte er nicht. Zum Glück blieb sein Tun unbemerkt. Er betete innerlich, dass der Mann vor ihm auch weiter so abgelenkt war, dass die Stimmen, die flüsterleise aus seiner Hosentasche zu ihm hinaufdrangen, für sein Gegenüber ungehört bleiben würde. Ihm blieb nur die vage Hoffnung, dass seine Kollegen in der Redaktion am anderen Ende der Leitung mitbekommen würden, was hier gespielt wurde und die Polizei riefen. Andernfalls wäre sein Schicksal besiegelt, denn mit jeder Sekunde, die verstrich, wurde der Mann mit dem spitz zulaufenden Kinnbart immer unruhiger und nervöser.

„Was werden Sie mit mir machen?"

„Was ich mit Ihnen machen werde? Das dürfte doch wohl klar sein, oder?", rief der Mann und spuckte dem Journalisten dabei ein paar schaumige Speichelfäden ins Gesicht. Eine kurze Pause unterbrach seinen Wutanfall, dann: „Sie haben mich hierzu getrieben. Sie sind für das, was jetzt folgen wird, verantwortlich!"

„Ich habe nichts getan … Ich bin kein schlechter Mensch, ich bin unschuldig!"

„Unschuldig?" Der Mann sprang auf ihn zu und fuchtelte dabei wild und unkontrolliert mit der Waffe herum. Sein Gesicht berührte nun fast das von Jan Martens, der sich angewidert und verängstigt abwendete. „Niemand ist wirklich ohne Schuld. Noch nichts von der Erbsünde gehört? Und Sie, Sie sind schon gar nicht unschuldig!"

In dem Kopf des Journalisten ratterte es. Erbsünde? Hatte er es mit einem religiösen Spinner zu tun? Nein. Das konnte nicht sein.

Er grub weiter … tiefer … in seiner Erinnerung, drang weiter ein in die Vergangenheit … die nun seine Zukunft bestimmen würde … Da war doch dieser Mord in der Oldenburger Innenstadt. Ein Syrer – oder war es ein Marokkaner gewesen? Er hatte einen anderen Mann nach einem Streit mit einem Messer erstochen. Es war um eine Zigarette, Ehre und den Ramadan gegangen. Der Täter saß nun im Gefängnis – lebenslänglich. Oder … Ronnie Rieken … und der Taximörder … und der Mann, der seine Frau umgebracht hatte. Nein. Und dann war da natürlich auch noch Högel, der größte deutsche Massenmörder der Nachkriegszeit, der Engel des Todes, der Krankhausmörder, auf dessen Konto mutmaßlich mehr als 100 Opfer gingen. Alles fürchterliche Verbrechen, aber nichts, was er mit dem hier vor ihm stehenden Mann in Verbindung bringen konnte. Zumindest sah er keinen Zusammenhang. Und der Mann schien sich auch nicht näher offenbaren zu wollen … er wollte erzählen … ja, aber nicht das, was Jan Martens hören, wissen wollte … wissen musste – bevor er sterben würde. Er wollte auf keinen Fall sterben, ohne zumindest zu wissen, warum.

Doch sein Wunsch sollte wohl nicht erhört werden …

Der Mann schwabulierte weiter über Gerechtigkeit … Wörter … Ehre … und den Tod … dozierte, redete sich in Rage … bis … er plötzlich …

*\*\**

„Nun ist es ist an der Zeit, den Worten Taten folgen zu lassen!", rief der Mann plötzlich unvermittelt, spannte die Schulter, hob die Waffe und zielte.

Wie in Zeitlupe riss Jan Martens abwehrend die Hand vor das Gesicht; ein ebenso nutz- wie sinnloser Versuch, ein natürlicher Reflex im Angesicht des unmittelbar bevorstehenden Todes.

Dann zerriss ein ohrenbetäubender Knall die Stille – das Ende der Zukunft!

*\*\**

Ein Nebel aus Rot spritzte Jan Martens ins Gesicht, erst dann vernahm er den Knall. Der Kopf des Mannes vor ihm zerplatzte wie ein überreifer Kürbis, den man mit einem Hammer bearbeitet hatte. Er war tot, noch bevor er es überhaupt registrierten konnte. Wie eine leere Hülle, ein Ballon, aus dem langsam die Luft entwich, sackte er in sich zusammen und blieb mit leerem Blick vor dem regungslos dastehenden, völlig verstörten

Journalisten liegen. Blut verteilte sich auf dem Boden und bildete einen kleinen See aus verblassendem Leben.

Es war vorbei … Jan Martens fiel auf die Knie … schlug die Hände vor das Gesicht und schickte ein knappes Dankgebet gen Himmel.

Ein lautes Rascheln und Geräusche von sich nähernden Menschen riss ihn zurück in die Wirklichkeit. Ein Mann trat hinter den Büschen hervor, mehrere Polizeibeamte und ein Mediziner folgten ihm. Irritiert blickte der Journalist sie durch tränenverhangene Augen an.

Dann, als er realisierte, was hier gerade geschehen war, entleerte sich seine Blase.

\*\*\*

Der kleingewachsene Mann mit graubraunem Haarkranz, grauem Dreitagebart, Brille und deutlichen Altersflecken auf der Glatze steckte seine Waffe weg und kam langsam zu dem fassungslos dreinblickenden Reporter herüber. Dabei zog er eine Schachtel Zigaretten hervor und ein goldenes Feuerzeug. Sekundenspäter waberte blauer Rauch durch die Luft.

Interessiert betrachtete er den verdreht daliegenden Leichnam. Ihm schien der Anblick nichts auszumachen. Der herbeigeeilte Notarzt bestätigte den Tod; eine perfide Formalie. Der Mann nickte schweigend. Dann wanderte sein Blick zu Jan Martens hinüber und nahm augenblicklich weichere Züge an. Er nickte ihm kurz zu, drehte sich dann um und sagte an einen Uniformierten gewandt:

„Sperren Sie hier bitte alles sorgfältig ab, meine Kollegen und die Spurensicherung werden gleich eintreffen und übernehmen." Der Polizist nickte und machte sich an die Arbeit.

Der Journalist verfolgte sprachlos, wie der Mann ohne ein weiteres Wort, ohne eine emotionale Regung, ganz in Ruhe den Tatort inspizierte. Unglaublich … Hier war gerade ein Mensch ums Leben gekommen … Wer in Gottes Namen war dieser Typ, der ihm das Leben gerettet und ein anderes, ohne mit der Wimper zu zucken, beendet hatte? Er meinte ihn irgendwoher zu kennen … Ein Kommissar? Dem Alter entsprechend und der souveränen Art nach vielleicht sogar ein Hauptkommissar. Es musste so sein … Aber sein Name wollte ihm nicht einfallen …

Aus der Ferne konnte Jan Martens plötzlich lautes Stimmengewirr vernehmen … Kendra Hehlert, seine Assistentin, und zwei weitere Kollegen kamen auf dem schmalen Pfad vom Redaktionsbüro zum Parkplatz herangerannt. Die Uniformierten kamen zu spät, um sie zurückzuhalten.

„Jan. Geht es dir gut? Bist du verletzt?", rief sie und fiel ihm um den Hals. Er schob sie weg. Ihr Blick wanderte an ihm herab bis zu seinem Schritt. Augenblicklich verfärbten sich seine Wangen.

„Alles in Ordnung! Es ist alles in Ordnung", sagte sie, strich ihm über die Wange und legte seinen Kopf an ihre Schulter. Er schloss die Augen und atmete für einen kurzen Moment durch.

Währenddessen zog der Notarzt ein Portemonnaie aus der Tasche des Toten und reichte sie dem Ermittler. Der, die Zigarette im Mundwinkel, untersuchte die lederne Geldbörse. Einer Kredit- und einer EC-Karte folgte der Personalausweis. Leise murmelte er einen Namen vor sich hin und blickte zu dem Journalisten hinüber:

„Kennen Sie den? Ist das nicht dieser Oldenburger Krimiautor?"

Jan Martens war unfähig, zu antworten. Seine Gedanken fuhren Karussell. Das durfte doch nicht wahr sein. Er hatte es gewusst. Er kannte den Mann, der nun tot zu seinen Füßen lag. *Aber – ein Krimiautor? Seine Morde ... alle nur ausgedacht? Mein Gott ...*

Er setzte sich auf und löste sich aus der Umarmung seiner Kollegin; erinnerte sich dunkel. Vor Jahren hatte er einmal eine seiner Lesungen im Heinrich Kunst Haus besucht und einen Artikel darüber geschrieben ... einen netten Artikel, eigentlich ... wie er meinte sich zu erinnern ... Der Hund ... er erinnerte sich an den Hund ... ein niedlicher Mischling. Er hatte während der durchaus interessanten und gut vorgetragenen Lesung brav unter einem Tisch gelegen, geschlafen – und geschnarcht. Er hatte das in seinem Artikel erwähnt, als witzige Anekdote verarbeitet: „Während der Lesung schnarchte der Hund des Autors genüsslich ..." oder so ähnlich.

Ob das ...? Das konnte doch nicht der Grund sein für ... Das Motiv ... gekränkte Eitelkeit? Ein verletztes Ego? Niemals ... Oder? Worte können sehr viel anrichten. Die Macht der Feder konnte stärker sein als die des Schwertes, aber ... Er schüttelte den Kopf. Das durfte nicht ... das konnte es nicht gewesen sein.

Der Mann hatte ihn töten wollen ... wegen eines Artikels?

Sein Blick wanderte zu dem über den Boden des Parkplatzes verteilten Kopf des Mannes. In der rechten Hand hielt er noch die Waffe. Jan Martens musste würgen und übergab sich ... auf den toten Schriftsteller. Der Notarzt sprang fluchend zur Seite und kippte nach hinten über. Mit den Händen griff er in die Blutlache ... eine surreale Szene, die im Licht der untergehenden Sonne eine völlige skurrile Dimension bekam.

Irgendwo blitzte es. Irgendwer machte Fotos. Entweder ein Kollege oder jemand von der Spurensicherung. Jemand legte Jan Martens eine Decke um die Schulter und reichte ihm eine Flasche. Er trank, schmeckte – nichts, blickte auf die Uhr.

Dann übernahm plötzlich der Journalist in ihm die Führung. In Gedanken formulierte er eine Schlagzeile. Es war noch Zeit … Redaktionsschluss war erst in zwei Stunden. Er musste … wollte … aufstehen … in die Redaktion … Er wankte. Sein Blick wurde unscharf, die Welt um ihn herum verschwamm, seine Beine gaben nach. Ein Polizist fing ihn auf, dirigierte ihn, vorbei an seinem Retter, in Richtung des bereitstehenden Krankenwagens.

„Sie hatten wahnsinniges Glück, dass uns Ihre Kollegen benachrichtigt haben. So viel Glück gibt es kein zweites Mal. Sie sollten in Zukunft vorsichtiger sein!", sagte der Kommissar, zog an seiner mittlerweile dritten oder vierten Zigarette, entließ eine weitere Wolke beißenden Rauchs in den Himmel und ging.

Von einem Baumwipfel erhob sich der Rabe, krächzte und flog davon. Gevatter Tod hatte eine Seele im Gepäck.

Doch für Jan Martens war heute noch nicht das Ende gekommen – er hatte eine Zukunft.


ENDE / ANFANG

*Manfred Brüning*

## Du entscheidest

Die blaue Stahltür schloss sich hinter ihm. Armin Schröder trat zwei Schritte vor und sog die Spätsommerluft tief in seine Lungen ein. Sie roch nach Freiheit und nach Abgasen. Über seinem Bauch spannte das karierte Hemd und den Reißverschluss der Jeans hatte er nur mit Mühe schließen können. Die Verpflegung in der Justizvollzugsanstalt Oldenburg und der Mangel an Bewegungsfreiheit hatten sichtbare Spuren hinterlassen. Im Trolley, auf dem seine rechte Hand ruhte, und in der Plastiktüte in der anderen Hand befand sich sein gesamter Besitz an Kleidung, elektrischen Kleingeräten und ein paar Büchern. Vor einer halben Stunde hatte man ihm in der Kasse auch das Überbrückungsgeld ausgezahlt. Damit musste er die nächsten vier Wochen auskommen. Vor ihm lag ein neues Leben, seine Zukunft. Er setzte die Tüte ab, drehte sich eine Zigarette und rauchte.

Auf der anderen Seite der Cloppenburger Straße wartete Christian Diekhoff in Burrichters Backparadies auf ihn. Er gehörte zum Schwarzen Kreuz, einer christlichen Straffälligenhilfe. In den letzten Jahren seiner Haft hatte er Armin Schröder immer mal wieder besucht und ihm versprochen, auch nach der Entlassung für ihn da zu sein. Ein Linienbus bremste vor der Ausfahrt der JVA und versperrte die Sicht. Wenn ich mich beeile, dachte Armin Schröder, könnte ich den Bus bei der nächsten Haltestelle erreichen, mich hineinsetzen und verschwinden. Über Wardenburg zur Autobahn und dann per Anhalter weiter. Belgien kam ihm in den Sinn oder Kroatien, vielleicht auch Albanien. Da findet mich niemand. Der Bus fuhr an. Armin Schröder schnippte die Kippe auf den Rasen und spürte, dass die

Freiheit schnelle Entscheidungen forderte. Daran würde er sich gewöhnen müssen. Er setzte sich in Bewegung.

Sie tranken den zweiten Kaffee und hatten den Kuchen schon aufgegessen, als Christian Diekhoff einen großen, weißen Umschlag über den Tisch schob. „Für dich."

Überrascht zog Armin Schröder einen Arbeitsvertrag heraus. Hilfskraft bei einer Dachdeckerfirma.

„Am Montag kannst du da anfangen. Der Chef ist ein Freund von mir. Du kannst getrost unterschreiben." Ein Kugelschreiber wurde ihm hingehalten.

Aber er nahm ihn nicht, steckte das Papier zurück in den Umschlag und sagte: „Bevor ich mich entscheide, muss ich erst darüber nachdenken, ob ich das wirklich will."

Diekhoff sagte: „Das verstehe ich jetzt nicht. Die Arbeitsstelle ist deine Chance, eigenes Geld zu verdienen, mit Kollegen in Kontakt zu kommen, dir eine Zukunft aufzubauen." Diekhoff machte ein fragendes Gesicht. „Also, was hindert dich, den Vertrag zu unterschreiben?"

Wäre Armin Schröder jetzt ehrlich gewesen, hätte er antworten müssen, dass er erst noch etwas anderes erledigen wollte. Er sagte aber: „Das geht mir alles ein bisschen zu schnell. Versteh das doch. Vor einer Stunde konnte ich keinen unbewachten Schritt gehen und jetzt soll ich schon über meine Zukunft entscheiden. Das will ich jetzt nicht."

Die Einzimmerwohnung lag im dritten Stock. Christian Diekhoff hatte sie für ihn angemietet. Als er ihm die Schlüssel überreichte, verkündete er stolz: „Alle Möbel sind Spenden von Freunden. Nur das Schlafsofa und das Geschirr kommen aus dem Sozialen Kaufhaus. Für

Bettwäsche und die Erstausstattung an Lebensmitteln wurde eine Kollekte für dich eingesammelt."

Armin Schröder bedankte sich höflich und bestellte Grüße an die Spender. Er öffnete Schränke, sah in den Kühlschrank und stellte fest, dass die freundlichen Menschen nicht an Bier gedacht hatten. Dann inspizierte er das Bad. So komfortabel hatte er noch nie gewohnt. Hier könnte er sich wohlfühlen.

„Dann lasse ich dich mal allein", sagte Christian Diekhoff. „Du wirst schon zurechtkommen. Und ich bin ja auch noch für dich da. Ruf mich an, wenn du etwas brauchst." Auf seiner flachen Hand lag ein Handy. Er streckte es seinem Schützling entgegen.

Um ihn herum lagen sechs leere Bierflaschen. Armin Schröder saß auf dem Fußboden, trank den letzten Schluck Hullmann „Alter Korn" und warf die leere Flasche gegen die Flurtür. Die Lampe am Wrasenabzug leuchtete. Ansonsten war es dunkel in der Wohnung. Mühsam kam er auf die Beine und wankte ins Bad. Auf der Toilette stützte er seinen Kopf in die Hände und lallte vor sich hin: „Tag und Nacht hat er darauf gewartet, dass ich das Haus verlasse. Belagert hat er mich. Aushungern wollte er mich. Und als ich dachte, dass er endlich aufgegeben hätte und weggefahren wäre, bin ich runtergeschlichen, um mir etwas zum Essen einzukaufen."

Vor seinem inneren Auge entstand die Szene wieder, wie schon so oft. Er hatte die Hintertür einen Spaltbreit geöffnet und den Kopf vorgestreckt. Als er sich umsah, drückte ihm der Kommissar eine Pistole an die Schläfe und zerrte ihn aus dem Haus. „Mit dem Gesicht zur Wand, die Hände über den Kopf", hatte der befohlen. Und er hatte ihm gehorcht.

„Ich bringe ihn um." Hass überflutete seine Gefühle. „Ich bringe dich um!", schrie er. „Und wenn ich wieder einfahre, dann ist mir das auch scheißegal!"

Armin Schröder schlug mit der Faust auf seinen Oberschenkel. Wutränen traten in seine Augen. „Hätte es dich nicht gegeben, säße ich heute auf der Terrasse meines Hauses mit Blick aufs Meer und würde eisgekühlten Weißwein trinken. Acht Jahre habe ich wegen dir eingesessen. Acht Jahre!" Er verlor das Gleichgewicht, rutschte ab und knallte mit dem Kopf an den Abfluss unter dem Waschbecken. „Verdammt noch mal!" Das Rohr war aus der Wand gebrochen. Kloakenluft stieg ihm in die Nase. Auf allen vieren kroch er zurück in die Wohnküche.

Den Vormittag verbrachte er auf dem Sofa. Im Kühlschrank hatte er alles gefunden, was er für ein Frühstück brauchte. Christian Diekhoff hatte dafür gut vorgesorgt. Selbst Kopfschmerztabletten lagen in einem Schränkchen im Bad. Wie oft hatte er in der JVA so auf dem Bett gelegen? Stunde für Stunde hatte er daran gedacht, Adi Konnert für jeden Tag hinter Gittern büßen zu lassen. Der war schuld. Der war an allem schuld. Mit jedem weiteren Gedanken wuchsen die Verbitterung und der Hass ins Unermessliche. Manchmal hatte er den Eindruck, die Wut auf Konnert sei das Lebenselixier, das ihn die Schikanen im Knast und die Langeweile aushalten ließen. Acht Jahre lang ein Tag wie der andere. Von morgens bis abends abhängig von den Entscheidungen der Grünen mit ihrem Schlüsselbundgeklapper. Nur die Todesstrafe schien ihm für Konnerts Schuld angemessen zu sein. Unzählige Varianten, wie er ihn umbringen könnte, hatte er sich in den acht Jahren vorgestellt. Aber einen ausgefeilten Plan hatte er nicht.

Das würde sich schon ergeben.

Zum Mittagessen bestellte er sich im Restaurant „Zeus im Ziegelhof" am Friedhofsweg ein saftiges Rindersteak mit gepfefferter Cognacsauce, Bratkartoffeln und Gemüse. Er trank dazu ein Bier und zum Abschluss einen Raki nach türkischer Art. Bis das Lokal um halb drei schloss, hatte er vier weitere Bier getrunken. Er ging als letzter Gast, setzte sich auf das Rasenstück an der Kirche Jesu Christi der Heiligen der Letzten Tage und wartete. Die vorbeiradelnden Oldenburger würden ihn für einen Penner halten und in Ruhe lassen. Von seinem Platz aus konnte er die Ausgänge der Polizeiinspektion im Blick behalten. Am Himmel zogen einzelne Schönwetterwolken vorbei. Auf Armin Schröders Gesicht leuchte ein Lächeln auf. Er saß auf der Sonnenseite und drehte sich eine Zigarette nach der anderen.

Es war ihm schon immer schwergefallen, Entscheidungen zu treffen. Jetzt zwang er sich, über seine Zukunft nachzudenken. Wenn er vernünftig war, dann schob er seine Rachegelüste beiseite. Dann ließ er sich von Christian Diekhoff helfen, wieder in die Gesellschaft integriert zu werden und Fuß zu fassen. Eine Wohnung und eine ordentliche Arbeitsstelle hatte er ihm schon besorgt. In einer Unterstützergruppe vom Schwarzen Kreuz wirst du Freunde finden können, hatte Diekhoff ihm versprochen. Und wenn er Glück hatte, fände er dort auch eine Frau. Seine Gedanken schweiften ab. Er war mal verheiratet. Das war eine gute Zeit gewesen. Anfangs. Bis die Zwillinge geboren wurden. Ausgerechnet da verlor er seine Arbeitsstelle und das Geld reichte nicht mehr für ihren Lebensstil. Da hatte er einen Kiosk überfallen und dabei aus Versehen den Besitzer lebensgefährlich verletzt. Als er verurteilt worden war und im Gefängnis saß, hatte sie sich scheiden lassen. Einfach sitzengelassen hatte sie ihn. "Verfluchte Weiber."

Sein Lächeln war verschwunden.

Und schon wieder ploppte der so oft beschworene Wunsch auf, Rache zu nehmen. Konnert hatte ihn verarscht und dafür musste er büßen. Für einen Moment kam er sich vor, als sei er Gott und könne über Leben und Tod entscheiden. Doch dann realisierte er, dass genau das Gegenteil der Fall war. Er war nicht der Richter. Das Urteil war schon gesprochen. Er war der Henker.

Die Sonne hatte sich hinter das Kirchengebäude verzogen, als Armin Schröder endlich sah, wie Adi Konnert die Stufen der Polizeiinspektion herunterkam. Trotz der Sommerwärme trug er eine Jacke und hatte eine lederne Aktenmappe unter den Arm geklemmt. Auf dem Fußweg blieb er für einen Moment stehen, sah nach rechts und links, als müsse er sich entscheiden, wohin er gehen wollte. Er wählte die Richtung zur Auferstehungskirche. Armin Schröder erhob sich und folgte ihm auf der anderen Straßenseite. Am kleinen Friedhofsparkplatz überquerte Konnert die Straße und bog ab. Zwischen den Gräbern war es trotz der Büsche einfach, ihn nicht aus den Augen zu verlieren. Schröder wunderte sich, dass Konnerts Weg nicht zu einem Einzelgrab führte. Er hielt sich erst links und nahm dann den Weg zu dem Feld mit den Urnengräbern. Da setzte er sich auf eine Bank. Armin Schröder versteckte sich hinter dem rückseitigen Buschwerk. Durch die Zweige konnte er beobachten, wie der Kommissar sich eine Pfeife stopfte und rauchte. Er selbst hätte sich auch gern eine Zigarette angezündet.

Keine zwei Meter von ihm entfernt saß der Mann, den er mehr als alles andere hasste. Dessen Tabakqualm wehte durch die Sträucher zu ihm herüber. Konnert war zum Greifen nahe. Jetzt war die Gelegenheit, auf die er jahrelang gewartet hatte. Das Schicksal oder welche Macht auch immer hatten diese Situation für ihn geschaffen. Er straffte sich und trat einen Schritt zurück.

Ein schneller Rundumblick. Niemand war zu sehen. Jetzt!

Mit vorgestreckten Händen sprang Armin Schröder vor und bahnte sich einen Durchlass zwischen zwei Sträuchern. Dornen verkratzten ihm Arme und Gesicht. Er schloss die Augen. Schmerzen spürte er nicht.

Eine Hand griff ins Leere. Mit der anderen bekam er Konnerts Hals zu fassen, packte blitzschnell ein zweites Mal zu, grub seine Fingernägel in die Haut unter dem Kinn und riss den Kopf herum. Den Bruchteil einer Sekunde schaute er in die aufgerissenen Augen seines Opfers. Überraschung, Unverständnis sah er da, aber auch eine merkwürdige Tiefe, eine Art von Frieden und Gelassenheit. Ihn schauderte. Er ließ los, wandte sich um und rannte davon.

Hinterherzulaufen kam Konnert nicht in den Sinn. Er war nie sportlich gewesen. Seine Stärken lagen nicht in den Beinen, sondern im Herzen und im Kopf. Er setzte sich auf und atmete tief durch. Langsam beruhigte sich sein Puls. Er sah hinüber zu den zwei nebeneinander aufgerichteten Sandsteinplatten, aus denen der Künstler Quadrate so ausgeschnitten hatte, dass sie ein Kreuz bildeten. Es war ihm, als würde er dort das Gesicht des Mannes sehen, der ihn eben überfallen hatte. Es kam ihm bekannt vor.

Er hob die Pfeife auf, die ihm aus der Hand gefallen war. Der Tabak lag verstreut im Kies. Neu gestopft und angezündet, qualmte er wenig später vor sich hin. Erst jetzt spürte er, dass Blut in seinen Kragen tröpfelte. Aus der linken Hosentasche zog er Papiertaschentücher heraus und tupfte die Wunde am Hals ab. Alles geschah mechanisch. In seinem Kopf schwirrte die Frage, wer ihm wohl so feindselig gesinnt sein könnte, um ihn zu überfallen und erwürgen zu wollen.

Ihm fiel niemand ein.

Statt nach Hause zu fahren, war Konnert zurück in die Polizeiinspektion gegangen. Am Schreibtisch grübelte er weiter, wer als Täter in Frage kommen könnte. Ein paar Namen kamen ihm nun in den Sinn. Wie er es gewohnt war, schrieb er sich eine Liste. Den meisten, an die er sich erinnerte, traute er aber diesen so kläglichen Versuch nicht zu. Sie hätten es professioneller geplant und durchgeführt. Er hakte sie ab. Andere, die ihm einfielen, waren schon gestorben oder saßen im Knast.

Konnert griff zum Telefon und rief seinen Freund, den freien Journalisten Alois Weis an.

„Armer Kerl", wurde er begrüßt. „Sitzt bei diesem schönen Wetter im Büro. Mach Feierabend und komm rüber."

„Ich muss ..."

„Sterben musst du, sonst gar nichts. Das hat mir mal ein guter Freund an den Kopf geworfen. Adi, die Welt geht nicht unter, wenn du jetzt Feierabend machst."

„Hör mir erst mal zu. Ich brauche ..."

„Der gute Freund, den ich eben schon zitiert habe, hat mir vor einiger Zeit mal eine teure Flasche Rotwein geschenkt. Heute wäre der perfekte Abend, um sie mit dir zu leeren. Also komm rüber. Dann höre ich dir auch zu. Pfiat di."

Weis legte einfach auf.


Auf dem Rasenstück hinter dem Haus, in dem Weis eine Dachwohnung gemietet hatte, standen Gartenmöbel. Konnert und sein Gastgeber saßen da, rauchten und tranken Wein. Über ihnen blinkten erste Sterne. Flugzeuge teilen mit von der untergehenden Sonne beschienene Kondensstreifen den Himmel in Quadrate und Dreiecke auf. Endlich ließ sich Weis berichten, was Konnert passiert war.

„Ist irgendwer von den uns bekannten üblichen Verdächtigen in den vergangenen Tagen oder Wochen in Oldenburg aufgetaucht?"

Weis legte die linke Hand über den Mund und dachte einen Moment lang nach. „Soweit ich das überblicke, und du weißt, wie gut ich sehen kann, ist mir niemand unter die Augen getreten, der nicht schon länger wieder in unserer schönen Stadt wohnt." Er griff zum Glas, trank und ließ den Schluck von einer Wange in die andere schwappen. Das war seine Art, Wein zu genießen. „Nein, da kann ich dir nicht weiterhelfen."

„Schade. Ich komme einfach nicht darauf, wer mich auf dem Friedhof angesehen hat. Aber mit Sicherheit kenne ich ihn."

„Bist du nicht bei der Polizei angestellt? Habt ihr da nicht Dateien mit allen Verurteilten und zukünftig zu Verurteilenden?"

„Hör auf, so flapsig mit mir zu reden, mein Freund. Es ist mir zu ernst."

„Zeig ihn an und alles geht seinen behördlichen Gang."

„Der Vorfall ist mir einerseits zu unbedeutend. Mir geht es ja gut. Andererseits war es natürlich ein Angriff auf mein Leben. Wenn ich wüsste, wer es gewesen ist, würde es mir leichter fallen, zu entscheiden, was ich unternehme."

Weis trank. „Du kennst doch Christian Diekhoff. Der weiß doch immer, wer gerade aus dem Knast kommt. Ruf den an. Mehr fällt mir dazu nicht ein."

Konnert sah auf die Uhr. „Morgen mache ich das."


Der zweite Morgen in der neuen Wohnung begann so ähnlich wie der erste. Nur schien ihm jetzt die Sonne ins Gesicht und es war die zweite Flasche Hullmann, die Armin Schröder unter die Heizung kullern ließ. Er versuchte aufzustehen. Es gelang ihm nicht. Er fiel zurück auf den Hintern. Einen Moment später färbten sich seine Jeans zwischen den Beinen dunkel. „Verdammter Alkohol", lallte er. „Verdammter." Er kippe zur Seite und blieb liegen.

Die Türklingel weckte ihn. Mit Schwung wollte er sich aufrichten. Sein Magen revoltierte und der Inhalt schwappte ihm über die Lippen.

„Herr Schröder? Sind Sie da?"

Es klingelte wieder. Nach wenigen Momenten wurde gegen die Wohnungstür geklopft. „Herr Schröder? Ich bin Adi Konnert. Können wir miteinander reden?"

Konnert. „Scheiße." Er konnte es nicht glauben, musste sich verhört haben. Konnert? Erneut wurde geklingelt, anhaltend geklingelt. Das Geräusch tat ihm im Kopf weh.

„Herr Schröder, hören Sie mich? Ich möchte nur mit Ihnen reden. Über gestern Spätnachmittag. Lassen Sie mich bitte in die Wohnung."

Aber Armin Schröder blieb liegen und dämmerte hinüber in einen unruhigen Schlaf.

Im Treppenhaus begegnete Konnert einem Hausbewohner. Der sprach ihn an. „Wollten Sie den Neuen besuchen? Der bleibt hier nicht lange."

„Warum?"

„Erst hat er überlaut Musik gehört und die Liedtexte mitgegrölt. Dann hat er nur noch rumgeschrien und in seiner Wohnung randaliert. Ich war drauf und dran, die Polizei zu holen."

„Haben Sie gesehen, dass er das Haus verlassen hat?"

„Nee. Aber ich kriege ja nicht alles mit."

„Dann komme ich am Nachmittag wieder vorbei. Vielen Dank für die Auskunft."

An seinem Auto blieb Konnert stehen und sah hinauf zum 3. Stock. Er überlegte. War es wirklich richtig gewesen, dass er sich gegen eine Anzeige entschieden hatte?

Christian Diekhoff hatte ihm geholfen, das Gesicht vom Friedhof mit dem Namen Armin Schröder zusammenzubringen. Ihm hatte er erzählt, was dort passiert war. Und Diekhoff hatte sich mit Menschen- und mit Engelszungen für Armin Schröder eingesetzt. „Vermassel ihm nicht die Chance, neu anzufangen", hatte er gebeten. „Er ist ein einfältiger Mensch. Immer gleich von null auf hundert. Ohne lange nachzudenken, gibt er dem erstbesten Impuls nach. Verbau ihm nicht seine Zukunft. Ich bitte dich."

Konnert betastete die Krusten, die sich über den Wunden am Hals gebildet hatten. Er wägte wieder ab. Was sprach für eine Anzeige? Körperverletzungen waren Straftaten und sollten auch zur Genugtuung von Opfern und Gesellschaft bestraft werden. So hatte er es in der Polizeiausbildung gelernt. Die Strafe sollte abschreckend wirken. Sie sollte auch zur Rehabilitierung dienen, also zur Besserung. Und wenn Schröder wieder einsaß, dann konnte er außerhalb der Gefängnismauern nicht wieder straffällig werden. Das waren die gängigen Begründungen für Strafen. Ihm gefielen sie in diesem Fall alle nicht.

Und was hatte er davon, wenn Schröder wieder einsaß?

Nichts.

Aber wenn es Christian Diekhoff gelang, seinem Schützling begreiflich zu machen, dass er wirklich eine Chance hatte, wenn er sich helfen ließ, dann waren die Kratzer an seinem Hals es nicht wert, Armin Schröder die Zukunft zu verbauen.

## Was zu feiern

Er hatte so lange auf dem Klo gesessen, dass ihm erstmals bewusst wurde, wie viele Fliesen an der Wand klebten. Es waren 176. Auf dem Boden kamen noch 32 dazu. Seit Neuestem brauchte er viel Zeit auf dem Klo. Sein Handy ließ er an der Steckdose. Der Akku war nicht mehr der beste und seine Internetzeit war neuerdings wieder begrenzt. Schmerzhaft war der Stuhlgang auch. Zu viel Weißbrot, zu viel Leberpastete aus dem Discounter. Er zählte die Socken auf der Leine, die über der Badewanne gespannt war. 16 Stück. Immerhin. Die Zahl ließ sich durch zwei teilen. Es hatte keine Verluste gegeben. Das hilft.

Er schaute aus dem Fenster. Eine geschlossene, tiefgraue Wolkendecke. Als ob sie auch die Sonnenstunden rationiert hätten.

Sein Stuhlgang war abgeschlossen. Er schmierte sich etwas Melkfett um den After. Ein Medikament wäre besser gewesen. Aber sein Apotheken-Budget war für dieses Quartal aufgebraucht. Verdammte Grippe. Die war nicht geplant. Er musste die kommenden Wochen ohne klarkommen. Seiner Frau würden sie die Salbe rezeptlos nicht geben. Außerdem war sie derzeit nicht gut auf ihn zu sprechen. Birgit könnte eine Option sein. Doch er hatte nicht vor, sie in Schwierigkeiten zu bringen. Die bezaubernde Birgit. An der Kinokasse war sie ihm zum ersten Mal aufgefallen. Wie sie da hinter dem Tresen saß und ihm sein Ticket aushändigte. Die kurze Begegnung hatte ihn überwältigt. Gewinnendes Lächeln, schulterlange Haare, neckische Grübchen und eine Silhouette, die seine ganze Fantasie anregte. Er hatte sich dabei erwischt, nur noch dann ins Kino zu gehen, wenn sie an der Kasse saß. Bald fasste er sich ein

Herz und sprach sie an. Und zu seinem eigenen größten Erstaunen beantwortete sie die Frage nach einem gemeinsamen Ausgehen mit Ja. Sie sah entzückend aus an dem Abend. Es gab ein paar Drinks und als er sie nach Hause brachte, fragte sie ihn vor der Haustür, ob er noch auf einen Kaffee mit rauf kommen würde. Sie bogen sich vor Lachen ob der klischeebehafteten Formel und küssten sich auf der Straße. Es folgte eine Nacht voller Leidenschaft und Vertrautheit. Über das Thema Verhütung mussten sie nicht sprechen. Birgit hatte sich operieren lassen. Dafür gab es eine saftige Gutschrift vom Gesundheitsminister samt Blumenstrauß. Sie wäre gerne Mutter geworden. Doch sie war von einem seltenen Gendefekt betroffen. Und für Nachkommen, mit vorbelasteten Eltern, gab es keine Leistungen der Gesundheitsversorgung mehr. Wenn solche Kinder Behandlungen brauchten, müssten die aus eigener Tasche bezahlt werden. Hätte er das vorher gewusst, hätte er keine Kondome kaufen müssen.

Die folgenden Wochen waren erfüllt von Unbekümmertheit. Mitten im grauen Winter. Sie genossen die Zeit miteinander. Und er erwischte sich dabei, dass er Zukunftsfragen stellte. Erst einmal nur bei und für sich. Nicht laut. Aber mit Birgit könnte es etwas werden. Er fühlte sich leicht. Unbeschwert. Dachte positiv wie schon lange nicht mehr. Das Komplizierteste war, sich zu Hause nichts anmerken zu lassen. Noch wollte er mit seiner Frau nicht sprechen.

Neuerdings zog er gerne einen Hoodie an und zog sich die Kapuze ins Gesicht. Er hatte sich einen nach vorn gebeugten Gang angewöhnt und trug durchgehend eine Sonnenbrille, sobald er sich außerhalb seiner Wohnung bewegte. Am liebsten hätte er so einen Störanzug wie sein Nachbar getragen. Der hatte einen speziell gemusterten Stoff genommen und selber zu einem Overall genäht. Das Muster verwirrte die zahlreichen

Kameras und machte die Gesichtserkennung schwieriger bis unmöglich. Der Triumph war ihm eine große Party wert. Doch seit ein paar Tagen war er nicht mehr im Haus gesehen worden. Urlaub war wohl nicht der Grund.

Die Sitzung auf dem Klo musste zu Ende gehen. Es brannte zwar noch fürchterlich, auf dem Klopapier waren wieder Blutspuren, aber heute war absolute Pünktlichkeit erforderlich. Er faltete ein neues Papier und steckte es sich zwischen die Pobacken, stand auf, spülte, wobei er mit der Start-Stopp-Taste darauf achtete, nur so viel Wasser zu verbrauchen wie nötig. Seitdem er in Stufe 3 eingestuft worden war, war sein Gebrauchswasser im Preis gestiegen. Sowohl die Grundgebühr als auch die Verbrauchskosten. Seine Beschwerde verhallte erfolglos. Der Robo im Chat ließ die Argumente nicht gelten und meldete sich alsbald nicht mehr.

Für den Termin heute zog er den Hoodie nicht an. Sie wussten eh, dass er kam. Warum verstecken? Er trug Hemd, Pullover und Sakko. Die Gattin schlief noch. Er verließ die Wohnung so leise wie möglich, ging durchs Treppenhaus und betrat die Straße. Sein Handy meldete sich sofort mit der Erinnerung, zu Fuß zu gehen und so gleich etwas für die Fitness zu tun. Der Termin war von seinem Führungsoffizier extra früh gelegt worden, damit er trotz des Gespräches pünktlich ins Büro kam. Eine Stunde. Länger würde es nicht dauern.

Der Sommer hielt sich ausgesprochen zurück in diesem Jahr. Der Morgen war diesig und für Juli eindeutig zu kühl. An der Straßenecke sah er einen Mann, der mit einer Zange Müll und Kippen aufsammelte. Als er näher kam, erkannte er ihn. Es war sein Nachbar. Sie tauschten einen flüchtigen Blick. Sein Gesicht war eingefallen. Unter den Augen hatte er tiefrote Ränder. Er nickte zum Gruß und wandte sich wieder seiner Arbeit zu.

Er kam an mehreren leerstehenden Geschäften vorbei. Vor Kurzem gab es hier Schnellrestaurants. Zum Beispiel einen Hamburger-Imbiss. Die besten der Stadt. Der Inhaber bereitete sie mit reichlich Speck und einer selbstgemachten Mayonnaise zu. Die endgültige Abschaffung des Bargeldes vor fünf Jahren hatte ihm ordentlich zugesetzt. Und nun gab es auch noch Punkte für gesunde Ernährung. Das war der Todesstoß für den Laden. Er entschied sich, zu schließen.

Daneben war früher ein Döner-Grill. Der Inhaber hatte das Land verlassen, nachdem er mehrfach „Besuch" von den Schlägern gehabt hatte. Seine Ersparnisse waren aufgebraucht. Eine erneute Renovierung und Neueinrichtung war nicht drin. Die Versicherung hatte eine Zahlung verweigert und die Anzeigen bei der Polizei brachten nichts. Schon zwei Tage später kam ein Beamter vorbei und sagte lächelnd, man hätte alles versucht, doch die Täter seien leider unerkannt entkommen. Als seine Tochter eines Nachmittags ohne Kopftuch, aber dafür mit kahlgeschorenem Kopf und tränenüberflutet aus der Schule zurückkam, entschloss er sich, auszuwandern.

Sie hatten es mitbekommen und standen am Abflugschalter Spalier. Klatschten und johlten frenetisch. Grölten ihre Parolen („Und schon wieder einer weniger/Tschüss, hau ab, komm nie mehr her!"). Und stellten die Handyvideos davon unmittelbar ins Netz.

„Prima. Schon 5000 Schritte. So viel bist du schon lange nicht mehr am Morgen spazieren gegangen", meldete sich seine App aus der Hosentasche. „Noch mal 5000 vor 8 Uhr und es gibt Bonuspunkte. Halte durch. Du schaffst das!"

Es war wohltuend, wieder aufrecht zu gehen. Er erreichte den kleinen Park, in dem er früher mit seiner Frau auf der Bank gesessen hatte. Stundenlang. Sie hatten sich gerne aus den Büchern vorgelesen, die ihnen gefielen, und sich die Sonne auf die Haut scheinen lassen. Eine Gruppe ertüchtigte sich beim Frühsport. Der Anblick war eine Mischung aus Ferien-Club-Animation und Kasernenhof. Der Ton war zu freundlich für die Kaserne, die Übungen zu anstrengend für einen Beach-Club. Bei näherem Hinsehen erkannte er, dass es ausnahmslos junge Frauen waren. Sie trugen alle das gleiche T-Shirt. Auf dem stand in geschwungenen Lettern: 3 vor 30. Ein neues Programm der Regierung zur Stärkung deutschen Nachwuchses. Wer in den letzten zwei Generationen keinerlei Migration im Stammbaum hatte, wurde automatisch eingeladen. Die Teilnehmerinnen erwarteten weitreichende Vorteile im Alltag und wurden vielfach gefördert. Insbesondere bei der Ernährung, der Fitness, der allgemeinen Lebensführung und der Gesundheitsversorgung. Höhepunkt war der Urlaub auf „Love-Island". Es war der letzte Schrei. Quasi Bachelor. Nur in echt. Die Frauen fuhren in den Club an die Ostsee und dort warteten handverlesene junge Männer. Wer da mitmachte, war sicher auf Jahre hinaus ein Stufe-1 Bürger oder Bürgerin. Vorausgesetzt, sie hielten sich an die Spielregeln.

Er erreichte sein Ziel. Das imposante Gebäude hatte sich vor ihm aufgebaut, nachdem er um die letzte Ecke gebogen war. Er nahm die Stufen hoch zum Eingangsportal, das von zwei bewaffneten Soldaten gesichert wurde. Er lehnte sich gegen die schwere Eisentür, um sie zu öffnen, und betrat das ausladende Innere des Bauwerks. Sein Offizier erwartete ihn.

„Pünktlich, wie die Maurer. Na bitte. Geht doch. Guten Morgen," sprudelte es aus ihm, viel zu freundlich, heraus. Sie schüttelten sich die Hände. Er grüßte zurück und ließ den Blick durch die Halle schweifen. Sein Offizier folgte seinem Blick. „Imposant, oder? Tja, das Gebäude hat eine lange Geschichte. Erst die Gestapo und dann die Stasi. Jetzt erfährt es quasi eine Erhöhung.

Endlich ein Bonusprogramm, wo sich jeder qualifizieren kann. Früher Unterdrückung. Heute Motivation und Qualifikation. Zwischendurch war übrigens noch das Amt für Schädlingsbekämpfung hier untergebracht." Er machte eine kurze Pause, um dem Nachhall seiner Worte zu lauschen. „Schauen Sie sich diese Architektur an. Alles so überdimensioniert. Hauptsache, wir Bürger kommen uns klein vor und willenlos. Schrecklich. Ich bin jeden Tag froh, dass die alten Zeiten vorbei sind. Sie müssten mal in den Keller gehen, da, wo die Einzelzellen sind. Die verzweifelten Schreie der Gefolterten sind dort immer noch zu hören. Als wären sie in den dicken Wänden konserviert. Die Zellen sind unverändert. Könnte morgen wieder losgehen. Also, ganz im Vertrauen, wenn es nach mir ginge, hätte ich den Schuppen hier abgerissen. Na ja, aber wer sind wir schon. So, dann kommen Se mal mit."

„Glückwunsch. Du hast heute 10.000 Schritte getan. Und das vor 8 Uhr. Das gibt einen Bonus. Der wurde Deinem Konto sofort gutgeschrieben. Weiter so", meldete sich sein Handy aus der Hosentasche.

„Sieh mal an, Sie haben die Fitness-App installiert. Prima. Die leichteste Art, Punkte zu machen, oder?"

„Und das Trinken nicht vergessen", quasselte die App weiter „und achte auf Deine Ernährung. Geh doch heute Mittag in eine Video-Kantine. Das gibt nochmal Extra-Punkte. Du schaffst das!"

„Klasse Sache mit der Video-Kantine, was?"

Er brummte, um wenigstens irgendwas von sich zu geben.

„Tja, früher haben die Leute immer eingegeben, dass sie Salat mit Joghurtdressing essen, doch in Wirklichkeit lag die Currywurst mit Pommes auf dem Teller. Nur Lügner und Betrüger. Wohin man schaut. Aber jetzt kann der Ehrliche im Video-Restaurant speisen und wird für seine Aufrichtigkeit belohnt. Der Hammer!"

Ihr Weg führte sie zwei endlose Treppen hinauf und dann einen langen Flur entlang. Links Fenster, auf der rechten Seite Türen. Beides in exakt gleichem Abstand gegenüber. Das Parkett knarzte ein wenig unter ihren Schritten. Sie erreichten ihr Ziel, der Offizier öffnete die Tür und ließ ihm den Vortritt. Es erwartete sie ein nahezu quadratischer Raum. Ein ausladender Schreibtisch, auf dem lediglich ein Tablet lag. Dahinter ein Schreibtischstuhl aus Leder mit Armstützen und hoher Rückenlehne mit Kopfteil. An der Wand ein Sideboard mit einer Karaffe voller Wasser und zwei Gläsern. Vor dem Schreibtisch zwei Stühle aus Holz, ohne Sitzpolster. Er nahm auf einem Platz. Der Offizier setzte sich auf seinen Lederstuhl und sah ihn an.

„Hören Sie, Bürger 7601-2272-8873-BZO", sagte er nach der Kunstpause. „Nennen wir unseren Plausch ein ‚Perspektivengespräch'. Am besten, wir kürzen das mal ab und kommen zur Sache. Sie haben am 27. Juni eine Packung Kondome und zwei Flaschen Rotwein gekauft. So weit, so gut. Sie sind ein verheirateter Mann. Nur: Sie sind vasektomiert. Seit zwei Jahren. Und Ihre Frau ist gesund. Zumindest war sie das bei der letzten Kontrolle beim Gynäkologen. Stellt sich die Frage: Für wen oder was die Verhüterlis? Na ja, für was, ist ja klar. Aber für wen? Und der Wein. Ein 2018er Merlot. Den trinken Sie sonst nie. Und Ihre Gattin ebenfalls nicht. Wenn überhaupt, greift sie mal zu Weißwein und den am liebsten als Schorle. Und da Sie und ich die Grundrechenarten beherrschen, zählen wir einmal in aller Ruhe eins und eins zusammen. Oder soll ich kurz nachschauen, welchen Rotwein die Birgit so für gewöhnlich trinkt?"

Der Offizier sah ihn ausgesprochen freundlich an, als würde er seinen Worten mit professionellem Stolz hinterherhören wollen.

„Und jetzt erzählen Sie mir mal nicht, dass zu Hause nichts mehr läuft und Sie sich nur austoben wollten."

Er wischte auf seinem Tablet rum.

„Ah, hier ist es: Ihre Ehepartnerin war in den letzten drei Monaten 22-mal auf Angebotsseiten von Damenwäsche. Also der hochwertigen, wenn Sie verstehen, was ich meine. Nicht diese Alltags-Schlüppis. Sondern die Schwarzen. Mit Spitze und so. Klasse Geschmack hat ihre Frau. Glückwunsch. Da können Sie sich freuen. Und dann hat sie ein Romantik-Hotel gebucht. Für Sie zwei. Ich weiß, das sollte eine Überraschung werden zum Geburtstag. Tut mir leid, dass Sie es jetzt so erfahren. Aber bitte, wir sitzen hier ja nicht, weil ich das so will, sondern weil Sie ja nachgerade drum gebettelt haben, nicht?"

Der Offizier lachte. Er selbst saß regungslos auf seinem Stuhl und sagte nichts.

„Nun ja, Romantikhotel war gar nicht einfach, Sie da anzumelden. Sie wissen schon, wegen der Punktzahl. Wir haben da noch mal ein Auge zugedrückt. Ihre Frau hat sich mächtig für Sie ins Zeug gelegt. Und was machen Sie? Mensch, ich habe es Ihnen immer gesagt: seien Sie treu, brav und loyal. Aber nein: Sie können ja nicht anders, als dem erstbesten Hormonschub nachgeben. Mann, Mann, Mann. Wie sollen wir das denn nun Ihrer Frau nicht erzählen?" Der Offizier stand auf, ging zu einem Sideboard, auf dem die Wasserkaraffe stand, schenkte zwei Gläser, stellte eines vor ihn hin und setzte sich mit dem anderen in der Hand wieder hin.

„Das gibt reichlich Punktabzug. Fremdgehen ist gar nicht gut. Und dann auch noch mit einer, die keine Kinder bekommen kann. Wenn Sie nun wenigstens eine Fruchtbare gewählt hätten. Sie haben ja Samen eingefroren. Das wäre zu argumentieren. Aber so? Und, nur um es erwähnt zu haben: Zieht die Betrogene aus, haben Sie eine zu große Wohnung. Die schöne, große Wohnung. Die haben wir Ihnen doch nun endlich zukommen lassen. Gegen großen Widerstand hier im Haus. Das möchte ich bei der Gelegenheit noch einmal betonen. Ich habe mich da eingesetzt. Weil ich an Sie geglaubt habe. Da gab es einige, die waren gar nicht einverstanden. Was meinen Sie, was die sich jetzt ins Fäustchen lachen. Ich stehe richtig blöd da, Ihretwegen. Wenn Sie alleine in der Wohnung wohnen, wird es eng für Sie, ich sage es ihnen noch mal. Sie könnten aber Ihr Auto verkaufen und stattdessen mit dem Rad zur Arbeit fahren. Oder mit dem Bus. Für Sie als Deutschen ja kostenlos. Nächste Woche geht auch die offizielle Pflanzzeit wieder los. Wenn Sie beim Baumpflanzen am Wochenende mithelfen, werden Ihnen reichlich Punkte gutgeschrieben. Noch besser ist allerdings: Müll aufsammeln auf öffentlichen Straßen und Plätzen. Das hat bei Ihrem Nachbarn auch gut geholfen. Dessen Punktekonto füllt sich wieder. Langsam, aber stetig. Den haben Sie eben getroffen, nicht wahr? Sie hätten mal ein paar Worte wechseln können. So vorbeigehen, als würde man sich nicht kennen. Ist doch sonst nicht Ihre Art."

Der Offizier nahm einen großen Schluck und stellte das Glas vor sich auf den Schreibtisch.

„Besuchen Sie mal wieder Ihre Eltern. Am besten regelmäßig. Und bitte: lassen Sie das Scherzen über den Kanzler. Das gibt jedes Mal Punktabzug. Sie wollen doch mal wieder essen gehen, oder? Außerdem: Sie stehen von Ihrem Können grundsätzlich für eine Beförderung an. Nur mit dem Kontostand wird das nichts. Wenn sich Ihre Frau von Ihnen trennt, brauchen Sie auch nicht auf Dating-Apps zu suchen. Ihr Punktestand wird ja immer mitgeliefert. Das wird ausgesprochen schwer, da eine vernünftige Frau kennenzulernen.

Und faul sind Sie geworden. Warum haben Sie mit dem Laufen aufgehört? Vor Kurzem waren Sie fit. Ich habe die Ergebnisse Ihres letzten Checks beim Hausarzt gelesen. Aber jetzt? Immerhin haben Sie heute Morgen den Weg zu Fuß gemacht."

Er stand erneut auf und schenkte sich Wasser nach.

„Ach, eines noch. Überdenken Sie bei der Gelegenheit Ihren Freundeskreis. Sie haben da so ein paar finstere Gestalten, mit denen Sie häufig in Kontakt stehen. Es macht sich nicht gut, sich mit so vielen Stufe 4-Bürgern zu umgeben. Ihr Chef sieht das übrigens auch nicht so gerne und ist da etwas in Sorge, aber das hatten wir ja schon. Wie gesagt, wollen Sie befördert werden, dann ist es jetzt höchste Eisenbahn, dass Sie mal anständig Frühjahrsputz in ihrem Leben machen. Mensch Junge, das ist doch nicht so schwer. Sie können sich die Broschüre ja noch mal downloaden. Dort finden Sie das ganze Programm Stück für Stück erklärt. Gibt einen Punkt, haha."

Der Offizier versuchte, gewinnend zu schauen.

„Fassen wir mal zusammen: Unser Bonussystem vergibt maximal 1300 Punkte. Es muss Ihr Ziel sein, da wieder hin oder sagen wir mal, wenigstens in die Nähe zu kommen. Vierstellig ist das Mindeste. Zur Belohnung wird in dem Moment der Premium-Tarif in der Krankenkasse für Sie freigeschaltet. Damit das mit Ihrem After mal aufhört. Sie wissen schon. Derzeit liegen Sie bei 822 Punkten. Wenn jetzt der Auszug Ihrer Frau dazukäme, gibt es Abzug, weil Sie alleine eine zu große Wohnung bewohnen. Dann kommen Sie nah an die 600. Und ehrlich: Das empfehle ich meinem ärgsten Feind nicht."

Der Offizier stand auf, kam um den Tisch herum und reichte ihm die Hand. Er erhob sich ebenfalls und schlug ein. Der Offizier legte seine zweite Hand darüber und sah ihn lächelnd an.

„Prima, dass Sie es heute Morgen einrichten konnten. Ich hoffe, beim nächsten Mal haben wir mehr zu feiern. Sie schaffen das. Wenn was ist, einfach melden. Machen Sie's gut."

Barbara Delvalle

## Seniorenstift Himmelreich

Marie stand vor dem Fenster und starrte auf den Schrift-zug über dem Eingangstor. „Seniorenstift Himmel-reich" stand da in großen verschnörkelten Lettern. Das Tor war verrostet, ja, es sah verwahrlost aus, wie auch der Rest des Geländes. Das Seniorenstift Himmelreich hatte definitiv schon bessere Zeiten gesehen. Marie strich gedankenverloren eine Strähne ihres grauen Haa-res hinter das Ohr und seufzte. Hier im Stift hatte alles schon bessere Zeiten gesehen, eingeschlossen seiner Be-wohner. Irgendwie lebten sie hier wie auf einer Insel. Es schien, als ob man die Alten vergessen hätte …

Die alte Frau lächelte gequält. Kein Wunder, die Menschheit hatte andere Probleme, als sich um ihre Al-ten zu kümmern. Der Wasserpegel stieg weltweit im-mer weiter an und der Welt stand das Wasser buchstäb-lich bis zum Hals. Auch in Europa wurde es langsam eng. Bedrückt dachte sie an ihre Lieblingsinsel Wange-rooge. Die ostfriesischen Inseln waren bereits vor drei Jahren weitestgehend evakuiert worden, da sich das Meer Stück für Stück die Inseln zurückholte, ein Auffül-len mit Sand unbezahlbar geworden war und sich der Tourismus dadurch nicht mehr lohnte. Da fast alle In-sulaner vom Tourismus gelebt hatten, mussten die meisten aufgeben und die wenigen, die nicht gehen wollten, lebten jetzt unter erschwerten Bedingungen dort, denn einen regulären Fährverkehr gab es nicht mehr. Ihr Enkel Jonas, der Einzige, der sie noch be-suchte, hatte ihr das erzählt. Die Versorgung mit dem Notwendigsten mussten die dort Verbliebenen mit ei-genen Schiffen organisieren. Das deutsche Government der Europa-Regierung ließ sie gewähren, wusste man doch, dass sich das Problem spätestens 2110 von allein lösen würde, denn bis dahin, so sagten die Wissenschaftler voraus, würde sich das Meer endgültig die Inseln zurückgeholt haben.

Marie liebte das Meer und sie liebte vor allem Wangerooge. Auf der Insel hatte sie viele schöne Urlaube verbracht. Sie hätte viel dafür gegeben, wenn sie dort ihren Lebensabend hätte verbringen können und es wäre ihr egal gewesen, ob die Insel noch eine Zukunft hatte. „Zukunft!" Sie schnaubte ein wenig, als sie dieses Wort leise vor sich hinsprach. Eine Zukunft hatte sie auch nicht mehr! Ihr tat es nur leid um die Jungen. Sie würden in der Zukunft die Probleme lösen müssen, die sich in der Vergangenheit bereits abgezeichnet hatten. Aber vor fünfzig Jahren wollte es zuerst niemand hören – sie eingeschlossen – und später hatten mehrere Virus-Pandemien die Welt auf den Kopf gestellt. Noch heute bekam Marie eine Gänsehaut, wenn sie an diese Zeit dachte. So viele Menschen, vor allem Alte und Kranke, waren damals den Pandemien zum Opfer gefallen, aber auch die Folgen für die Wirtschaft waren noch viele Jahre zu spüren gewesen. Die Globalisierung, die die weltweite Verbreitung dieser Viren möglich gemacht hatte, stand später auf dem Prüfstand und die Kontinente schotteten sich danach wieder mehr ab. Noch schlimmer war, dass die totalitären Regimes wieder die Oberhand gewannen – auch in Europa.

Nun, das Leben war seitdem kein Wunschkonzert mehr! Von wegen: schöner Lebensabend. Jetzt saß sie hier. Das Government hatte vor 30 Jahren die Zuweisung der Alten in Pflegeheime übernommen und alle, die 70 Jahre alt wurden, mussten in das Altenheim gehen, dem sie zugewiesen wurden, ob sie wollten oder nicht. Dabei wurden sie in den Heimen bestmöglich abgeschottet, angeblich, um sie vor unkontrollierbaren Keimen zu schützen, aber das war nur vorgeschoben. Nach der ersten Pandemie gaben große Teile der

Bevölkerung, angestachelt von den sozialen Netzwerken, den Alten und Kranken die Schuld am nachfolgenden wirtschaftlichen Niedergang und verlangten von den Regierungen, Maßnahmen zu ergreifen, um eine solche Entwicklung zukünftig zu verhindern. Und die zwangsweise Kasernierung war eine der Maßnahmen. Jetzt war sie schon 10 Jahre hier und heute war ihr 80. Geburtstag, aber Freude kam nicht bei ihr auf. In letzter Zeit hatte sie immer mehr Zweifel. Wollte sie dieses Leben eigentlich noch? So hatte sie sich die letzten Jahre ihres Lebens bestimmt nicht vorgestellt. Irgendwie war es hier wie in einem Gefängnis. Die einzigen Lichtblicke waren die Besuche ihres Enkels. Er bemühte sich immer wieder um eine Besuchserlaubnis, die nur unter strengen Auflagen erteilt wurde und auch nur deshalb, weil er jedes Jahr alle möglichen Impfungen über sich ergehen ließ. Ihre Tochter und deren nichtsnutziger Mann ließen sich schon lange nicht mehr blicken – aus den Augen, aus dem Sinn! Es war nicht so einfach, sich einzugestehen, dass die eigene Tochter nicht mehr an ihr interessiert war. Aber das war eben die Zeit, Familie zählte nicht mehr viel. So richtig schlimm war es aber erst vor zwei Monaten geworden. Da war ihr alter Freund Markus mit 83 Jahren gestorben und sie war in ein tiefes Loch gefallen. Er fehlte ihr, vor allem die ausgedehnten Spaziergänge im Park des Stiftsgeländes, die Gespräche und abends die Spiele. Jetzt bestand ihr Tag nur noch aus aufstehen, essen, trinken, viel schlafen und vor allem stundenlang aus dem Fenster starren, um dann mittels eines zwangsweise verabreichten Schlafmittels die Nacht zu überstehen. Immer häufiger fragte sie sich, ob das Leben für sie noch lebenswert war. Marie war für ihr Alter sehr gesund, aber manchmal fühlte sie sich richtiggehend lebensmüde.

Marie drehte sich um und setzte sich in den großen Ohrensessel, den sie als einziges Möbelstück von zu

Hause hatte mitnehmen dürfen. Sie schloss die Augen und döste ein.

Es war ein sonniger Tag mit blauem Himmel. Marie spazierte allein am Strand entlang. Ihre Zehen versanken bei jedem Schritt im Sand und immer wieder umspielten die letzten Ausläufer der Wellen ihre Fesseln. Sie liebte es, allein am Strand zu sein. Die Spaziergänge waren eine Art Lebenselixier für sie. Der Wind, das Rauschen der Wellen, wenn sie sich am Strand brachen, das Geschrei der Möwen, die bei Ebbe im Sturzflug versuchten, Krabben zu erwischen, die die Wellen bei ihrem Rückzug ins Meer freigaben und ungeschützt ihren Feinden buchstäblich zum Fraß vorwarfen…

Marie hörte einen hohen Piepton und öffnete wieder die Augen. Automatisch starrte sie auf die Lampe an der Wand über der Tür, die zusätzlich anzeigte, dass die Tür gleich aufgehen würde. Einen Moment später schob sich die Zimmertüre mit einem leisen Surren auf. Ein kleiner Pflegeroboter kam auf Marie zugefahren. Er trug ein Tablett, auf dem eine Tasse Tee stand. „GUTEN MORGEN! HABEN SIE GUT GESCHLAFEN?", war die blecherne Stimme des Roboters zu vernehmen. Marie verdrehte die Augen. Jeden Morgen die gleiche Frage! An einer Antwort ihrerseits war er nicht interessiert, er war schließlich ein Roboter. Marie hasste ihn. Pflegeroboter gab es schon mehr als 50 Jahre. Zuerst sollten sie nur die Arbeit des Pflegepersonals unterstützen, aber nach den dramatischen Ereignissen 2020 in den Altenheimen wollte man die Gefahr einer Virusausbreitung in Seniorenheimen senken, indem man so die menschlichen Kontakte auf ein Minimum beschränkte. Anfangs noch ganz aus Metall, wurden sie zunehmend mit Silikon und anderen Kunststoffen menschlicher gestaltet, aber eben doch nicht menschlich. Die silikonüberzogenen Blechbüchsen des Stifts hatten auch bereits bessere Tage gesehen, bei einigen war die Oberfläche an vielen

Stellen so abgescheuert, dass das Metall bereits durchschimmerte. Der Roboter maß den Blutdruck und die Temperatur, verabreichte Medikamente und machte zum Schluss einen Körperscan, um damit ihren Tageszustand an die Heimzentrale zu melden. Als der Pflegeroboter den Scan vollzogen hatte und sich mit einem „ICH WÜNSCHE IHNEN NOCH EINEN SCHÖNEN TAG" verabschiedete, wusste sie, dass gesundheitlich alles im grünen Bereich war. Wäre dem nicht so gewesen, dann würde er bleiben. So fuhr er so leise, wie er gekommen war, zurück zur Tür.

„Na, alte Blechbüchse? Ist meine Oma gesund?" Der Roboter blieb kurz stehen, drehte sich dem Besucher zu, der just in dem Moment in der Tür stand, als diese wieder aufging, und antwortete mechanisch: „ES IST MIR NICHT GESTATTET, MIT IHNEN ÜBER DEN GESUNDHEITSZUSTAND DER HEIMBEWOHNER ZU SPRECHEN."

Maries Enkel Jonas hob lachend die Hände, als ob er sich ergeben würde: „Schon gut, alter Blechkamerad! Du machst auch nur deinen Job!" Der Roboter verschwand und die Tür schloss sich wieder.

Marie strahlte: „Ach, Jonas, wie schön, mit dir habe ich gar nicht gerechnet."

„Ich werde doch deinen Geburtstag nicht versäumen. Die Besuchserlaubnis für heute habe ich mir schon vor Wochen besorgt. Denk dir nur, wir können heute sogar das Gelände verlassen. Ich habe eine Genehmigung bis heute Abend um fünf. Also, nicht trödeln. Wo ist dein Mantel?" Er stürmte auf seine Großmutter zu, gab ihr einen dicken Kuss auf die Wange. „Alles Gute zum Geburtstag, Oma! Auf dass du noch viele Geburtstage vor dir hast!"

„Um Himmels willen, hoffentlich nicht!"

Jonas schaute seine Großmutter traurig an: „Sag das doch nicht! Das Leben ist schön! Lass uns heute feiern und nicht Trübsal blasen, hörst du? Ich bin doch nicht fast 150 Kilometer gefahren, damit du den Kopf hängen lässt!"

Marie rief sich innerlich zur Ordnung und schaute ihren Enkel entschuldigend an: „Tut mir leid! Hast ja recht! Lass uns feiern! So jung kommen wir schließlich nicht mehr zusammen."

Jonas klatschte in die Hände: „So kenn ich meine Oma! Dann lass uns gehen!" Er ging zielstrebig auf den in die Wand eingelassenen Schrank zu. „Den dunkelblauen oder den grauen Mantel?"

„Der blaue ist wärmer. Vielleicht doch den grauen?"

„Es ist kälter, als du denkst. Wir nehmen den blauen." Sagte es, nahm den blauen vom Haken und reichte ihn seiner Großmutter, die sich in der Zwischenzeit aus dem Sessel erhoben hatte. Schon fünf Minuten später war sie für den Ausflug angezogen. Jonas hatte darauf bestanden, dass sie ihre Handtasche mitnahm. Sie wusste zwar nicht warum, denn der Mundschutz, ein Taschentuch, die Lesebrille und die Geldkarte hätten auch in die Manteltasche gepasst, aber letztlich wusste sie ja noch nicht, wohin er mit ihr gehen wollte.

An der Rezeption mussten sie sich abmelden, schließlich musste alles seine Ordnung haben. Die Krankenschwester mit dem schönen Namen Sophie war eine der wenigen echten Menschen, die noch in dem Pflegeheim arbeiteten. „Wo soll es denn hingehen, Frau Friedrich?"

„Ich weiß nicht. Mein Enkel hat es mir noch nicht verraten."

Jonas lächelte die Krankenschwester charmant an und erklärte: „Ich fahre mit meiner Großmutter nach Dangast – Rhabarberkuchen essen. Sie hat doch Geburtstag…"

„Oh, wie schön!" Marie freute sich wie ein kleines Kind. „Wir fahren ins Kurhaus. Ach, ich war schon viele

Jahre nicht mehr dort. Der Rhabarberkuchen war schon immer der beste weit und breit."

Nachdem Schwester Sophie die Information in den Computer eingetippt hatte, brachte sie tatsächlich ein verkniffenes Lächeln zustande, als sie antwortete: „Ich wünsche Ihnen viel Spaß", dann wandte sie sich Jonas mit ernster Miene zu: „aber Sie müssen Ihre Großmutter um 17 Uhr pünktlich wieder hier abliefern. Wir müssen dann erst ein umfassendes Erreger-Screening machen, um eine Kontamination auszuschließen. So steht es auf Ihrer Genehmigung. Und Sie müssen natürlich alle Hygienemaßnahmen einhalten." Jonas nickte, worauf sie etwas in den Computer eingab und sich daraufhin die Tür zum Haupteingang öffnete.

*

„Das mit Dangast ist eine schöne Idee!" Marie schaute aus dem Fenster des Elektromobils und betrachtete die Landschaft, an der sie mit leisem Surren vorbeifuhren. Wie oft war sie dort gewesen und hatte im Kurhaus in der Schlange gestanden, um einen der leckeren Kuchen zu kaufen – dazu eine Tasse Kakao mit einer dicken Sahnehaube. Nach den Pandemien änderte es sich natürlich, man musste sich vorher schriftlich anmelden und die Anzahl der Gäste im Kurhaus war limitiert worden, trotzdem freute sie sich. Die nächste Abfahrt würde es sein. Aber das Auto bog nicht wie erwartet ab, als sie mit dem Fahrzeug den Rand des Autonomen Streckennetzes erreichten. Jonas hatte unmittelbar zuvor in den manuellen Fahrmodus gewechselt. „Jonas, träumst du? Wir haben die Abfahrt verpasst, wir hätten da rausfahren müssen!"

Er schaute kurz zu ihr herüber und meinte nur: „Nein, wir fahren nicht nach Dangast. Wir fahren woanders hin. Ich erkläre es dir gleich, beim nächsten Parkplatz halten wir kurz an."

Marie war perplex. „Aber wieso denn? Was ist denn los?"

Jonas nahm während der Fahrt ihre Hand und sagte nur: „Vertrau mir!"

Kurze Zeit später kam ein Rastplatz. Jonas fuhr ab und hielt dann an einem der vielen Parkplätze. Verlassen lag der Rastplatz da und viele der Parkplätze waren bereits vom Unkraut überwuchert. Sie waren ganz allein hier. Kein Wunder, dachte Marie kurz, das Autofahren war stark eingeschränkt worden.

„Oma, wir müssen reden!" Jonas wandte sich Marie zu und nahm ihre Hand. „Wenn du willst, wirst du heute nicht mehr in das Heim zurückkehren müssen."

Marie starrte ihren Enkel verständnislos an. „Was meinst du damit?"

„Du bist dort unglücklich. Sie kümmern sich doch gar nicht richtig um euch. Es ist eine Altenverwahranstalt, aber kein Seniorenstift, in dem ihr euren Lebensabend genießen könnt. Und seit Onkel Markus tot ist, habe ich den Eindruck, dass es für dich noch schlimmer geworden ist. Wenn ich dich besuche, wirkst du jedes Mal ein bisschen deprimierter. Ich kann das nicht mehr mit ansehen."

Marie blickte Jonas überrascht an. So ernst hatte ihr Enkel schon lange nicht mehr ausgesehen. „Oh, das tut mir leid, dass du dir solche Sorgen machst, aber das solltest du nicht. Weißt du, es ist schon in Ordnung. Ich habe sehr schöne Zeiten erlebt und habe mein Leben genossen, da werde ich die letzten Meter auch noch schaffen."

„Das akzeptiere ich nicht, Oma! Zudem gibt es Gerüchte. Der Anteil der Alten steigt wieder deutlich an und es gibt Stimmen, die sagen, dass sich die Menschheit die vielen Alten nicht mehr leisten könne!"

„Was willst du mir damit sagen?"

Es klang schon fast ein wenig trotzig, als Jonas antwortete: „Ich werde nicht warten, bis sie noch Schlimmeres tun, als euch nur ins Abseits zu schieben. Ich denke nicht allein so. Schon seit Längerem haben sich Menschen heimlich zusammengetan, um Lösungen zu finden, wie ihr besser leben könnt!"

Marie schluckte. Hinter vorgehaltener Hand hatte vor zwei Wochen ihr Mitbewohner Frank Treviso behauptet, dass auf der Krankenstation nicht mehr viel gemacht würde, um Erkrankungen zu heilen, im Gegenteil, die Kranken bekämen nicht mehr ausreichend zu essen und zu trinken und würden wie die Fliegen sterben. Sie wollte es nicht glauben und schob es seiner Trauer um seine Frau Elsa zu, die ein paar Tage zuvor auf der Krankenstation gestorben war. Wenn sie es allerdings recht überlegte, fiel ihr niemand ein, der in den vergangenen Wochen aus der Krankenstation gesund wiedergekommen war, auch Markus war dort gestorben. Sie schaute Jonas entsetzt an.

„Keine Angst, Oma, ich bin doch da! Ich helfe dir! Ich werde nicht zulassen, dass sie dir was antun!"

Sie schluckte und ihre Stimme klang brüchig, als sie ihm antwortete: „Gerüchte gibt es auch im Heim darüber. Aber vielleicht ist das auch okay so. Die Hoffnung auf ein paar schöne Jahre habe ich längst aufgegeben. Vielleicht sollten wir uns dem Schicksal ergeben?"

Jonas sah sie verzweifelt an. „Nein, Oma, du hast das ganz und gar nicht verdient. Niemand hat das verdient. Ich verspreche dir, dass du noch ein paar schöne Jahre vor dir hast! Bitte sag ‚ja' und ich zeige dir einen Ausweg!" Jonas schien entschlossen. Und diese Zuversicht zeigte Wirkung.

Sollte sie tatsächlich doch noch eine Zukunft haben? Ein paar schöne Jahre… Marie merkte, dass die Hoffnung zurückkehrte, die sie die letzten Monate verloren hatte. Und sie sah auch, wie wichtig ihrem Enkel dies war. Mit leiser Stimme fragte sie: „Was wäre denn die Alternative?"

Jonas schaute auf seine Uhr. „Oje, wir müssen weiterfahren, sonst wird es zu spät. Ich erkläre es dir während der Fahrt." Er startete den Motor und fing an zu erzählen. Davon, wie er sich bereits vor zwei Jahren einer Gruppe von Menschen angeschlossen hatte, die schon länger nicht mehr zulassen wollten, wie mit ihren Familienangehörigen umgegangen wurde. Sie suchten seitdem nach Orten, wo sie die Alten in Sicherheit bringen und ihnen einen schönen Lebensabend ermöglichen konnten. Die vom Government aufgegebenen ostfriesischen Inseln waren so ein perfekter Ort. Auf zwei der Inseln hatten sie bereits jeweils ein Seniorenheim für insgesamt 100 Menschen eingerichtet, weitere sollten folgen. Die Insulaner, selbst im Stich Gelassene, waren mehr als einverstanden, einige von ihnen arbeiteten als Pfleger in den Heimen, andere waren für die Versorgung mit Lebensmitteln zuständig. Auch Ärzte, denen ihr hippokratischer Eid mehr bedeutete als die herzlosen Gesetze des Governments, hatten sich der Gruppe angeschlossen. Die Bewegung wuchs stetig.

„Es geht auf eine Insel? Auf welche?" Marie schaute Jonas erwartungsvoll von der Seite an.

Jonas grinste. „Auf welche wohl? Na Wangerooge natürlich! Ich weiß doch, wie du diese Insel liebst!"

Marie spürte, wie sich langsam die Beklemmung, die sich in den vergangenen Monaten um ihr Herz gelegt hatte, löste und sich Hoffnung und Vorfreude in ihr breitmachten. „Aber was ist mir dir, Jonas? Sie werden schnell darauf kommen, dass du mich weggebracht hast. Sie werden dich doch gleich im Verdacht haben, wenn ich heute nicht ins Seniorenstift heimkehre."

„Wir haben natürlich auch daran gedacht. Jeder, der einen Familienangehörigen auf die Insel bringt, kann natürlich nicht in sein bisheriges Leben zurückkehren. Das wäre zu gefährlich. Aber das hatte ich auch nicht vor. Ich werde sozusagen heute in den inneren Zirkel der Gruppe aufgenommen und darf jetzt dabei mithelfen, die Inseln lebenswert zu erhalten und neue Orte für Seniorenresidenzen aufzubauen. Zuerst bleibe ich erst einmal bei dir, bis du dich gut eingelebt hast und bis Gras über die Sache gewachsen ist. Und wenn ich später wieder ans Festland will, bekomme ich eine neue Identität." Es schien, als ob er dieses Opfer gern bringen würde.

„Hast du dir das auch gut überlegt?" Marie war sich nicht so sicher.

„Ja, Oma! Ich will nicht mehr Teil einer so herzlosen, skrupellosen Gesellschaft sein. Ich werde ab jetzt etwas Sinnvolles machen. Ich freu mich richtig darauf!"

Den Rest der Fahrt schwiegen beide, jeder mit seinen eigenen Gedanken beschäftigt. In Harlesiel angekommen, achteten sie darauf, dass sie unauffällig zum Treffpunkt am Hafen kamen. Ein Fischer namens Frerk brachte sie mit seinem alten Boot auf die Insel. Das Auto würde später von einem Mitglied der Gruppe nach Dangast gefahren und dort abgestellt werden, um ihre Spuren zu verwischen.

*

Es war kalt und stürmisch, aber die Sonne schien. Marie und Jonas spazierten am Meer entlang. Einen Strand gab es nicht mehr, zumindest nicht so, wie sie es von früher her kannte. Tatsächlich hatte sich das Meer diesen Teil der Insel bereits geholt. Der untere Weg der Promenade war nur noch bei Ebbe zu sehen. Jetzt, bei Flut, platschte das Wasser an die Steinwand der oberen Promenade, die Treppen an der alten Uhr beim Pudding waren bereits gesperrt worden. Jonas hatte ihr gezeigt, wo sie durch Deichbau die Insel schützen wollten. In der Bewegung, die sich Wattblick 2150 nannte, so hatte er ihr erzählt, waren unter anderem Deichbauer, Statiker, Klima- und Meeresforscher, die sich sicher waren, die Inseln trotz der schlechten Prognose zumindest noch bis 2150 erhalten zu können. Marie hob ihr Gesicht gen Sonne und genoss den Wind, der sie – hätte sie sich nicht an Jonas festgehalten – sicherlich davongeweht hätte. Sie war froh, dass ihr Enkel auf den blauen Mantel bestanden hatte, der graue wäre tatsächlich etwas zu dünn gewesen. Hier würde sie jetzt also ihren Lebensabend verbringen. Sie blickte auf das Meer und war einfach nur glücklich.

*Sylvia Didem*

## Was am Ende übrig bleibt

Die alte Frau saß am geöffneten Fenster und schaute in den Garten. Die feine Gardine bewegte sich leicht im Wind und die Frau lehnte sich mit einem wohligen Seufzer in ihrem Sessel zurück. Welch eine Erleichterung, nach den heißen, trockenen Wochen wieder den süßen Geruch von feuchter Erde einzuatmen. Konnte sie es wagen, die Liege aus dem Keller wieder hochzuholen? Würde es noch einmal so heiß werden, dass sie nur im Keller Schlaf finden konnte? Und wann begann die Regenzeit mit ihren Wasserfluten? Aber daran wollte sie jetzt nicht denken. Es war gut möglich, dass sie diese Zeiten gar nicht mehr erlebte. Niemals hätte sie geglaubt, dass sie neunzig Jahre alt werden würde. Ihr zufriedener Blick wanderte über die gepflegten Gemüsebeete vor ihrem Fenster. Welch ein Glück hatte sie gehabt, dass sie Menschen gefunden hatte, die ihren Garten zur Selbstversorgung übernahmen. Sie gaben ihr von der Ernte genug für ihren Gebrauch, das war der Deal.

Ein Geräusch an der Tür weckte ihre Aufmerksamkeit und dann rief eine kindliche Stimme: „Tante Lara, kann ich reinkommen?"

„Ja, Flora, komm!"

Die Tür öffnete sich und die zehnjährige Flora lugte neugierig um die Ecke. „Hast du schon geschlafen?", fragte das Kind.

„Ich bin schon wach. Komm ruhig her. Wo sind deine Eltern? Wollten sie nicht die Kartoffeln anhäufeln?"

Flora seufzte: „Sie mussten wieder an die Küste zum Arbeiten. Wann sind denn die Deiche hoch genug?"

„Da muss man wohl immer wieder dran arbeiten. Wir wollen doch nicht, dass sich das Meer gutes Land holen kann."

Resigniert nickte Flora. „Was tust du gerade?", fragte sie dann.

„Ich warte."

„Worauf denn?"

„Auf einen Bericht im TV-Netz. Hoffentlich fällt der Strom nicht wieder aus."

„Ist die Sendung wichtig?"

Lara blickte aus dem Fenster in den bewölkten Himmel. Sie schien eine Zeit lang abwesend, erst nach einer Weile erinnerte sie sich an die Frage des Kindes. „Oh ja! Sehr wichtig. Nicht nur für mich, für alle Menschen! Du kannst solange bleiben und wir sehen uns das zusammen an", antwortete sie. „Schau mal auf den Schreibtisch da drüben. Siehst du die rote Mappe? Bring sie mir, ich will dir was zeigen."

Flora hüpfte zum Schreibtisch, ergriff die Mappe und legte sie der alten Frau auf den Schoß.

„Was ist da drin? – Och, nur ganz altes Papier", sagte sie enttäuscht.

„Ja, es ist eine uralte Zeitung, ein Museumsmagazin. Man muss es vorsichtig behandeln, es ist schon brüchig. Aber mit dem, was in diesem Museumsheft steht, begann eine wichtige Arbeit."

„Für wen?", fragte Flora neugierig.

„Für meine Urgroßmutter. Siehst du den Artikel? Da ist eine Rede abgedruckt, die in dem ´Museum für Natur und Mensch´ gehalten wurde. Diese Rede hat ihr Leben verändert. Komm, wenn du Lust hast, erzähle ich dir eine Geschichte."

„Au ja. Ich liebe Geschichten. War das eine wichtige Rede? Darf ich sie dir vorlesen? Ich kann schon gut lesen!", freute sich Flora, zog eine Fußbank heran und kuschelte sich an Laras Knie.

„Ich glaube, das ist keine gute Idee. Ich erkläre dir am besten nur den Inhalt mit meinen Worten. Aber erst muss ich dir noch ein wenig vorweg erzählen", begann Lara. „Meine Urgroßmutter war zwanzig Jahre alt und machte gerade ein Praktikum in einem Museum. Das machte ihr viel Spaß. Ich finde es auch unglaublich spannend, über die Kulturen der Menschen etwas zu lernen. – Weißt du, dass es schon viele Tausend Jahre Kunst und Wissenschaft gibt? – Was sie genau für einen Beruf ergreifen wollte, wusste sie damals noch nicht."

„Wie lange sind viele Tausend Jahre?", fragte Flora mit großen Augen.

„Gib mir mal das Maßband da drüben. Schau mal, das ganze Maßband von einem Meter soll zehntausend Jahre darstellen. Habt ihr in der Schule schon bis zehntausend gerechnet?"

Das Kind runzelte die Stirn. „Nein", sagte es zögernd.

„Ist auch nicht so wichtig für unsere Geschichte. Es gab schon sehr früh in der Menschheitsgeschichte Kunst und Malerei. Bei Gelegenheit zeige ich dir Bilder von Höhlenmalereien. Aber nehmen wir einfach 90 Zentimeter, das sind dann neuntausend Jahre. Ungefähr hier begann die Kulturgeschichte mit der Gründung von Städten."

Lara zeigte auf der Skala auf die 90 Zentimeter. Langsam und mit einfachen Worten erzählte sie kurz von den alten Kulturen und führte den kleinen Finger des Kindes die Skala entlang.

Ernsthaft schaute Flora. Wie viel sie verstand, konnte Lara nicht erkennen.

„Und das Ende bei den Zahlen ist jetzt?", fragte das Kind nach einigem Nachdenken.

„Ja, genau. Und weil wir die Zukunft nicht kennen, hören die Zahlen da auf. Was die Zukunft bringt, wissen wir nicht."

„Ich habe gehört, dass Papa sagte, dass er für die Zukunft alles schwarzsieht, und das Kind sei schon in den Brunnen gefallen und man könne nichts mehr ändern. Er hat nicht gewusst, dass ich unter dem Tisch saß. Warum holt man das Kind nicht aus dem Brunnen raus? Da muss es doch gefährlich sein! Und was ist das für Schwarzes, das Papa sieht?"

„Das ist nur so eine Redensart. Aber lass mich weitererzählen. Wo waren wir?"

„Bei deiner Uroma."

Lara seufzte. „Ja, richtig. – Also, damals war in dem Museum eine Rede von einem Mann mit Namen Paul Mehringer angekündigt. Weil sie nichts Besseres vorhatte, ging sie hin."

„Ist das die Rede, die hier drinsteht? Ich will sie dir aber doch vorlesen!" Flora tippte energisch auf den Zeitungsausschnitt.

Lara schüttelte dem Kopf. „Du wirst das nicht verstehen können und es wird dir auch Angst machen. Du könntest Alpträume bekommen und dann kriege ich Ärger mit deinen Eltern."

„Ich bin schon ein großes Mädchen und ich habe vor nichts Angst, nicht mal bei Gewitter und Sturm!", rief Flora aufgebracht. Ihre Augen funkelten und das Blut stieg ihr ins Gesicht. „Eines Tages werde ich mit Susi zusammen die Welt retten! Das haben wir uns beide fest vorgenommen!"

Lara sah das Kind nachdenklich an. Man würde sie vor den kommenden schweren Zeiten nicht schützen können. Vielleicht könnte sie die Kenntnis der Vergangenheit besser vorbereiten.

„Na gut. Aber mach mir hinterher keine Vorwürfe. Es ist ein langer Artikel. Was du nicht verstehst, frag mich!"

Flora schüttelte den Kopf, räusperte sich wichtigtuerisch und begann zu lesen:

*Verspottung der Hoffnungsvollen*
Rede von Paul Mehringer,
gehalten zum Tag des Klimas 2020

Ihr glaubt tatsächlich, ihr könnt die Welt noch retten? Nun ja, die Welt wird uns überleben, irgendwie. Aber in welchem Zustand? Wieviel ist nach unserer Selbstauslöschung von der Tier- und Pflanzenwelt noch übrig?

Es wird uns vorgegaukelt, es sei fünf vor zwölf. Ach, liebe Leute, es ist längst fünf nach zwölf. Alle Chancen sind vertan, und wir können nichts mehr retten. Wollt ihr wissen, warum? Oder wollt ihr das gar nicht wissen, wollt ihr euch lieber der Hoffnung hingeben, es sei noch nicht alles verloren? Ich werde es euch sagen, auch wenn ihr es nicht hören wollt:

Wenn wir der Sache auf den Grund gehen, sehen wir ganz klar, es gibt jetzt schon viel zu viele Menschen. Keine wie auch immer geartete Geburtenregelung wird funktionieren. Wir werden uns immer weiter vermehren, bis die Erde zurückschlägt mit Hunger, Seuchen und Naturkatastrophen. Schon jetzt nehmen die Wüsten großflächig zu und die Zerstörung der Natur schreitet immer schneller voran. Wir Menschen sind von der Natur mit einem Übermaß von Gier ausgestattet. Das war in unserer frühen Entwicklungszeit ein Vorteil, aber nun treibt uns die Gier nach Macht, nach den vielen Dingen, die die Welt verstopfen und vergiften, in den Untergang. Unsere geistigen Fähigkeiten erlauben Auswüchse an Fanatismus, raffinierter Brutalität und Machtstreben, die uns unausweichlich in einen Krieg von jedem gegen jeden treiben.

Die Verteilungskämpfe haben schon begonnen. Sie werden uns immer näher kommen. Wann werden wir um Nahrungsmittel und Trinkwasser kämpfen?

Technik und Kommunikation machen es möglich, dass verzweifelte Menschen die reichen Nationen überrennen werden.

Aber vielleicht haben uns vorher schon die unvorstellbaren Mengen an Müll, Abfall und Giftstoffen, mit denen wir unsere Welt überfluten, den Garaus gemacht. Informiert euch mal über die riesigen illegalen Entsorgungen von Plastik und anderem Müll, der in Jahrtausenden nicht verrottet, nach Afrika und Asien und, wo der Schaden heute schon immens ist, ins Meer. Weite Gebiete der Wälder werden illegal abgeholzt. Die Astronauten auf der ISS können ein Lied davon singen. Das Tauen des Permafrostes und der Bergbau setzen Mengen von Methan frei. Die Verarbeitung vergiftet das Land weit umher, für Millionen von Jahren.

Da wir gerade von Millionen von Jahren reden: kann sich irgendeiner auch nur im Entferntesten diesen Zeitraum vorstellen, in dem die radioaktiven Abfälle die Welt verstrahlen? Hat schon mal jemand die Kontinentalverschiebungen in Betracht gezogen, die Veränderung in unserer geologischen Umwelt? Die Strahlung wird die Menschen begleiten, solange es Menschen gibt.

Natürlich ist es gut, Müll zu trennen, besser noch, zu vermeiden. Viele Menschen tun es und meinen, wenn wir alle es täten, sähe die Welt besser aus. Aber die Wahrheit ist, dass wir doch gar nicht mehr ohne die Segnungen der Zivilisation überleben können. Es wird sich nichts ändern, soviel wir auch in unserem Hamsterrad herumrennen. Und das kriminelle illegale Tun werden wir nicht verhindern können. Auf der einen Seite gibt es zu viele Menschen, denen es völlig egal ist, was aus der Welt der Tiere und Pflanzen wird, solange sie sich gierig und unersättlich den Reichtum einverleiben können und die selbst nicht in der Nähe illegal entsorgter Müllberge leben müssen. Aus den Augen, aus dem Sinn. Und auf der anderen Seite gibt es so viel Armut und

Elend, die den Menschen keine andere Wahl lassen, als Raubbau zu betreiben, wenn sie nicht schon jetzt verhungern wollen. An künftige Generationen können sie nicht denken. Sie müssen heute genug Geld verdienen, um essen zu können.

Bereits jetzt sind die Schäden, die wir durch unsere Existenz anrichten, nicht mehr in den Griff zu kriegen. Die Temperatur wird noch weiter steigen, selbst wenn wir ab sofort kein $CO_2$ mehr in die Luft blasen. Und wenn die Temperatur steigt, wenn der Permafrost das Methan nicht mehr halten kann, wenn durch die ansteigende Temperatur immer mehr Wasserdampf, das stärkste aller Treibhausgase, in die Atmosphäre gelangt, dann kippt das ganze System.

Es ist keine Bedrohung, die erst in der Zukunft auf uns zukommt. Der Klimawandel kommt nicht erst, er ist da. Die wissenschaftlich belegten und vielfach geprüften Daten sagen das deutlich aus und wir spüren das schon am eigenen Leib.

Auf was sollten wir uns einstellen?

Auf das Versiegen des Golfstroms, auf Hitzetote und Nahrungsmangel, auf Verteilungskriege um Nahrung und Wasser, auf ein weltweites Chaos, das Milliarden von Menschenleben kosten wird.

Und glaubt nicht, dass ihr das noch verhindern könnt, vielleicht ein wenig verzögern, aber der Zug für die Umkehr ist abgefahren.

Wehe unseren Nachfahren!

Stellt euch der Realität, macht euch nichts mehr vor. Wir sind die letzte Generation, die noch ein schönes Leben hat. Welch eine Tragödie für denkende und vernünftige Menschen, mit ansehen zu müssen, wie vor ihren Augen die menschliche Welt zugrunde geht.

Vielleicht, in einer sehr fernen Zukunft, wenn Reste der Menschheit den sicheren Rückfall in eine Steinzeit überlebt haben sollten, könnte sich eine neue

Zivilisation entwickeln. Aber ich glaube es nicht, denn die geerbten Eigenschaften, die uns Jahrzehntausende überleben ließen, werden uns dann wieder ins Unglück stürzen. Oder glaubt ihr wirklich, irgendwann gibt es keine Gier mehr in uns? Dass irgendwann der Verstand und die Vernunft siegen werden? Nein, irrationale Emotionen werden weiterhin das Leben der meisten bestimmen.

Ist es womöglich ein Naturgesetz, dass sich weitentwickelte Zivilisationen selbst vernichten müssen, weil nur destruktive Züge wie Gier, Macht und Brutalität überhaupt erst eine Zivilisation entstehen ließen?

Wir sind eine Sackgasse in der Evolution.

Nur ein Gutes hat die Entwicklung einer Menschheit gehabt: Für eine kurze Zeit hat sich das Universum ein Bewusstsein seiner selbst geschaffen, gab es die Erkenntnisse der Astrophysik und Kosmologie, gab es Musik, Kunst und Literatur.

Mit dem Wissen um deren Endlichkeit wird alles Schöne umso kostbarer, wie ein Diamant auf schwarzem Samt. Genießen wir es.

Bald ist alles verloren.


Nachdem Flora geendet hatte, blieb es eine Weile still im Raum. Sie hatte den Kopf gesenkt und blickte auf das Papier. Dann warf sie es mit einem heftigen Schwung auf den Tisch. „Soll das heißen, alle haben es gewusst und niemand hat etwas dagegen getan", rief sie laut. Ihr Kopf rötete sich. „Und dass deswegen das Meer immer höher steigt, dass Vati und Mutti so oft zum Arbeitseinsatz müssen und dass es manchmal hier so heiß ist und dass immer wieder Stürme kommen und Überflutungen! Und die Kriege und Aufstände und der Hunger überall mit so vielen toten Menschen! Und der Mann da sagt, das konnte man voraussehen?"

Flora standen die Tränen in den Augen. Ob vor Verzweiflung oder Wut wusste Lara nicht zu sagen.

„Komm mal her", sagte sie und zog das Kind näher zu sich heran. „Wir haben etwas getan. Und deshalb sitze ich hier und warte auf den TV-Bericht."

Lara sah auf die alte Uhr. Sie liebte das Ablesen von analogen Zeigern. Die Digitalisierung des ganzen Lebens hatte ihr schon immer Angst eingeflößt. Sie hielt sie für brandgefährlich. Und sehenden Auges stürzten sich die Menschen in die Möglichkeit der absoluten Überwachung.

Lara seufzte. Jetzt war es zu spät, um darüber zu lamentieren. Sie hielt es mit Murphys Gesetz: Alles, was schiefgehen kann, wird irgendwann auch schiefgehen. Aber an diesem Tag musste sie zugeben, dass ohne die Entwicklung der Digitalisierung ihr Traum nicht wahr geworden wäre.

Flora hatte sich inzwischen beruhigt und saß nachdenklich auf ihrer kleinen Fußbank. „Was habt ihr denn getan?", wollte sie wissen.

„Als meine Uroma die Rede gehört hatte, kam ihr ganz schmerzhaft der Gedanke, dass, wenn Paul Mehringer Recht hatte, mit dem Verschwinden der Menschen auch alles Gute und Schöne, das sie erschaffen hatten, mit ihnen verloren wäre. Kunst, Freundschaft, Liebe, Wissen, Tausende von Jahren der geistigen Entwicklung wären dahin und niemand würde sich je daran erinnern."

Flora sah sie erschrocken an. „Das ist ja furchtbar! Alle Bilder, alle Musik, alle schönen Häuser!" Ihr Blick wanderte in den Garten. „Auch die Blumen? Auch die Katzen und Hunde? Und alle Haustiere?"

Lara strich ihr über den Kopf und antwortete nicht auf ihre Frage. Das würde sie in ihrem Alter nicht verkraften können.

„Sie hat gedacht, dass es doch eine Möglichkeit geben müsste, all das Schöne zu erhalten und zu verbreiten", sprach sie einfach weiter. „Ich will es kurz machen, die Einzelheiten sind nicht interessant für dich. Als Nächstes hat sie sich überlegt, dass sie alleine fast nichts tun konnte. Und da hat sie über das Internet, so hieß das damals, in den folgenden Jahren ein ausgedehntes Netzwerk von Menschen zusammengebracht, in dem ihre Idee weiterentwickelt und weiterverbreitet wurde. Im Laufe der Zeit hat man dann ganz wichtige Leute in der Wissenschaft, Technik und sogar in der Politik überzeugen können, dass es unbedingt nötig ist, sofort damit anzufangen, etwas zur Rettung unserer Kultur zu entwickeln."

„Ja, was hat man denn nun getan?", rief Flora ungeduldig.

Lara blickte in ihren Gedanken in die Vergangenheit. „Als Erstes haben die Informatiker und Techniker eine Möglichkeit gefunden, unser Wissen auf künstliche Intelligenz zu übertragen. Aber das genügt ja nicht. Nur Wissen macht ja noch keinen guten Menschen aus und auch Kunst hat wenig mit Wissen zu tun, sondern mit Gefühlen, mit Begeisterung, Freude und Anstrengung. Ein guter Charakter und Liebe zu Menschen muss unbedingt dazukommen. Nach vielen Jahren war es endlich möglich, auch die Charaktereigenschaften und Talente von ausgesuchten Menschen auf die künstliche Intelligenz zu übertragen."

Flora sah Lara mit großen Augen an. „Es gibt Roboter, die wie Menschen denken und fühlen? Und deine Uroma hat das vorgeschlagen?", flüsterte sie ungläubig.

„Ja, neuerdings gibt es das. Aber damals war ihr schnell alles aus den Händen geglitten. Bessere und begabtere Menschen als sie haben das übernommen und alles entwickelt. Sie hatte nur als Erste die Idee dazu. Heute erinnert sich wohl keiner mehr an sie. Wichtige

Leute stellen sich gerne selbst in den Vordergrund, da wird eine einzelne Frau leicht vergessen. Viele Dinge in der menschlichen Entwicklung sind gleichzeitig erfunden worden. Vermutlich wäre man nach einiger Zeit auch ohne sie darauf gekommen."

„Was sollen die Roboter denn tun? Wo sind sie denn?", bohrte Flora nach.

Lara beugte sich nach vorn und lächelte verschwörerisch. „Sie sitzen jetzt alle an der Spitze von ganz vielen Raketen und warten auf den Start ins Weltall. Ihre kleinen Raumschiffe sind auf viele fremde Planeten programmiert, die vermutlich Leben tragen oder Leben tragen könnten. Diese Roboter, wie du sie nennst, sollen alles Gute und Schöne der Menschheit ins Weltall tragen und wir hoffen sehr, dass, vielleicht erst in zig-Tausenden oder sogar Millionen Jahren, jemand sich weit da draußen in der Galaxie an die guten Dinge der Erde und ihre Menschen erinnert und sich daran ein Beispiel nimmt."

Flora stand mit offenem Mund vor Lara und dann stieg in ihren Augen die kalte Wut hoch.

„In Wirklichkeit hatte man damit aber schon aufgegeben, die Welt zu retten", schrie sie dann verächtlich. „Man hat nur noch versucht, Reste überleben zu lassen. Für die Erde und uns Menschen hat man damit gar nichts erreicht!"

Flora verbarg ihren Kopf in Laras Schoß und wiegte sich hin und her. Lara musste ihr ehrlicherweise Recht geben und bedauerte schon, das Kind mit diesen unlösbaren Problemen belastet zu haben. Andererseits sah Flora jeden Tag die Auswirkungen und irgendwann musste sie sich den kommenden Katastrophen stellen.

„Aber was passiert denn hier, hier mit uns Menschen? Müssen wir jetzt aussterben?", klagte Flora ängstlich. „Muss ich bald sterben?"

„Aber nein, das müssen wir natürlich nicht", beruhigte Lara das Kind, obwohl sie nicht davon überzeugt war und befürchtete, es sei schon zu spät, das verhindern zu können.

„Ich glaube fest daran, dass mit dem Wissen um die Notwendigkeit dieser Arbeit auch die allgemeine Bereitschaft gewachsen ist, etwas zu ändern. Heute, wo wir die Auswirkungen der Klimaveränderung erleben müssen, bestreitet niemand mehr, dass wir Menschen daran schuld sind. Es wird überall an Lösungen gearbeitet und Leute, die das immer noch nicht glauben wollen, werden ausgelacht."

„Wir wollen auch was dafür tun, das haben Susi und ich schon abgesprochen!", erklärte Flora eifrig. Ihr Blick wanderte zur Uhr. „Wann ist es denn soweit? Wann starten die Roboter?", fragte sie neugierig

„Gleich", sagte Lara, stand auf und schaltete das TV-Netz an. Glücklicherweise war der Strom nicht ausgefallen und auf dem Bildschirm verfolgten die alte Frau und das Kind die Berichte über die Starts vieler Raketen in vielen Ländern, die die verlorene Schönheit der Menschlichkeit ins Weltall trugen.

## Der Delta-Plan

Mona stellt noch ein paar Getränke auf den Tisch und setzt sich zu den anderen. Sie und Tom haben sich in den letzten Tagen schon einige Worte zurechtgelegt und hoffen, dass Monas Eltern die Neuigkeiten gut verkraften werden. Der Kamin knistert leise und im Hintergrund läuft klassische Musik. „Lasst es euch schmecken", sagt Mona in die Runde.

„Vielen Dank für die Einladung und schön, dass wir mal wieder zusammensitzen, meine Lieben!", antwortet Martha.

„Es ist immer so gemütlich bei euch", fügt Carl hinzu und genießt schon die Vorspeise. Monas Eltern berichten von ihrem letzten Urlaub und erzählen Neuigkeiten aus der Nachbarschaft und dem Golfclub.

Es dauert nicht lange, bis Martha sich erkundigt, wie es bei Mona und Tom läuft, obwohl sie natürlich sicher ist, dass wie immer alles gut läuft.

„Wir sind sehr zufrieden", antwortet Tom. „In der Uni hat Mona die Studenten fest im Griff. Und in der letzten Woche gab es in unserer Firma einen großen Projektabschluss, alles bestens."

„Wie schön zu hören!", freut sich Carl, der sichtlich stolz auf seine Tochter und auch auf deren Ehemann ist.

„Aber in der letzten Woche ist noch etwas viel Wichtigeres passiert", sagt Mona und lässt bewusst eine Pause entstehen. „Wir haben eine Zusage erhalten."

Martha und Carl sind erleichtert, dass nun eine positive Nachricht folgen wird.

„Vor über einem halben Jahr haben wir ein umfangreiches Bewerbungsverfahren durchlaufen. Wir haben euch nicht davon erzählt, weil wir nicht damit gerechnet hatten, dass wir einen positiven Bescheid bekommen, denn nur etwa jede hundertste Bewerbung wird bewilligt. Und nun ja ..."

Ihre Eltern sehen sie erwartungsvoll an.

„Nun spann' uns doch nicht so auf die Folter!", lacht Martha gespannt.

Jetzt oder nie: „Wir wandern aus", sagt Mona möglichst ruhig, obwohl sie weiß, dass dieser Moment sehr intensiv wird. Carl sieht irritiert zu Martha und sucht in ihrem Gesicht eine Reaktion, der er sich anschließen kann. Aber Marthas Lächeln ist eingefroren. Sie möchte aus Höflichkeit nicht zeigen, wie erschrocken sie ist.

Tom übernimmt das Gespräch. „Wir möchten euch gerne erklären, wieso wir uns dazu entschieden haben. Deshalb haben wir euch heute zum Essen eingeladen. Natürlich haben wir schon erwartet, dass wir euch mit dieser Nachricht überraschen würden. Carl, möchtest du noch etwas Wein?"

„Ja gerne, danke.", antwortet er. Er lächelt Martha an, in der Hoffnung, dass sich die Situation etwas entspannt.

„Nun ja, irgendwie kann ich davon jetzt auch noch etwas gebrauchen", reagiert sie, hält ihr Glas hin und beginnt zu lachen.

Alle sind erleichtert, dass der erste Schock überwunden ist und nehmen sich etwas vom Hauptgang.

„Wohin möchtet ihr denn auswandern?", will Martha natürlich schon die ganze Zeit wissen.

Mona sieht ihre Eltern an. „Ihr habt doch sicherlich schon mal etwas von Seasteads gehört."

Carl weiß sofort Bescheid und erklärt seiner ratlosen Frau „Das sind diese künstlichen Inselstaaten, auf denen es eigene Gesetze gibt, weil sie außerhalb von 200 Meilen auf dem Meer liegen und somit zu keinem anderen Land gehören."

Dann fällt ihm ein, was er vor einiger Zeit in den Medien dazu gelesen hatte. „Aber das sind doch alles nur

Versuche. Das funktioniert doch irgendwie nicht richtig. Da gab es doch auch mal Mord und Totschlag, oder?"

Tom hatte sich vorab schon mit diesen Fällen beschäftigt und antwortet „Ja, leider. Auf manchen Seasteads kam es schon zu heftigen Zwischenfällen, und auch heutzutage kommt das auf manchen der Inseln leider noch vor. In den Gründungszeiten, Ende der Zwanziger, wurde noch viel ausprobiert. Die Idee zu den Seasteads war ursprünglich, dass die Menschen dort selbstorganisiert und nach eigenem Willen leben können. Aber wie man sich denken kann, klappt so etwas mit Menschen nicht besonders gut. Viele Bewohner haben es nicht lange auf den Inseln ausgehalten und sind in ihre Heimat zurückgekehrt."

Martha blickt beunruhigt in die Runde. Ihre eigene Tochter will doch wohl nicht etwa auf so eine chaotische Insel ziehen?

Mona sieht ihrer Mutter die Verunsicherung an und führt fort. „Aber inzwischen haben sich die Seasteads völlig verändert. Damals hat man eingesehen, dass trotz aller Versuche keine Gesellschaft ohne gewisse Regeln funktionieren kann. Über die letzten beiden Jahrzehnte wurden weitere Seasteads aufgebaut, von denen die meisten inzwischen ziemlich gut funktionieren. Und eine davon ist die ‚Delta'. Das ist die Insel, auf die wir umziehen werden. Sie ist mit etwa 200.000 Menschen die bisher größte und erfolgreichste Seastead und unterscheidet sich grundlegend von den anderen."

Marta und Carl versuchen, alles zu verstehen. Es gehen ihnen viele Dinge durch den Kopf. Ihre Tochter und ihr Schwiegersohn werden bald auf einer weit entfernten Insel leben. Und gleichzeitig versuchen sie zu begreifen, was für eine Art von Insel es sein wird. „Was macht Delta denn so einzigartig?", fragt Carl.

„Die gesamte Gesellschaft wird durch die Empfehlungen und Anweisungen einer Künstlichen Intelligenz geleitet", antwortet Tom.

Ihm ist klar, dass diese Antwort nicht besonders vertrauenserweckend klingt. Deshalb führt er ohne Umwege fort. „Delta wurde als hochmoderner Lebensraum entwickelt. Ein Quantencomputer erfasst jederzeit Milliarden von Daten und leitet daraus passende Aktionen für die Gesellschaft ab. Alles was die Bewohner außerhalb ihrer Privatwohnungen tun, wird analysiert und durch die KI miteinander in Einklang gebracht. Und so seltsam es klingt, dieses Modell ist sehr erfolgreich. Alle Bewohner wissen von Anfang an, dass ihnen von einem zentralen System Aufgaben und Empfehlungen gegeben werden. Das System funktioniert, weil sich alle Menschen gemeinsam darauf verständigt haben. Und wer trotzdem eigene Wege gehen möchte, kann jederzeit die Insel verlassen. Oder er muss es sogar tun, wenn sein Verhalten nicht mehr zum Lebensstil auf Delta passt.

Diese Art der gesellschaftlichen Organisation wird inzwischen als Kybernismus bezeichnet. Es ist so etwas wie eine neuartige Staatsform, die sich von anderen Formen wie der Demokratie oder der Diktatur wesentlich unterscheidet. Das Besondere am Kybernismus ist, dass es keine machtgesteuerten Entscheidungen einzelner Menschen gibt, sondern dass alle Entscheidungen objektiv getroffen werden und dass dadurch das soziale Gleichgewicht gehalten wird. Die Begründer von Delta hatten schon immer mit offenen Karten gespielt und erklärt, dass sie nicht wissen können, ob sich auf diese computergesteuerte Weise eine Gesellschaft erfolgreich leiten lässt. Aber schon im ersten Jahr gab es erstaunliche Zahlen. Von damals noch viertausend Bewohnern gab es nur drei körperliche Auseinandersetzungen, zwei Bewohner mussten nach den Vorfällen die Insel verlassen. Im zweiten Jahr gab es noch einen Vorfall, der einvernehmlich geregelt wurde, und in den letzten drei Jahren gab es nicht einen einzigen Fall von Kriminalität oder Gewalt. Und die Bevölkerung ist in der Zeit enorm gewachsen. Damit hatte natürlich niemand gerechnet."

Monas Eltern sehen sie ungläubig an. Zu oft schon hatten sie von diversen Utopien gelesen. In ihrem ganzen Leben haben sie noch nie von einem Modell gehört, in dem eine Gesellschaft dauerhaft friedlich leben kann.

„Das Leben auf Delta ist wirklich völlig anders als hier", sagt Mona. „Es gibt dort eine KI-gesteuerte Währung, die alles im Gleichgewicht hält. Unbeliebte Arbeiten werden automatisch so gut bezahlt, dass es genügend Leute gibt, die diese Aufgaben dann freiwillig übernehmen. Jeder bekommt von der KI mehrere Vorschläge und kann sich immer aussuchen, was er oder sie gerade tun möchte. Arbeitszeiten, wie wir sie kennen, gibt es dort nicht. Man kann dort auch keine Reichtümer aufbauen, denn man erhält für die geleistete Arbeit weniger Geld, je mehr man schon besitzt. Es gibt in der Arbeitswelt von Delta kein Konkurrenzgehabe und auch niemanden, der andere ausnutzt. Stattdessen haben wir gesehen, wie harmonisch die Bewohner miteinander umgehen und wie friedlich der Alltag auf der ganzen Insel verläuft."

„Ihr habt es gesehen?", fragt Martha erstaunt.

Mona antwortet, als wolle sie ein Geständnis ablegen. „Ja, wir haben bereits drei Tage auf Delta verbracht. Es gehört zum Bewerbungsverfahren dazu. Vor einigen Wochen sind wir nach Tahiti geflogen und wurden von dort aus mit etwa sechzig anderen Leuten mit dem Schiff zur Seastead gefahren." Sie wartet etwas ab, versucht ihren Eltern die Chance zu geben, die Informationen zu verarbeiten. Während Carl skeptisch zu sein scheint, wirkt Martha inzwischen sehr interessiert.

Mona erinnert sich an die schöne Zeit, auch wenn es nur drei Tage waren.

„Es war einfach unglaublich. Schon als wir ankamen, hatten wir gesehen, wie entspannt und friedlich alles war. Die Menschen wirkten wirklich glücklich. So etwas wie Stress scheint es dort kaum zu geben. Genauso wenig wie Langeweile. Wir waren als Besucher befreit von Aufgaben, dennoch hatte uns das System Vorschläge gemacht, wo wir unterstützen konnten. Es war für uns natürlich selbstverständlich, dass wir mitmachten und konnten uns so direkt in die Gesellschaft integrieren. Während Tom abends mit ein paar anderen Essen für eine Gruppe vorbereitete, half ich unseren Nachbarn bei der Gartenpflege. Es gibt dort viele Gärten, überall in den Wohn- und Geschäftsbereichen."

Tom erläutert das Leben auf Delta auch aus seiner Sicht.

„Ihr müsst euch vorstellen, dass die Leute dort wissen, dass sie alle zusammen auf eine eigene Weise leben. Nicht wie moderne Hippies, sondern eben wie Leute, die verstanden haben, wie eine Gemeinschaft funktionieren kann."

Carl weiß nicht, was er von der ganzen Sache halten soll.

„Das klingt ja zu schön, um wahr zu sein", erwidert er. „Aber ganz ehrlich, ich finde es ziemlich gruselig, dass ein Computer den Leuten sagt, was sie zu tun haben und dass sich alle Leute einfach so daran halten. Das klingt, als würden die Leute nicht mehr selbst denken. Und eigentlich wissen wir doch schon aus der Vergangenheit, wie gefährlich es ist, wenn eine Stimme einem ganzen Volk sagt, was es zu tun hat."

Tom möchte vermeiden, grundlos so zu klingen, als würde er sich rechtfertigen. „Deine Ansicht kann ich wirklich gut verstehen. Und natürlich dürfen wir nicht wieder so anfangen wir vor 100 Jahren, als Menschen blindlings einer falschen Weltanschauung folgten. Der Unterschied von damals zu heute ist aber, dass die KI nicht das Ziel hat, anderen Menschen zu schaden oder sich über Ländergrenzen hinwegzusetzen. Bei Delta steht das Prinzip der Gerechtigkeit im Vordergrund. Diese wird durch die KI auf eine Art und Weise ermittelt, wie es von Menschen niemals möglich wäre. So unmittelbar und individuell kann keine andere Staatsform auf jeden einzelnen Bürger eingehen. Auf keine andere Weise kann der Bedarf einer ganzen Gesellschaft so umfassend erkannt und reguliert werden. Es ist ein völlig neuer Ansatz, der natürlich erst seit der Zeit der Quantencomputer möglich ist, und mit dem die Menschen deshalb fast noch keine Erfahrungen sammeln konnte. Sicherlich wird es noch mehrere Jahrzehnte dauern, bis klar ist, ob sich der Kybernismus weiter durchsetzt, aber für uns ist jetzt schon klar, dass diese Staatsform für uns die Richtige ist und dass wir deshalb auch dort leben möchten."

Martha hatte vorhin schon erkannt, dass die beiden es ernst meinen. Inzwischen kann sie sogar verstehen, wieso sich einige Leute für das Leben auf Delta entscheiden. Und selbst Carl scheint inzwischen nicht mehr so skeptisch zu sein. Stattdessen hört auch er weiter zu und scheint zu begreifen, welche Vorteile die moderne Lebensweise von Delta bietet.

„Wann zieht ihr denn um?" fragt Martha. „Und können wir euch dann auch besuchen?"

„Also spätestens in vier Wochen müssen wir drüben sein", sagt Mona. „Bis dahin werden wir hier alles geregelt haben. Das ist aber recht einfach, und theoretisch könnten wir auch schon in einer Woche umziehen, da wir sowieso fast nichts mitnehmen müssen. Allerdings hängt es auch von euch ab, wann die Reise startet", sagt Mona, während sie sich etwas zu trinken eingießt.

Erstaunt sehen sich Carl und Martha an.

„Wieso denn von uns?", fragt Carl. Tom erklärt diese Regel des Bewerbungsverfahrens. „Wenn die Einreise genehmigt wird, können die Einwanderer auch Verwandte ersten Grades einladen. So ist sichergestellt, dass Eltern ihre Kinder mitnehmen dürfen, was natürlich selbstverständlich ist. Aber eben auch, dass die Eltern der Einreisenden nicht zurückgelassen werden müssen. Schon damals war schnell klar, dass erst durch diese Möglichkeit die Bereitschaft der geeigneten Bewerber groß genug war, ihr bisheriges Leben aufzugeben."

Man kann Martha und Carl ansehen, dass sie die Situation verstanden haben, und Mona und Tom müssen nicht genauer erklären, welche Frage nun also im Raum steht. Es ist einige Sekunden lang still, Mona isst noch ein Stück Obst.

Carl versucht für sich Klarheit zu bekommen. „Also ihr fragt uns eigentlich, ob wir mit euch nach Delta ziehen und alles, was wir uns bis jetzt aufgebaut haben, zurücklassen?" Martha möchte die Bedenken begründen. „Wir haben über Jahrzehnte unser Darlehen abbezahlt, um nun endlich im Besitz unseres Hauses zu sein. Das können wir doch nicht einfach verpuffen lassen, als wäre nichts gewesen."

Mona kann ihre Eltern gut verstehen. „Diese Gedanken hatten wir natürlich auch. Wir haben das Glück, dass es uns wirklich gut geht, und wir sind auch sehr froh darüber. Viele würden uns für verrückt erklären, dass wir das alles aufgeben. Aber es ist nun mal ein völlig anderes Leben auf Delta. Dort geht es nun mal nicht um Dinge wie Häuser oder gut bezahlte Jobs. Ich muss euch nicht erklären, welche Schwierigkeiten der Kapitalismus mit sich bringt. Das mit der Schere zwischen Arm und Reich ist ein alter Hut. Ihr wisst auch selbst, dass unsere Demokratie hauptsächlich durch die Wirtschaft gesteuert wird. Im Grunde genommen ist unsere

Gesellschaft deshalb schon seit Jahrzehnten gelähmt. Als Teenager haben wir freitags noch die Schule geschwänzt, um für bessere Umweltbedingungen zu protestieren. Das ist nun schon über zwanzig Jahr her, und nun ist auch allen klar, dass die Politik viel zu langsam reagiert hat. Das System, in dem wir hier leben, lässt es nun mal nicht zu, dass wir als Gesellschaft so leben, wir es für uns am besten ist. Das war der Menschheit bisher noch nie möglich gewesen. Denn es ist nun mal niemandem möglich, zu erkennen, welche konkreten Maßnahmen wirklich nötig sind, um die Gesellschaft insgesamt zu verbessern. Keinem Einzelnen, keiner Gruppe und keiner bisherigen Staatsform."

Martha und Carl können dem nicht widersprechen. Sie sehen sich wortlos an. Es ist sogar offensichtlich, dass Mona und Tom die Lage richtig einschätzen.

„Und was macht ihr mit eurem Haus und den Autos und allem?", fragt Martha.

„Es gibt die Möglichkeit, dass wir unser Vermögen in die Weiterentwicklung von Delta investieren", antwortet Tom. „Uns wird aber nicht vorgeschrieben, ob und wie wir unser Eigentum verkaufen. Wir könnten auch alles verschenken beziehungsweise auf andere Besitzer übertragen. Wir könnten auch einfach alles stehen und liegen lassen, womit alle Güter automatisch in den Besitz des Staates übergehen. Aber wir haben uns das natürlich schon überlegt."

Tom sieht Mona an, die hofft, dass ihre Eltern nun nicht die Fassung verlieren. Sie erklärt: „Also erstmal würden wir euch gerne unser Haus übertragen. Das könntet ihr dann entweder als Mieteinnahme gebrauchen oder verkaufen, wenn ihr es möchtet. Unsere Autos und alles, was wir hier haben, könnten wir auch einfach durch Auktionshäuser verkaufen lassen, und ihr bekommt das Geld. Tatsächlich ist es uns ziemlich egal, was mit allem hier passiert. Wir haben uns gedanklich sowieso schon auf das Leben auf Delta eingestellt."

Carl wirkt erstaunlich unbeeindruckt. „Habt ihr nicht eben noch gesagt, dass ihr mit dem Erlös die Weiterentwicklung von Delta unterstützen würdet?"

Martha sieht zufrieden zu ihrem Mann und weiß, wieso das eine gute Alternative wäre. Sie nimmt noch einen Schluck Wein und wartet ab.

Carl versteht. „Okay", sagt er und kann sich ein kleines Schmunzeln nicht verkneifen. Es ist verrückt. Vorhin war es noch ein gemütliches Abendessen, und nun geht es um die Frage, ob sie ihr Leben vollständig auf den Kopf stellen und zusammen mit ihrer Tochter und ihrem Schwiegersohn auf eine Insel ziehen.

Die Stimmung ist erstaunlich gelöst, es scheint fast so, als wäre inzwischen allen klar, welche Chance sich ihnen bietet. „Wir möchten euch natürlich zu nichts drängen", sagt Mona. „Nehmt euch doch bitte die nächsten Tage Zeit, um in Ruhe darüber nachzudenken. Ihr könnt euch viele Dinge durchlesen und Videos ansehen. Viele Bewohner von Delta berichten regelmäßig von ihrem Leben auf der Insel. Wir haben damals natürlich auch etwas Zeit gebraucht, um unsere Entscheidung zu treffen."

Martha und Carl sehen sich zufrieden an. Sie wissen beide, dass sie sich schon entschieden haben.

*Rolf Glöckner*

## Zukunft, es geschieht jetzt.

## Prolog

Das beherrschende Thema in den Medien war im Jahre 2019 der immer schneller voranschreitende Klimawandel. Während die Politik weltweit zu keiner Einigung bereit war und namhafte Präsidenten den Klimawandel leugneten, gingen junge Menschen auf die Straße. Sie demonstrierten gegen die Untätigkeit der Regierungen und es wurden immer mehr, die sich auflehnten, denn sie waren es, deren Zukunft man leichtfertig aufs Spiel setzte. Könnte man den Klimawandel aufhalten und zumindest zum Stillstand bringen? Was aber, wenn die Natur selbst das Heft in die Hand nehmen würde? Was dann?

## Yellowstone Park

Es war ein schöner Tag, die Sonne schien und der Schwefelduft, der im Yellowstone Park überall präsent war, wurde von einer leichten Brise zum Haus, in dem sich eine Station des USGS (US Geological Survey) befand, hingetrieben. Tom Swallow, als Vulkanologe in der Station, hatte heute Dienst und er langweilte sich. Erst in einer Stunde würde er zum Yellowstone Lake und einigen anderen Punkten fahren, um Wasserproben zu nehmen. Anschließend würde er sie untersuchen und die Ergebnisse in die Zentrale nach Reston, Virginia, schicken. In der Ecke, in dem seine Messgeräte standen, bewegte sich etwas geräuschvoll. Er schaute hinüber und sah, dass sich der Schreibstift des Seismografen über das eingespannte Papier bewegte. Er stand auf und ging hinüber, schaute auf das Millimeterpapier und sah kleine Zacken erscheinen. „Ach", sagte er zu sich selbst, „eines dieser üblichen Schwarmbeben, wie sie täglich und manchmal auch stündlich auftreten." Er beobachtete das Gerät und die darauf geschriebenen zackigen Linien und fand alles im normalen Bereich. Er wandte sich um, zog seine Jacke an, griff nach seinem Koffer, den er für die Entnahmen der Proben brauchte, und verließ das Gebäude. Er ging zu seinem Jeep und wollte eben einsteigen, als sein Mobiltelefon summte. Er nahm das Gespräch an. Am anderen Ende war Mike Connors, der diensthabende Ranger der Station Mammoth Hot Springs. „Hallo, Tom, hast du einen Augenblick Zeit? Zuerst aber sag mir, ob es in deiner Station etwas Besonderes gibt." „Nein", antwortete Tom Swallow, „nur das übliche Schwarmbeben wurde angezeigt. Was hast du denn auf dem Herzen?" Mike, er klang aufgeregt, stieß hervor: „Hier stimmt etwas nicht, vor etwa zwei Stunden trat auf den Sinterterrassen kein heißes Wasser mehr aus. Jetzt läuft es aber wieder. Ich habe die Temperatur gemessen und die genommenen Daten mit unseren Aufzeichnungen verglichen. Die Wassertemperatur ist stark gestiegen. Solange ich hier bin, habe ich so etwas noch nicht erlebt. Da ist doch etwas faul!" Tom dachte einen Moment nach und entgegnete dann: „Meine Wasserproben kann ich auch später nehmen, ich glaube, ich werde dich jetzt aufsuchen und dann schauen wir uns die Sache einmal gemeinsam an, OK?" Mike war einverstanden. Sie beendeten das Gespräch und Tom machte sich auf den Weg.

Nach geraumer Zeit erreichte er Mammoth Hot Springs im Norden des Parks. Mike stand schon vor der Station und erwartete ihn. Gemeinsam gingen sie zu den Terrassen hinüber. Dort nahm Tom eine Wasserprobe, maß die Wassertemperatur und sie war höher, als er erwartet hatte. Er nahm eine weitere Wasserprobe an einer nahegelegenen Stelle, die er später in seinem

Labor untersuchen wollte. Dann wandte er sich Mike zu und bat ihn, die anderen Stationen aufzufordern, ebenfalls die Temperaturen der verschiedenen Gewässer zu messen und ihre Ergebnisse an die USGS-Niederlassung zu melden. Er winkte Mike noch einmal zu und machte sich auf den Weg, seinen täglichen Beschäftigungen nachzugehen.

## Yellowstone Lake

Er startete seinen Jeep und fuhr auf dem kürzesten Weg zum Yellowstone Lake. Dort angekommen, nahm er zuerst einige Wasserproben. Er überlegte einen Augenblick und dachte: „Vielleicht sollte ich doch den Theodoliten aufbauen, um zu messen, ob sich der Yellowstone Lake gehoben oder gesenkt hat." Er machte sich an die Arbeit, regelte das Messgerät unter Zuhilfenahme seiner Aufzeichnungen mit gleichem Winkel wie bisher ein und schaute durch das Zielfernrohr. Er erschrak. Er hätte jetzt das gegenüberliegende Ufer im Fadenkreuz haben müssen, aber da war nichts als Wasser. Der Nordrand des Sees hatte sich gehoben. Nicht nur der See, sondern der gesamte Boden der Caldera. Das hatte doch erst im Jahr Zweitausendundvier stattgefunden, als sich bei Messungen herausstellte, dass sich der gesamte Boden um fünfundzwanzig Zentimeter gehoben hatte, dachte er. Danach hatte die Hebung bis heute nur um einen Zentimeter pro Jahr stattgefunden. Was war da passiert und was hatte es zu bedeuten? War die Magmakammer in der Tiefe aktiv geworden und bedeutete es, dass ein Ausbruch des Supervulkans bevorstand? Tom schüttelte den Kopf und entschied, zu seiner Station zurückzukehren. Er baute seinen Theodoliten ab, sammelte seine Proben ein, verlud alles in seinen Jeep und begab sich auf den Rückweg.

Dort angekommen, blinkte sein Anrufbeantworter. Tom hörte die Nachrichten ab. Viele Fragen wurden gestellt und von einigen Ungereimtheiten wurde berichtet. Überall im Park passierte Seltsames. Old Faithful schwieg, im Bereich Mud Vulcano wurden große Mengen kochend heißer Schlamm ausgeworfen, Prismatic Spring hatte sein gesamtes Wasser in den Untergrund abgegeben und was der sonderbaren Ereignisse mehr waren. Er beschloss, die Zentrale anzurufen, um von den Begebenheiten, die sich heute, am 23. Dezember 2020, zugetragen hatten, zu berichten. Zuerst aber wollte er die mitgebrachten Proben analysieren.

## Ergebnisse und Alarm

Er begab sich in sein Labor und begann die Wasserproben zu untersuchen. Erstaunt stellte er fest, dass der Schwefelgehalt in den Proben stark angestiegen war. Kein gutes Zeichen! Er nahm sein Telefon und rief die Zentrale in Reston an. Während die Verbindung hergestellt wurde, wurden mehrere Seismografen aktiv und sein Mobiltelefon summte. Er nahm das Gespräch an, sagte: „Einen Moment, ich bin gleich da", und ging zu seinem Seismografen. Dort musste er erschreckt feststellen, dass mehrere Beben mit der Stärke von über fünf auf der nach oben offenen Richterskala aktiv wurden. Er nahm sein Telefon und sagte: „Was kann ich für Sie tun?" Am anderen Ende meldete sich ein Mitarbeiter der Universität Utah. Die Universität unterhielt einige GPS-Messstationen im Park, aber auch außerhalb des Parkbereiches. Der Mitarbeiter, mit dem er sprach, wollte wissen, ob etwas Besonderes aufgetreten sei, die Daten, die sie am frühen Morgen eingesammelt hatten, enthielten merkwürdige Ergebnisse. Tom berichtete, was sich heute zugetragen hatte und dass gerade mehrere Erdbeben mit einer Stärke über fünf aufgetreten

waren und dass auch der Schwefelgehalt in seinen Wasserproben deutlich angestiegen war. Sein Gesprächs-
partner, der ebenfalls seine Daten der letzten vierund-
zwanzig Stunden ausgewertet hatte, berichtete von He-
bungen des Caldera-Bodens. Tom zählte eins und eins
zusammen, beendete das Gespräch und rief die Zentrale an. Es dauerte eine Weile, bis er eine freie Leitung
bekam. Da schien ja allerhand los zu sein. Parallel zu
seinem Gespräch schickte er die aktuellen Daten auf die
Reise und informierte den Wissenschaftler, der schon
eifrig in den empfangenen Daten herumblätterte. Es
war einen Moment still, dann sagte er: „Ich werde jetzt
die Alarmstufe „Gelb" einleiten und ich bitte, dafür zu
sorgen, dass der Park geschlossen und die Besucher auf-
gefordert werden, den Park umgehend zu verlassen.
Das Ganze sieht mir überhaupt nicht gut aus, zumal
sich auch Erdbebenaktivitäten außerhalb des Parks ma-
nifestieren. Man sollte die Bewohner der Ansiedlungen
westlich des Nationalparks warnen. Setzen Sie bitte alle
Ranger-Stationen vom Gelben Alarm in Kenntnis, ich
glaube, uns bleibt nicht mehr viel Zeit. Sie sollen dort
ebenfalls die Hotels evakuieren und den Gästen emp-
fehlen, nach Nordwesten in Richtung der Rockies zu
fliehen."

Evakuierung und Flucht

Es wurde hektisch im Park. Die Ranger waren, nachdem
sie die Information für die Evakuierung von Yellowstone erhalten hatten, unterwegs, um die Besucher des
Parks aufzufordern, den Bereich unverzüglich zu verlassen. Panik machte sich breit. Gelber Alarm? Stand ein
Ausbruch bevor? Alle liefen, so schnell sie konnten, zu
den Parkplätzen, stiegen in Autos und Busse und verließen den Park in verschiedene Richtungen. Tom telefonierte mit der Verwaltung von West Yellowstone und

teilte mit, dass es einen gelben Alarm im Park gebe und dass es besser wäre, die Touristen, die dort in den Hotels waren, zu bitten, die Gegend zu verlassen und er würde sie auf dem Laufenden halten. Und wieder bebte der Boden, dieses Mal mit einer Stärke von 6,4. Das Epizentrum lag dieses Mal im Norden, südlich der Stadt Billings. Und wieder bebte der Boden! Jetzt bewegte sich die Erde an der Grenze zu West Yellowstone. Tom bekam es mit der Angst zu tun. Sollte er nicht besser ebenfalls den Park verlassen, um sich in Sicherheit zu bringen? Und welche Sicherheit sollte das sein? Hier in der Caldera konnte er nicht mehr länger bleiben, er würde jetzt die wichtigsten Dinge einpacken. Sein Mobiltelefon summte. Am anderen Ende war Mike.

Aufgeregt stieß er heraus: „Wir räumen jetzt und versuchen, den Park in Richtung Billings zu verlassen, Hier bilden sich Risse, die sich bereits durch die Sinterterrassen ziehen. Sie werden ständig breiter und große Hitze tritt aus. Erste Lavaflecke sind ebenfalls schon zu sehen. Wir nehmen unsere Kameraausrüstung mit und vielleicht gelingt es, die Vorgänge mit der Kamera einzufangen. Du solltest dich ebenfalls auf den Weg machen, sinnvollerweise ebenfalls nach Norden, unsere Windfahne zeigt nach Südwesten. Wenn es passiert, treibt der Wind die Asche von dir weg. Mach schnell, es bleibt nicht mehr viel Zeit." Tom hatte aufmerksam zugehört, als wieder die Erde bebte. Er beendete das Gespräch, nahm die Aufzeichnungen seiner Geräte, stopfte sie in seinen Rucksack und lief nach draußen, sprang in seinen Jeep, startete den Motor und kurze Zeit später war er unterwegs. So schnell es sein Fahrzeug hergab, raste er nach Norden und erreichte Mammoth Hot Springs. Dort war alles schon menschenleer. Er stoppte kurz und sah sich um. Dann bemerkte er es. Risse, aus denen Magma hervortrat.

Er sprang in seinen Jeep und fuhr den Highway hinauf und verließ den Park. Plötzlich hatte er den Eindruck, der Asphalt würde sich unter ihm bewegen. Der Jeep wurde hochgeworfen und landete nach einer Luftfahrt krachend auf allen vier Rädern. Er beschleunigte sofort wieder und in der Ferne wurde North Entrance sichtbar. Verlassen! Die Schranke war hochgeklappt und er durchfuhr den Eingang zum Park. Nach vielen Meilen tauchten in der Ferne die Lichter von Billings auf, aber dort wollte er nicht bleiben. Sein Gefühl sagte ihm, dass es besser sei, so viele Meilen wie möglich hinter sich zu legen. Der Himmel begann, sich rot zu verfärben, als eine gewaltige Explosion einen großen Teil des Parks erschütterte. Vulkanisches Material wurde kilometerhoch in die Atmosphäre geschleudert und riesige Aschenwolken stiegen auf. Die Magmakammer unter Yellowstone hatte sich einen Weg an die Oberfläche gebahnt und der gigantische Ausbruch vernichtete alles Leben in einem Umkreis von einigen hundert Kilometern. Tom brachte sich den Ausbruch von vor etwa sechshundertvierzigtausend Jahren in Erinnerung, der eine neue Caldera geschaffen hatte und eintausend Kubikkilometer Asche über das Land verstreute. Und dann sah er eine dunkle Walze auf sich zukommen. Pyroklastische Ströme! Die Angst kroch ihm den Rücken hinauf. Er gab noch einmal Gas, aber es war zu spät. Die achthundert Grad heiße Aschewolke erreichte ihn und hüllte seinen Jeep ein. Er hatte es nicht mehr geschafft.

## Was sind die Folgen des Ausbruchs eines Supervulkans?

Extrem heiße pyroklastische Ströme werden ein großes Areal um die Ausbruchstelle bedecken, sie können bis zu zweihundert Kilometer weit reichen und eine bis zu zweihundert Meter dicke Schicht von vulkanischem

Auswurf bilden. Ein Gebiet von der Größe des amerikanischen Kontinents würde dann mit Asche bedeckt sein. In einem Umkreis in der Größenordnung von 100 km wird jedes Leben durch den Ausbruch vernichtet. Im Umkreis von mehreren hundert Kilometern kann die Last von Ascheschichten, besonders wenn Feuchtigkeit hinzukommt, Dächer zum Einsturz bringen. Wasser- und Abwasseranlagen, Flugverkehr und Stromversorgung sind gestört. Auch in größerer Entfernung ist die Sterblichkeit hoch. Sehr feiner Vulkanstaub mit einem Durchmesser von weniger als 4 µm kann durch Einatmen in die Lunge gelangen und kurzfristig Asthma- und Bronchitisanfälle, langfristig Silikose, Lungenkrebs und COPD verursachen. Die Ascheschicht behindert die Photosynthese von Pflanzen, sie kann – je nach Dicke und Verweilzeit der Tephraschicht – ihren Wuchs beeinträchtigen, bis hin zum Absterben. Vor allem Bäume und Sträucher können durch die Last der Tephra brechen. Neben den primären Schäden einer Supervulkanexplosion wird es zu einer globalen Klimakatastrophe kommen, auch als vulkanischer Winter bezeichnet, bei welchem im Durchschnitt die Temperaturen weltweit um mehrere Grad sinken. Die Ursache ist das Aufsteigen von Asche und Schwefelaerosolen in die Atmosphäre und das Sonnenlicht wird dadurch für lange Zeit stark abgeschwächt. Durch massenhaftes Absterben von Pflanzen und Tieren droht eine weltweit spürbare Nahrungsknappheit, die einige Jahre anhalten wird und es kann zu einer sogenannten „Kleinen Eiszeit" kommen.

## Zwei Jahre später

Was war geschehen in diesen zwei Jahren? Ein Klimawandel der anderen Art war über die Menschheit hereingebrochen. Auf der Nordhalbkugel hatte nun ein lang andauernder Winter das Zepter übernommen. Durch den Ausbruch des Supervulkans waren große Teile der USA von Asche bedeckt und der Winter wollte nicht enden. Lebensmittel waren knapp, denn die Kornkammer im Mittleren Westen war zerstört. Aber nicht nur die USA war betroffen. Weltweit waren die Temperaturen im Durchschnitt um mehrere Grad gefallen. Der Norden von Kanada war von Eis bedeckt und die Gletscher auf Grönland wuchsen wieder, Europa, besonders der Norden, ächzte unter einer sich nach Süden ausbreitenden dicken Eisschicht. Eine Zwischeneiszeit hatte begonnen. Der Süden dagegen litt unter heftigen Regenstürmen, der die Flüsse über die Ufer treten ließ und große Teile von Italien, Griechenland, Südfrankreich und Spanien überflutete. Niemand redete mehr über den Klimawandel. Er war anders gekommen, als sich die Menschheit hatte vorstellen können. Viele Menschen litten Hunger, der Flugverkehr war zusammengebrochen, weil Asche, die sich noch immer in der Atmosphäre befand, die Turbinen beschädigen würde. Das Problem traf auch den Kraftverkehr und die Bahn. Wie lange würde die Menschheit brauchen, sich von diesem gigantischen Ausbruch des Supervulkans in Nordamerika zu erholen? Und was war mit der Natur? Würden sich Flora und Fauna ebenfalls erholen oder würden Tiere, zumindest die, die der Mensch noch nicht vernichtet hatte, von unserem Planeten verschwunden sein. Ich bin sicher, eine harte Zukunft liegt vor unserem Planeten und den wenigen verbliebenen Bewohnern, ob Pflanze, Tier oder Mensch. Doch etwas Besonderes hat jede Zeit, so auch diese: herrliche Sonnenuntergänge.

Aber wollen wir eine solche Zukunft? Sie passiert jetzt! Wird der Mensch davon lernen?

*Katja von der Heide*

## Ein ungeahnter AusFlug in die Zukunft

Levke und Ole saßen im Kinderzimmer auf dem Bett, aßen Popcorn und tranken Kakao und tauschten sich darüber aus, wie toll der letzte Besuch im Freizeitpark gewesen war. Ihre Eltern hatten ihnen versprochen, an einem Ferientag noch einmal gemeinsam in den Freizeitpark „Böllsünd" nach Dänemark zu fahren.

Wie cool, dachte Levke, dann fliege ich die ganze Zeit in dem Kettenkarussell. Ole wollte gerne in der Achterbahn fahren. Er liebte Vollspeed. Levke liebte auch die Schnelligkeit, das Fortfliegen, das Nicht-Mehr-Denken-Müssen und die Freiheit, die ihr mit jedem Luftzug mehr ins Bewusstsein kam.

Gesagt, getan, die Sommerferien hatten angefangen und schon am nächsten Tag ging's los. Auf der Autofahrt wetteiferten Levke und Ole, wer wohl die meisten Runden in der Achterbahn und im Kettenkarussell fahren würde.

Als sie die Eintrittsschranke passiert hatten, konnten Levke und Ole es kaum erwarten, gleich loszuflitzen. Ihre Eltern verwiesen auf einen Lageplan nahe des Eingangs. Levke und Ole fingen an, sich zu streiten, welches Fahrgeschäft zuerst aufgesucht wird. Mama schlug vor, dass sie eine Münze werfen – und beide waren einverstanden. Ole entschied sich für die Zahl und Levke für das Symbol. Als Mama die Münze warf, kullerte sie über den Lageplan und verschwand ohne viel Aufhebens in einem nahe gelegenen Gully. Mama machte große Augen, Papa schimpfte und Ole und Levke guckten sich nur verdutzt an und lachten laut los.

Eine Entscheidung gab es jetzt jedoch nicht, aber Levke hatte auf einmal eine Idee. Sie, Levke, könne ja mit Mama gehen und Ole mit Papa, dann wäre es absolut gerecht. Ihre Eltern hatten Einwände, aber auch nur so lange, bis Levke sagte: „Es ist unser Tag, ihr habt es uns versprochen, dann dürfen wir auch entscheiden." Tja, was sollte dagegen noch gesagt werden?

Also machten sie sich auf den Weg und verabredeten sich für später. Levke war aufgeregt und gespannt, was sie erwarten würde. Sie fasste Mama an der Hand und zog sie in Richtung des Kettenkarussells. Auch Ole zog mit Papa los. Als das Kettenkarussell in Sichtweite kam, ließ Levke Mamas Hand los und rannte und rannte.

Die Leute waren gerade wieder gelandet, so dass Levke einen Platz für ihren Flug ergattert hatte. Langsam setzt sich das Kettenkarussell in Bewegung. Levkes Knie zitterten ein wenig, doch sie hatte insgesamt ein gutes, beschwingtes Gefühl. Anfangs umklammerten ihre Finger noch die Ketten, doch später ließ sie sie los, entspannte sich vollkommen, schloss die Augen und fand sich wieder in einem Traum. Die Schnelligkeit zog wie ein freiheitlicher Sog an ihr und sie fühlte sich wie eine Akrobatin in luftiger Höhe, die sich gleichzeitig von Trapez zu Trapez schwang.

Für Levke war es ein erhebendes Gefühl und für sie fühlte es sich so an, als wenn es nie anders gewesen war. Von unten hörte sie Menschengemurmel, kleine Schreie. Das war bestimmt das Publikum, das nur ihr zuguckte und ihr zujubelte. Denn sie war die Levke, die Akrobatin der Winde.

Nach einer kurzen Ewigkeit war die Fahrt zu Ende und das Kettenkarussell näherte sich wieder der Erde. Levkes Füße berührten den Boden, ja, sie fühlten ihn geradezu, aber wie konnte das sein? Wie schnell war sie jetzt von dem schwingenden Trapez heruntergekommen, wo war das Zirkuszelt und was machte sie jetzt gerade hier? Es dauerte eine Weile, bis Levke den Traum realisiert hatte.

Da sah Levke auf einmal Mama. Doch wo waren Ole und Papa? Ach ja, Levke erinnerte sich, Ole wollte ja zur Achterbahn. Ole und Papa waren inzwischen bei der Achterbahn angekommen. Komisch, dachte Ole, es bewegt sich nichts. Papa traute seinen Augen nicht, als er das Schild las: „Wegen eines technischen Defekts geschlossen."

Papa überlegte, schon halb schwitzend, wie er Ole das schonend beibringen konnte. Doch als er sich zu Ole drehte, stand der schon mit hochrotem Kopf da und trat, laute Schimpfworte ausstoßend, gegen das Schild. „Das kann doch wohl nicht wahr sein, ich hatte mich so darauf gefreut, warum gerade heute?"

Papa guckte sich betreten um, versuchte Ole zu trösten, aber da es zwecklos schien, ließ er es sein. Plötzlich nahm Papa ein weiteres Schild wahr: „Nur heute: Super Simulation (Flying Cars). Erleben Sie die Zukunft hier und heute, jetzt!"

„Hey Ole", sagte Papa, „guck doch mal, fliegende Autos, das ist doch dein absoluter Zukunftstraum."

Ole staunte und sagte: „Boah, cool! Los, Papa, komm, beeil dich, wir wollen die Ersten sein."

Sie betraten einen kleinen Raum, ähnlich einem futuristischen Labor, in dem sich schon einige Passagiere eingefunden hatten. Ole nahm auf einem bequemen Sessel neben Papa in der Mitte des Raumes Platz. Beide setzten sich die bereitliegenden Virtual-Reality-Brillen auf.

„Bereit zum Flug?", fragte Papa.

„Ja klar!", erwiderte Ole.

Für alle Passagiere war das Codewort für den Start klar: „Ready for Flydry", übersetzt Fly and Drive. Papa murmelte etwas davon, dass Flydry ein witziges Wort sei – trocken fliegen, wer hatte sich das bloß ausgedacht?

Ole konnte seine Begeisterung nicht zurückhalten und war auf einmal wie ausgewechselt. „Hey Papa, ich sitze in meinem coolen Flugauto Skyracer, one, two, three, fire." Das Flugauto stieg blitzschnell wie auf Kommando senkrecht in die Höhe.

„Wow", Ole konnte es nicht fassen, „ich kann die Wolkenkratzer von oben sehen, wenn ich will, kann ich drauf spucken. Du sag mal, Papa, muss ich hier irgendetwas drücken, wo fliegen wir denn hin?"

„Ole, die Koordinaten wurden vorher eingegeben, dein Skyracer fliegt von ganz allein und wird auch wieder wie von selbst landen, das ist so einprogrammiert."

„Papa, hier steht was von 360, fliegen wir wirklich, so ganz in Echt 360 Kilometer in der Stunde?"

„Ja, das ist wirklich so, der reinste Wahnsinn."

Auf einmal sah Ole, dass sie nicht mehr über den Wolkenkratzern flogen. Komisch, dachte er, da ist ja die Wasserrutsche, die Achterbahn, die nicht fuhr, die Raupe und das Kettenkarussell. Er sagte laut und erstaunt zugleich: „Papa, das ist Böllsünd. Ich glaube, ich sehe nicht richtig! Guck mal, Papa, da unten sind Mama und Levke. Huhu! Hallo!", schrie er schon ein bisschen lauter. „Könnt ihr uns sehen? Oh, was ruckelt denn da so, ich glaube, wir fliegen tiefer."

„Ja", sagte Papa, „wir landen gleich."

„Hier neben Mama und Levke?"

„Ja", erwiderte Papa.

„Im Park habe ich einen Mann gesehen, der hatte eine Art Astronautenanzug an und einen Helm auf mit einer Datenbrille und Kamera. Der hat uns und die Fahrgeschäfte aufgenommen und das in unsere Virtual-Reality-Brillen übertragen."

„Aha", sagte Ole, er verstand nicht alles, was Papa sagte. „Das ist schließlich künstliche Intelligenz."

Papa war so in seine Selbstgespräche mit künstlicher Intelligenz vertieft, dass er nicht merkte, wie er durch das Herumfuchteln mit seinen Händen einen Schalter betätigt hatte, der den Skyracer wieder hochsteigen ließ. „Papa", fragte Ole, „was passiert hier gerade?"

Papa sagte, er wisse es auch nicht, und zu Ole gewandt äußerte er: „Wahrscheinlich sollen wir weiterfliegen."

Ehe er sich versah, binnen weniger Minuten, waren sie wieder hoch oben in der Luft. Ole sah wieder die Fahrgeschäfte und die Menschen, klein wie Ameisen. Anscheinend hatten Mama und Levke von alldem nichts mitbekommen. Hatten sie denn Skyracer, das Flugauto, nicht gesehen? Papa sagte gar nichts mehr, gleichzeitig wirkte er aufgeregt und in dieser Stimmung hörten die beiden eine Computerstimme. „Skyracer fliegt zurück zur Ausgangsbasis."

Ole schrie: „Nein, wir wollten doch hier landen!"

Papa murmelte etwas vor sich hin – das wäre ihm doch etwas zu viel künstliche Intelligenz.

Ole hörte gar nicht mehr richtig zu, er nahm seine Umgebung schemenhaft wahr, es kam ihm unwirklich und nicht greifbar vor.

Nach gefühlten fünf bis zehn Minuten des Fliegens sank Skyracer. Ole und sein Papa waren beide erleichtert und gespannt oder besser gesagt, aufgeregt zugleich, wie die Landung gelingen würde. „Papa, ich sehe wieder das Hochhaus von unserem Start, siehst du es auch?"

„Ja, ich sehe es", sagte Papa.

Die Computerstimme schaltete sich wieder ein. „Ten, nine, eight, seven, six, five, four, three, ready for landing, two, one, zero." Ole und Papa merkten nur ein kleines Ruckeln und Skyracer war wieder sicher gelandet.

Skyracer klappte seine seitlich angebrachten Tragflächen wie selbstverständlich ein. Auf einmal war alles dunkel und Ole spürte eine leichte Angst aufsteigen.

„Papa, bist du noch da?"

„Ja", sagte Papa, „ich bin hier neben dir."

Das Licht ging an und Ole fand sich wieder neben Papa in dem Sessel des „futuristischen Labors" sitzend, in dem die 3-D Flugshow ihren Anfang genommen hatte. Ole konnte es nicht fassen.

„Papa, war das jetzt wirklich echt?"

Papa fragte Ole, was denn für ihn Wirklichkeit war – das Fliegen mit dem Skyracer oder das Ansehen einer Flugshow? Ole erwiderte, dass das Fliegen mit Skyracer für ihn voll krass war, high Speed eben, wen interessierte da noch die Wirklichkeit?

Bevor Ole und sein Papa und die anderen Passagiere den Raum verließen, bat noch der Betreiber der 3-D-Show um die Meinung der Besucher, die sie auf einem Fragebogen notieren konnten. Gleichzeitig ging es den Firmen, die schon in der Planung solcher Flugautos begriffen waren und erste Prototypen entwickeln hatten, darum, den Sinn und Nutzen dieser erweiterten Fortbewegungsart darzulegen. Auf der letzten Seite des Fragebogens wurden die Besucher gebeten, ein Zukunftserlebnis mit einem Skycoptor aufzuschreiben. Es konnten aber auch klimafreundliche Ziele oder eine Fantasiegeschichte verfasst werden.

„Hey Papa", sagte Ole, „das kriegen wir doch hin, oder was meinst du?"

„Ja, ich denke schon", erwiderte Papa.

„Weißt du was, Papa, wir schreiben das als Brief."

„An wen möchtest du denn einen Brief schreiben?"

„Na, an Greta Thunberg, die Klimaaktivistin."

„Bist du dir sicher? Mal sehen, ob das klappt. Versuchen kannst du es ja, ich helfe dir auch, wenn du möchtest."

„Also, ich finde, Kinder müssen zusammenhalten, das hat auch schon Herbert Grönemeyer in seinem Song ‚Kinder an die Macht' gesungen."

„Ja, das stimmt", sagte Papa.

„Papa, wie soll ich den Brief denn anfangen?"

„Stell' dich doch einfach vor, wer du bist, was dein Traum ist und so weiter."

„Ja, das ist eine gute Idee", sagte Ole.

Papa kramte aus seinem Rucksack Blätter und einen Stift und gab sie an Ole. Ole fing an zu schreiben.

„Liebe Greta Thunberg,

ich heiße Ole Lievgrad, bin 10 Jahre alt und komme aus Deutschland, obwohl mein Name skandinavisch ist. Mein großer Traum sind Flugautos, die sowohl fahren als auch fliegen können. Ich würde es total super finden, wenn möglichst schnell solche Skycoptor, so heißen die nämlich, gebaut werden könnten.

Übrigens finde ich Dich auch toll, du bist mutig, ein ganz taffes Mädchen, das viel bewegt hat in der Welt. Was ich auch richtig gut an Dir finde, dass Du auch den mächtigsten Menschen, mit denen Du sprichst, Deine Gefühle zeigst. Das machen nämlich die Erwachsenen nicht.

Und den Namen für Deine Bewegung: ,Fridays for Future' finde ich klasse. Außerdem konntest Du schon viele, vor allem junge Menschen überzeugen, bei Deiner Bewegung mitzumachen und sie weiterzuführen.

Ich war mit meinem Papa in einer Flugshow, die hieß Flydry. Das war im Freizeitpark in Böllsünd, in Dänemark. Ich habe mir schon mal Gedanken gemacht, ob ich auch so eine Future Bewegung machen könnte, vielleicht mit Deiner Hilfe. Ein Name, der mir einfiel, wäre zum Beispiel „Flydry" (Fly and drive in the future, now). Mein Papa und ich überlegen jetzt klimafreundliche Ziele, die wir umsetzen wollen. Wir fangen einfach mal an.

Also, ich könnte mir vorstellen, dass die Flugautos mit Batterien betrieben werden könnten, somit würde kein CO2-Ausstoß die Umwelt belasten, sagt mein Papa. Und es wäre total cool, wenn man mit einer Aufladung ein bis zwei Stunden fliegen könnte. Die Menschen in den Städten und an den Autobahnen hätten nicht so viele Probleme mit ihrer Gesundheit und die CO2-Messstationen bräuchte man fast gar nicht mehr, glaube ich jedenfalls. Muss ich noch meinen Papa fragen.

Und im Stau würde man auch nicht mehr stehen, den könnte man einfach überfliegen. Ich glaube, Unfälle könnte es auch nur noch selten geben. Und Müll würde es hoffentlich an den Straßenrändern auch nur noch selten geben.

In der Folge wären die Leute entspannter und ausgeglichener.

Weiter wünsche ich mir, dass alle Menschen solche Flugautos nutzen könnten und nicht nur die Reichen.

Mein Papa sagt, wir bräuchten ein anderes System. Wir haben so viel auf der Erde, wir leben im Überfluss und dieses ‚Soviel' müsste für alle reichen, wenn man es richtig anpackt. Glaubst Du das auch?

Ich mache jetzt Schluss, mir fällt nichts mehr ein, schreib mir doch bitte zurück, was Du von meinem Vorschlag hältst.

Viele herzliche Grüße
Dein Ole Lievgrad"

„Papa, was meinst du, wird Greta mir antworten?"

„Ich bin mir ganz sicher Ole, Dein Brief ist sehr überzeugend."

Etwa eine Woche später kam Oles Papa mit der Tageszeitung in Oles Zimmer und sagte: „Guck mal, Ole, du bist in der Zeitung." Ganz groß sah Ole die Buchstaben: „Science-Fiction oder Wirklichkeit?"

95

Und weiter: „Junge (10) wählt direkten Weg, um mit Greta Thunberg in Kontakt zu treten und seine Vision von fliegenden Autos mitzuteilen." Abgedruckt war auch Oles Brief.

Weil Oles Vater in den letzten Wochen die wachsende Neugier und das große Interesse seines Sohnes an den Flugautos wahrgenommen hatte, hatte er sich an die lokale Zeitung gewandt. Die Redaktion fand Oles Engagement berichtenswert und verfasste umgehend einen Artikel, der dann nicht nur in der Zeitung stand, sondern auch online erschien.

„Mensch, Ole, das ist ja schon ein Riesenerfolg." Und Ole war dadurch seinem Traum schon ein Stück nähergekommen.

Ole war begeistert und konnte sein Glück noch gar nicht fassen. „Mensch, Papa", sagte Ole, „ich bin gespannt, wie es jetzt weitergeht."

Oles Papa konnte seinem Sohn schon am nächsten Tag wieder eine erfreuliche Nachricht überbringen. Viele Leute hatten diesen Artikel gelesen und ihr Interesse bekundet, Ole kennenzulernen und eine lokale Gruppe zu gründen. So kam es, dass die Zeitung anfragte, ob sie die Kontaktdaten von Familie Lievgrad in Kiel abdrucken dürfe. Schon die nächsten Tage bekam Ole viel Post von meist Vätern mit ihren Kindern. Wie sich herausstellte, verfolgten sie alle den gleichen Traum wie Ole. Viele hatten schon Zeitungsausschnitte, Videos auf YouTube oder Mini- Modelle gesammelt.

Insgesamt waren es vier Väter mit ihren Kindern, dazu Ole und sein Papa, also zehn Personen, die sich nach den Sommerferien bei Familie Lievgrad treffen wollten. Vier Wochen vor dem Treffen bekam Ole noch Post von Tashiko Jakomoto, einem der führenden Wissenschaftler auf dem Gebiet der Mobilitätsforschung. Er hatte auch den Artikel gelesen und wollte gerne bei dem

Treffen dabei sein. Das war richtig gut, wie sich später noch herausstellen sollte.

Ole war sehr aufgeregt auf den nächsten Tag. Es waren immer noch Ferien, so dass er Zeit hatte, mit Mama Kekse aus Mürbeteig zu backen, die die Form von Flugautos hatten. Zu trinken gab es Start and Fly Limonade.

Der große Tag kam und alle Interessierten trafen ein, als Letzter kam Tashiko Jakomoto. Ole dachte, als er ihn zum ersten Mal sah, dass er ja wie ein Professor aussehe. Die Kinder trennten sich schneller als gedacht von ihren Vätern und rotteten sich mit Ole zusammen. Die Erwachsenen hielten Smalltalk. Nach 10 bis 15 Minuten schlug Oles Papa vor, dass sie eine Vorstellungsrunde machen könnten und jeder seine Erfahrung oder ein Erlebnis mit einem Flugauto berichten könnte. Damit waren alle einverstanden.

Die Kinder, alles Jungen, waren ungefähr im Alter von Ole und Ole dachte, dass Papa bestimmt auch seinen Spaß haben würde. Als Tashiko Jakomoto sich vorstellte, erzählte er, dass er Wissenschaftler sei für innovative Flugtechnik und Skycoptologie. Er käme ursprünglich aus der Stadt Fukushima in Japan, lebe aber schon seit fünf Jahren in Kiel. In Fukushima war er bei einer Firma beschäftigt, die Flugautos baute und deren Nutzen auf Klimawandel und erneuerbaren Energien prüfte.

Ole staunte nicht schlecht, er war sehr beeindruckt. Tashiko Jakomoto versprach, der Gruppe Filme von verschiedenen Skycoptern aus seiner Firma zu zeigen. Bisher waren drei unterschiedliche Modelle hergestellt worden. Ole erzählte Tashiko sein Erlebnis mit der Flugshow, verbunden mit seinem Wunsch, Skycoptor mit Batterien fliegen zu lassen. Tashiko klärte Ole auf und sagte, dass es heutzutage eine große Energieverschwendung sei, natürlich würden die großen Energiekonzerne viel Geld damit verdienen, aber das wäre ja gerade in dieser Zeit schwierig. Jetzt würden die erneu-erbaren Energien im Fokus stehen, zum Beispiel das Fahren und Fliegen mit Wasserstoff.

Ole freute sich, von Tashiko konnte er anscheinend noch viel lernen. Der Nachmittag ging mit vielen Ge-sprächen, mit Ahs und Ohs zu Ende und für alle war es ein bereichernder, toller Nachmittag. Tashiko hatte sie alle in seinen Bann gezogen. Er schlug vor, dass sich nächste Woche alle bei ihm treffen könnten. Er könne noch einiges von künstlicher Intelligenz erzählen, hatte er doch in diesem Bereich seine wissenschaftliche Dis-sertation geschrieben.

Eine Woche später war es dann so weit, alle waren gekommen und trafen sich in Tashikos Keller, der ge-nau aussah wie das futuristische Labor in Böllsünd. Ole fragte Tashiko, wie das sein könne, und Tashiko sagte: „Tja, Ole, ich habe mein Wissen und Können als futuris-tische Angebote nach Böllsünd getragen. Mich hat schon immer interessiert, eine Maschine derart aufzu-rüsten, dass sie mit Sprachsteuerung und Fernsteue-rung funktioniert."

Langsam begriff Ole: „Also hast du das alles ge-macht, bist du etwa der Erfinder der Flugshow und warst du der Mann im Astronautenanzug?"

„Ja, der bin und war ich, und wenn du willst, kann ich dir noch viel mehr zeigen und beibringen."

Ole wusste nicht, was er sagen sollte. Jetzt – genau jetzt war sein Traum in Erfüllung gegangen.

Andreas van Hooven

## Über dem Cäcilienpark

Der kühle Luftzug an den Füßen ist verschwunden. Vorhin spürte ich ihn noch ganz deutlich, als ich die Finger von der Tastatur nahm und zu überlegen begann, wie stark man in Deutschland seine Hoffnung auf ein Vorstellungsgespräch betonen darf. Ob ein Firmenchef den Schlusssatz gut findet, ich wolle eines Tages große Maschinen bauen, weil mein Vater Ingenieur ist, mein Großvater Werkzeugmacher war und eine – wenn auch wirklich kleine – Fabrik besaß. Und, ja, dass auch meine Mutter ihre Nähmaschinen zu Hause immer ganz allein repariert hat, bevor wir geflüchtet sind. Oder denkt ein deutscher Chef bei solchen Sätzen, dass ich nur heucheln würde? Hauptsache, ich bekäme nach der Schulzeit im Sommer irgendwo eine Ausbildung, um nicht auf der Straße zu stehen.

Inzwischen ist es Nacht. Die Straßenlampen erleuchten kleine Flächen im Cäcilienpark. Insekten schwirren um die Laternen. Ein Vorbild soll ich für meine Geschwister sein. Als Ältester müsse ich den Weg zeichnen, meint Vater immer. Wenn ich es nicht schaffen würde, woran sollten die Jüngeren sich denn orientieren, in diesem fremden Land? Gleich morgen früh werden Inaaya, Fatima und Hakim mich fragen … noch bevor sie aufgestanden sind, werden sie aus den Betten rufen: Jalil, hast du die E-Mail an die Werkstatt auch rechtzeitig abgeschickt? Jalil, was hast du ihnen geschrieben? Haben sie schon geantwortet? Und während ich vorhin über all das nachdachte, blies mir der Lüfter des Rechners unter dem Tisch die kühle Luft um die nackten Füße. Doch jetzt fühlt die Haut sich wärmer an, auch das surrende Geräusch ist fort. Zur Sicherheit speichere ich meine Bewerbung noch einmal. Es fehlt ja bloß dieser letzte Satz. Dreißig Minuten bleiben bis Mitternacht. Mir wird schon was einfallen. So muss es auch sein, denn ich weiß nicht, wie hart die Deutschen entscheiden, wenn eine Bewerbung zu spät eintrifft.

Als wir 2015 in Gevgelija auf dem Bahnsteig warteten, meinten sie alle, die Deutschen würden unter den Europäern am meisten Wert auf Pünktlichkeit, Genauigkeit und Verlässlichkeit legen. In Deutschland müsse man alle Gesetze peinlich genau beachten. Das zumindest erzählt auch Herr Freese immer, unser Vermieter. Gesetze dürften nicht gebrochen werden, bei Regeln sei das schon mal anders. Aber im Grunde wären auch Regeln ausnahmslos zu befolgen. Ich hoffe nur, dass sie in meiner Lehrzeit nicht genauso streng sein werden. Aber um die Lehrstelle zu bekommen, muss ich jetzt nachsehen, was mit dem Computer los ist. Ich knie mich also auf den Boden, halte die Nase an die Lüftungsschlitze: nichts. Der Lüfter scheint defekt zu sein. Wüsste ich schon meinen letzten Satz, dann könnte ich die E-Mail mit dem Foto und Lebenslauf noch schnell abschicken und den Rechner runterfahren. Doch ich kann mich nicht entscheiden, wie stark ich meine Hoffnung im letzten Satz formulieren darf.

Noch 29 Minuten. Angenommen, ich bräuchte die ganze Zeit für diesen letzten Satz, dann könnte sich der Rechner ohne Lüftung überhitzen, abstürzen und alles wäre verloren. Besser sehe ich deshalb mal genauer nach, vielleicht klemmt das Rad ja bloß durch den Staub, schließlich ist der Computer schon sehr alt, ein Pentium-IV-Rechner, noch mit Windows XP. Die Schrauben am Gehäuse seien locker, erklärte Herr Freese, als er uns den Computer zu Weihnachten schenkte. Man könne sie von Hand aufdrehen, wenn man im Gehäuse nach dem Rechten sehen möchte. Ich löse sie, lege den Deckel auf den Boden und blicke ins Innere: Eine dicke Schicht Staub liegt auf den Platinen.

Ich stoße einen Flügel des Lüfters an, doch er rührt sich kein bisschen. Dann ziehe ich sein Kabel ab, stecke es wieder rein, aber nichts passiert. Ich blicke auf meine Uhr: Mir bleiben 28 Minuten.

Natürlich könnte ich Mutters Fön aus dem Bad holen, der kalte Luft blasen kann. Wenn ich ihn zwischen zwei Stapel Bücher klemme und ihn auf die Kühlrippen richte, wirkt er genau wie ein Lüfter. Allerdings wäre der alte dann im Weg. Ich will ja nicht den kaputten Lüfter kühlen, sondern den Prozessor, der wohl hinter ihm auf den Kühlrippen sitzt. Ich stehe auf und gehe zu Vaters Regal, in dem eine Werkzeugkiste steht, nehme mir einen kleinen Schraubenzieher und knie mich wieder unter den Tisch, drehe die Schrauben und versuche den Lüfter mit seinem Rahmen vorsichtig von den Kühlrippen zu lösen. Im ersten Moment ist ein Widerstand zu spüren, doch dann gibt er nach und es knackst und der Computer ist schlagartig aus.

„Ahbaaaaaal!"

Ich will hoch, stoße mir den Kopf unter der Tischplatte, krabble zurück und halte eine Hand an die Beule, die sofort anschwillt. Im Schein der Schreibtischlampe betrachte ich den Lüfter: An seiner Rückseite klebt der Prozessor, von ihm ragen viele kupferne Kontakte in die Höhe, wohl dreißig, vierzig Stück. Doch in einer Reihe fehlt eines dieser dünnen Äderchen. Mein Herz schlägt immer schneller, ich schwitze unter den Achseln und die Poren auf meiner Stirn stechen fürchterlich. Die Einschläge der Bomben zu Hause in Hama sind wieder da und meine Angst auf dem Weg zur Schule: wenn ich mich unter den Büschen im Botanischen Garten versteckt habe und von dort manchmal für eine ganze Stunde auf das Schulgebäude sah, den Unterricht verpasste, weil am Himmel wieder ein Kampfflugzeug auftauchte. Leise sagte ich dann die Namen aller Pflanzen auf, die ich kannte. Einige hatte ich selbst gesehen, andere hatten wir in der Schule durchgenommen, sehr viele sogar in modernen Büchern. Aber auch die Schriften von Ibn-Chaldūn, dem Namensgeber meiner Schule in Hama, hatten wir gelesen: Wie er die Mineralien und die Pflanzen und Tiere und Menschen zueinander ordnet. Mit jeder Blume wurde mein Herzschlag ein Stück langsamer und die Poren auf der Stirn stachen nicht mehr so heftig. Der einzige Junge war ich nicht, der aus Angst zu spät in die Schule kam – die Lehrer waren deshalb nachsichtig. Und genauso zähle ich jetzt alle kupfernen Kontakte, die vom Prozessor aufragen, wiederhole dies und beruhige mich allmählich, doch am Ende fehlt mir unverändert dieser eine winzige Draht.

Ich krieche erneut unter den Tisch, blicke auf die Kühlrippen, den Teppich, fahre mit der flachen Hand über das Material. Doch die Kupferlitze ist nirgends zu finden. Was soll ich nur tun? Die Zeit rennt mir davon und ich weiß keine Lösung. Ohne Prozessor kann ich den Rechner nicht starten – ohne Rechner gibt es keine Bewerbung. Vater und Mutter dürfte ich niemals wecken mit dieser Nachricht: Ich hätte den Computer zerstört, den Herr Freese uns zu Weihnachten schenkte, weil wir immer so pünktlich unsere Miete zahlen würden, verlässlicher als jeder Bewohner, den er hier zuvor im Haus an der Bismarckstraße gehabt hätte ... Alle seien sie irgendwann säumig geworden, hätten ihn verklagt und die bisher gezahlte Miete sogar zurückverlangt, weil es hier oder da ein bisschen schimmele oder die Heizung im Winter manchmal streikt. Nur wir hätten anständig gezahlt und diesen Computer habe er übrig. Wir Kinder könnten damit für die Schule lernen und schreiben, meinte er, und natürlich eines Tages auch Bewerbungen verschicken. Aber Vater erwiderte damals, wir wollten nichts geschenkt haben. Stattdessen würden wir uns den Computer nur borgen, ihn eines Tages unversehrt zurückgeben. So stehe es schließlich in den

Sechs Büchern. Herr Freese sah meinen Vater merkwürdig an, stellte uns den Rechner im Wohnzimmer auf den Boden und wünschte uns einen schönen Abend.

Ich lege den Lüfter auf den Schreibtisch, sehe zum Fenster hinaus. Hinter den Baumwipfeln ragen die Türme der Lambertikirche auf. Ihre vier kleinen, spitzen Dächer an jeder Ecke erinnern mich an unsere Moschee in Hama. Hier in Oldenburg gehen wir in die Maryam Moschee an der Alexanderstraße. Ich öffne das Fenster – mir ist immer noch heiß. Draußen wirkt es still, kein Auto fährt die Straße entlang, kein Radfahrer, auch drüben im Cäcilienpark regt sich nichts. Nur ein paar Vögel singen in der Nacht. In Hama war es schon im Frühling so warm und trocken wie hier im Sommer. Vater hat immer wieder erklärt, wir gingen zurück, wenn der Krieg vorbei wäre, doch inzwischen sind wir fast fünf Jahre hier. Mutter rechnet ihm manchmal die Zeit vor, wenn er sich nach der Heimat sehnt. „Omar!", sagt sie. „Hakim lebt jetzt schon länger in Deutschland als er in Syrien war. Und Jalil wird seinen Abschluss schaffen."

Als ich letzte Woche am Mittagstisch erzählte, dass ich viel lieber Biologie studieren möchte, als Werkzeugmacher zu werden, wies er mich zurecht, ich solle eine Ausbildung machen, damit ich ein Handwerk beherrsche. Dadurch würde ich schneller Geld verdienen – Steuern zahlen, wie es sich gehöre – und könnte meine Fähigkeiten sogar anwenden, wenn wir wieder nach Hause zögen. Vater sagt dann immer zu Mutter, es sei ein Fehler gewesen, dass sie mich damals in Hama auf die Ibn-Chaldūn-Schule geschickt hätten und nicht auf die Adnān-al-Mālikī-Schule, wo die Lehrer den Jungs keine Flausen in den Kopf setzen würden.

„Aber Omar!", erwidert Mutter dann immer. „Wir leben jetzt in Deutschland und Jalil ist schlau."

Doch das hilft mir jetzt nicht, ich darf sie nicht wecken. Wenn ich den Kupferkontakt nicht finde, ist alles vorbei. Mit Hilfe der Schreibtischlampe entdecke ich sie wahrscheinlich viel eher, also nehme ich sie und führe das Kabel hinter der Tischkante entlang, bücke mich und leuchte den Boden ab. Ich lege mich auf den Teppich, blicke über die Fasern, langweilige, einfarbige Kunstfasern, ohne jedes Muster. All unsere schmuckvollen, handgewebten Teppiche mussten wir damals zu Hause lassen. Die schönsten hingen an den Wänden im großen Zimmer. Mein Onkel besaß eine eigene Webstube in der Altstadt, gleich hinter dem Markt Al-Taweel, nur zwei Straßen vom Orontes entfernt. Mit den Cousins bin ich vor dem Fastenbrechen oft zum Park gelaufen, obwohl Vater und sein Bruder das nicht wollten. Ich habe den Cousins die Vögel gezeigt, Vögel, die es auch in Deutschland gibt: Spatzen zwischen den Parkbänken und Buchfinken in den Hecken am Ufer des Orontes. Und wenn wir lange genug in den Himmel sahen, konnten wir die Mauersegler in der warmen Luft entdecken, von denen man sagt, dass sie während des Fluges schlafen können und Strecken über Tausende Kilometer zurücklegen, ohne je zur Ruhe zu kommen, so wie wir damals, als wir das Camp im Libanon verlassen haben, weil wir wussten, dass der Krieg zu Hause nicht enden würde und unser Haus und die Heimat wohl für sehr lange Zeit verloren seien. Erst vergangene Woche musste ich wieder an die Vögel im Park am Orontes denken – ich saß nach der Schule mit Enno im Cäcilienpark und wir faulenzten ein wenig in der Sonne auf einer Parkbank vor der Fläche, wo die Leute bei gutem Wetter Boule spielen. Als ich die Augen für eine Weile schloss, schmeckte die Luft plötzlich wie zu Hause, süß vom Duft der Blumen, warm und sanft und zwischendrin zwitscherten die Spatzen.

„Sieh mal da oben!", meinte Enno und rammte mir den Ellbogen in die Seite. „Nein, weiter rechts!"

Ich brauchte noch zwei, drei Sekunden: „Ein Mauersegler", sagte ich zu ihm.

„Bist du sicher?"

„Natürlich! Den erkennt man sofort am Schwanz und am Flugbild."

„Du solltest wirklich zur Uni gehen, Jalil."

„Ich weiß", meinte ich zu Enno, „ich weiß!"

Mir bleiben nur noch 15 Minuten. An den letzten Satz will ich schon nicht mehr denken. Aber vielleicht habe ich eine Lösung: Herr Freese besitzt viel mehr Werkzeug als mein Vater. Vor ein paar Wochen nahm Herr Freese ihn mit in seinen Schuppen unten im Garten. Vater half ihm dort, eine Stehlampe zu reparieren. Und ich erinnere mich genau, wie Vater gegen Abend erzählte, dass er ein Kabel im Lampenschirm gelötet hat, das sich immer wieder vom Kontakt in der Fassung löste. Ich schnappe mir also den Lüfter mit dem beschädigten Prozessor, öffne vorsichtig die Tür zum Flur und schleiche zur Wohnungstür. Der Schlüssel ist umgedreht – ich muss Acht geben, weil der Zylinder manchmal hakt und knackst. Doch ich habe Glück, auch die Türklinke sagt keinen Mucks und ich husche über die Schwelle, lehne die Tür nur an und taste mich in der Dunkelheit ganz langsam an der Wand zum Geländer, setze nur die Fußballen auf die Treppenstufen und gelange nach unten in den Souterrain, wo auf der Rückseite die Tür zum Garten liegt. Auch dort muss ich den Schlüssel sachte drehen, eile draußen über den Rasen und stehe vor dem Schuppen: Der Schlüssel ist unter dem Topf des kleinen Olivenbaums versteckt, das habe ich damals vom Fenster aus beobachtet. Ich weiß, dass ich fragen müsste, und ich schwöre bei Allāh, dass ich es Vater und Mutter morgen erzählen werde, auch Herrn Freese, weil ich ihr Vertrauen nicht missbrauchen darf. Nichts wäre schlimmer als das. Aber es ist eine Notlage und ich habe die feste Absicht, den Lötkolben nur zu borgen und nicht zu unterschlagen. Das erlaubt der Prophet ausdrücklich. Denn ich habe ja den geliehenen Computer zerstört und den muss ich Herrn Freese reparieren oder ersetzen. Auch das sagt der Prophet in den Sechs Büchern: Ich muss den Schaden wiedergutmachen. Doch Vater und Mutter haben kein Geld für einen neuen Rechner. Und morgen ist es zu spät, weil ich die Bewerbung abschicken soll. Also muss ich ihn sofort reparieren und fühle mich in diesem Moment so unendlich schlecht, wie ein elender Dieb.

Drinnen taste ich nach dem Lichtschalter, finde ihn, blicke mich um und entdecke eine Plane, die ich schnell über die Tür hänge, um die Fensterscheibe zu verdunkeln. Dann betrachte ich das Werkzeug an der Wand über der Werkbank: Ganz links oben hängt der Lötkolben, darunter das Zinn auf einer Rolle. Das Wichtigste fehlt noch: Ich muss ein Kabel finden. Ich gehe zu den Regalen, blicke in die Kisten, krame hier und da und entdecke schließlich einen hölzernen Kasten unten auf dem Boden, ziehe ihn vor: Was für ein Glück! Ich fasse ein Knäuel nach dem anderen an, suche einen biegsamen Strang, der weiche Litze enthält, keine starre Ader. Ganz unten liegt eine kleine, weiße Rolle, die beweglich ist. Ich nehme sie mit zur Werkbank, kneife ein kurzes Stück ab und entferne die äußere Hülle, dann die blaue Ummantelung einer Ader und schon springen sie wie ein Fächer auf und biegen sich leicht im Licht der Deckenlampe: glänzende, feine Kupferlitze, gut zwanzig, dreißig Stück. Sorgsam lege ich sie in eine Schale, drücke den Stecker des Lötkolbens in die Dose und rolle etwas Lötzinn ab. Es wird bestimmt eine Minute dauern, bis die Lötspitze heiß ist. Mir bleiben noch elf Minuten. Mit der Kneifzange kürze ich die Litze, halte sie mit einer Flachzange im Licht neben die Drähte des Prozessors, vergleiche sie, lege sie wieder ab, bis ich vier identische Stücke gefunden habe – einen für den ersten Versuch, drei in Reserve.

Der Lötkolben verströmt mittlerweile seinen typischen Geruch – er hat die richtige Temperatur erreicht. Ich spanne den Lüfter mit dem Prozessor vorsichtig in den Schraubstock und nehme mir zehn Zentimeter Zinn von der Rolle, trenne es ab. Mit der Flachzange greife ich ein Kupferstück, benetze sein Ende mit Zinn. Auch die weiteren drei Stücke präpariere ich so und lege sie zurück. Als nächstes muss ich einen Tropfen Zinn an die leere Stelle auf der Platine bringen. Ich ummantele die Lötspitze reichlich, bis ein kleiner Tropfen entsteht, und halte sie senkrecht über den Prozessor, senke den Kolben Zentimeter für Zentimeter, bis ich die wunde Stelle erreiche und eine winzige Menge Zinn dort unten zwischen all den unversehrten Kontakten auf dem Grund haften bleibt. Rasch lege ich den Zinnstreifen zurück auf die Werkbank, schnappe mir wieder die Zange, fasse eines der Stückchen Kupfer an jener Seite, die nicht mit Zinn überzogen ist. Wie ein Vogel mit einem kleinen Halm im Schnabel schwebt die Zange über der Platine mit ihren zahlreichen Drähten. Wie ein Mauersegler – der einen letzten Halm zu seinem Nest tragen will – kreist meine Zange über dem Ziel. Schnell führe ich die heiße Lötspitze an das zinnerne Ende des Stückchens, balanciere es hinab zur leeren Stelle. Vorsichtig halte ich die Lötspitze noch einmal gegen den neuen Kontakt und warte, dass sich die Hitze durch das Kupfer bis auf den Boden zum kalten Zinn überträgt. Und dann fängt das Zinn auf dem Grund der Platine an zu glänzen. Sofort drücke ich zu und puste den Rauch beiseite, kühle die Lötstelle mit meinem Atem. Jetzt muss es schnell gehen. Ich lege Kolben und Zange auf die Werkbank, ziehe den Stecker ab, streife die Plane von der Tür, ordne alle Gegenstände an ihre Plätze zurück und greife die Platine, entspanne den Schraubstock, lösche das

Licht, schließe von außen ab und verstecke den Schlüssel. Dann eile ich über den Rasen zum Haus. Drinnen schleiche ich so schnell wie möglich die Stufen hoch bis in den ersten Stock, husche wieder in die Wohnung und erreiche mein Zimmer: Alles ist dunkel und still. Niemand scheint etwas bemerkt zu haben. Ich lege mich auf den Boden neben den Rechner, führe den Lüfter behutsam in seine Fassung, drücke ihn ganz sachte auf die Kühlrippen, damit keiner der Kupferkontakte auf der anderen Seite knickt. Ich stecke das Kabel des Lüfters ein und erhebe mich, atme tief durch und blicke zum Fenster hinaus: Über dem Cäcilienpark schwebt die Nacht. Die Vögel sind still. Alles schläft, außer mir. Es ist schon nach zwölf. Sollte mir die Reparatur gelungen sein, sollte sich der Computer regen, wenn ich seinen Schalter drücke, dann werde ich meine Bewerbung noch abschicken. Ich werde ihnen schreiben, dass ich Werkzeugmacher werden möchte – nicht mit langen Worten, nicht voller Freude. Doch zuerst suche ich das Bild eines Mauerseglers im Internet und lade es mir auf den Startbildschirm.

## Der Kopf

Tuula erschrak, als der Sprachservice verkündete: „Alle über Hundertjährigen haben sich unverzüglich im Saal des Sommerpavillons einzufinden." Sie hatte damit gerechnet, dass etwas geschehen würde, denn vor ein paar Tagen war aus ihrer geschätzten Demokratie endgültig eine Diktatur geworden. Niemand sprach das Wort aus, aber jeder wusste, dass es so war. Sicher, es konnte nicht so weitergehen. Die Menschen hatten sich immer mehr zu egozentrischen Wesen entwickelt, die das soziale Netzwerk der Vereinigten Europäischen Staaten zum Schwanken gebracht hatten.

Tuula und ihre Familie lebten in Berlin. Genau wie ihr Ehemann hatte sie im Regierungsviertel der Deutschen Sektion gearbeitet und kannte den europäischen Präsidenten persönlich. Er war Deutscher und mit ihrer Tochter zusammen zur Schule gegangen. Das Dilemma hatte begonnen, als vor einigen Hundert Jahren in ganz Europa Exoskelette eingeführt wurden. Plötzlich brauchte jeder Prothesen. Sogar die Gesunden ließen sich Maßanfertigungen ihrer Gliedmaßen herstellen, wenn die eigenen den Schönheitsidealen nicht entsprachen.

Aber richtig schlimm wurde es erst, als die Gentechnik Crispr es möglich machte, Erbgut zu verändern. Die Menschen spielten verrückt. Es gab praktisch kein natürliches Baby mehr. Jeder gestaltete sein eigenes Bild vom vollendeten Menschen und ließ danach seinen Embryo herstellen. Niemand dachte an die Folgen, aber die blieben nicht aus. Krankheiten schlichen sich ein. Man forschte im Eiltempo weiter, bis man einzelne Gene austauschen konnte. Das führte dazu, dass die Embryologie der Haustiere Einzug hielt. Es gab nur noch hübsche Menschen und hübsche Tiere. Die Forschung entwickelte sich so weit, dass durch Genombearbeitung alle Menschen und Tiere gegen Krankheiten immun wurden und sogar der Alterungsprozess aufgehalten werden konnte.

Heute, im Jahr 3020, konnte man sagen, dass das der Anfang der Überbevölkerung gewesen war. Erstaunlich war, dass die Menschen anfingen, hübsche Menschen nicht mehr zu bevorzugen. Sie fanden sie langweilig. Natürlich traute sich niemand, alles wieder rückgängig zu machen, denn das wäre ja eine unverzeihliche Missachtung des Fortschritts gewesen. Man sah sich also nach Möglichkeiten um, die Menschen, so wie sie waren, umzusiedeln. Natürlich gab es das Übervölkerungsproblem nicht nur in den Vereinigten Staaten von Europa. Weltweit brach die Erde beinahe unter den vielen Menschen zusammen. Es war Eile geboten, dem entgegenzuwirken.

Da der Mars schon seit über tausend Jahren für eine Ansiedlung der Menschen im Fokus stand, entschied man sich gemeinsam mit allen anderen Weltstaaten für den roten Steinplaneten, obwohl die NASA noch sieben weitere Himmelskörper entdeckt hatte, auf denen Leben eventuell möglich wäre. Diese waren allerdings 40 Lichtjahre von der Erde entfernt, daher hielt man sich zunächst an den Mars, der schon sehr weit erforscht und besser zu erreichen war. Da die Entfernung zur Erde je nach Position unterschiedlich lang war, dauerte die Reise zum Mars anfangs zwischen sechs bis neun Monaten. Man arbeitete mit Hochdruck daran, dass es schneller ging, und inzwischen dauerte es nur noch knapp einen Monat.

Mit seinen 50 Grad minus konnte man den bevorzugten Stern natürlich nicht einfach so bevölkern. Wissenschaftler brachten es in erstaunlich kurzer Zeit fertig, mit einem riesigen Magnetfeld den Sonnenwind vom

Mars abzuschirmen. Tatsächlich entstand der gewünschte Treibhauseffekt. Durch die Wärme stieg das Kohlenstoffdioxid an, die Atmosphäre verdichtete sich und das Eis begann zu schmelzen. Jetzt war genügend Wasser zum Leben vorhanden und die Umsiedlung konnte beginnen. Man schrieb das Jahr 2070, es war also genau 50 Jahre her.

Tuula war mulmig zumute und das lag sicherlich nicht an dem köstlichen Mittagsmahl, das Nick, ihr Homecomputer, nach ihren Wünschen zubereitet hatte. Ihr lag etwas anderes im Magen.

Seit die EU-Charta die christliche Bibel ins historische Archiv verbannt und Religion in Kreationismus umgestaltet hatte, fing die Demokratie an, sich in eine Gesinnungsdiktatur zu verwandeln. Präsident Funkstein war es zu verdanken, dass bisher Frieden unter den verschiedenen Ethnien in Europa geherrscht hatte, denn auch die religiösen Schriften der ausländischen Mitbewohner waren ins Archiv gewandert. Es herrschte lange Zeit Ruhe.

Die Einführung des Kreationismus war jetzt etwa hundert Jahre her und Tuula konnte sich noch gut an die Anfänge der Sinnesänderung der Menschen erinnern. Am Anfang war sie knapp zwanzig Jahre alt gewesen und der Prozess der Veränderung war schleichend eingetreten, hatte sich aber immer schneller weiterentwickelt.

Vor ein paar Tagen hatte Tuula ihren 130. Geburtstag gefeiert und sie war immer noch in einer erstaunlich guten Verfassung. Seufzend zog sie ihre selbst entworfene und mit einem Spezialdrucker hergestellte Draußenjacke an und ging durch den Garten ihrer Wohnanlage zum Sommerpavillon. Trotz strahlenden Sonnenscheins fröstelte sie. Es würde nichts Gutes auf sie zukommen, so viel war sicher.

Die Demokraten hatten vor einiger Zeit beschlossen, die irrsinnigen Verlängerungen des Lebens aufzuhalten und zu einem natürlichen Zustand zurückzuführen. Selbstverständlich wollte man die Bevölkerung gesund erhalten, aber sie sollte zumindest nicht älter als 130 Jahre alt werden. Der Mars war inzwischen ebenfalls überbevölkert und die Umsiedlung auf einen der sieben zur Verfügung stehenden Planeten gestaltete sich schwieriger als erwartet.

Hinzu kam, dass die Menschen sich nicht mehr umsiedeln lassen wollten. Es hatte ohnehin lange gebraucht, bis sich einige Freiwillige zur Umsiedlung hatten hinreißen lassen. Schon bald wurde klar, dass das nicht reichte, und aus der Freiwilligkeit war eine festgesetzte jährliche Auswahl geworden. Es wurde eigens dafür ein Sonderdezernat eingerichtet, das die Bevölkerung immerhin demokratisch gewählt hatte.

Das ging auch ziemlich lange gut. Die Menschen konnten sich gegenseitig besuchen und das Leben auf dem Mars wurde dem der Erde angepasst, wenn das auch nicht vollständig möglich war. So hatte zum Beispiel ein Tag nicht 24 Stunden, sondern 24 Stunden und 39 Minuten.

Auch veränderten sich die Menschen. Die Neugeborenen sahen anders aus als die Erdmenschen. Von Jahr zu Jahr wurden die Marsmenschen immer größer und überragten die Erdbewohner um einige Zentimeter. Das lag daran, dass die Anziehungskraft des Mars nur 38 Prozent betrug und sich das Wasser zwischen den Wirbeln der Wirbelsäule immer mehr ausdehnen musste, um die Schwerkraft auszugleichen. Auch die Sichtverhältnisse auf dem Mars waren andere als die auf der Erde. Es gab 66 Prozent weniger Sonnenlicht. Schon bald passten sich die Pupillen der Marsbewohner an und die Augen wurden wesentlich größer als die ihrer Erdverwandten.

Einige Jahre nach Einführung des Kreationismus hatte der damalige Präsident Yves Bonnet erkannt, dass die Abschaffung des sonntäglichen Gottesdienstes ein Fehler gewesen war. Die Menschen hatten darin eine erholsame Entspannung gefunden und immer mehr hatten daran teilgenommen. Es war nicht speziell der Gottesdienst, der fehlte, aber das gemeinschaftliche Mittagsmahl, welches dem Gottesdienst folgte, hatte ganz erheblich zum friedvollen Zusammenleben beigetragen. Fortan hatten sich verschiedene Sekten gebildet, die sich immer mehr verfeindeten.

Die federführenden Anführer dieser Sekten hatten die Mitglieder gegeneinander ausgespielt, um sie für sich zu gewinnen. Ein Krieg ohne Waffen hatte begonnen und zog sich nun schon über viele Jahre hin. Derzeit waren der chinesische Sektenanführer Chin Nung, dessen Vorfahren schon seit über 800 Jahren in Europa lebten, und der Italiener Luca Ricci die Machthaber der größten Sekten in der Deutschen Sektion. Beide hatten es geschafft, viele Angehörige der kleineren Sekten auf ihre Seite zu ziehen und zu vereinnahmen.

Genau das versuchte nun der Europäische Präsident zu verhindern. Die Erkenntnis, dass die Menschen wissen wollten, woher sie kommen, wohin sie gehen und worin der Sinn ihres Daseins besteht, war so unumstößlich, dass er die Bibel wieder aus dem historischen Archiv hervorholen und vervielfältigen ließ. Er wollte die Religion wieder einführen, möglichst die christliche, aber es war zu spät.

Einer der Sektenführer, es wurde lange nicht bekannt, welcher es war, bewaffnete sich, was strengstens verboten war, und tötete den Präsidenten. Ein ungeheurer Aufruhr entstand. Alle Bewohner der Vereinigten Staaten von Europa hatten sich des friedvollen waffenlosen Zusammenlebens verschrieben. Es blieb den beiden unterschiedlichen Sektenführern nichts anderes üblich, als sich zusammenzuschließen, um sich selbst zu schützen und eine Bewaffnung des gesamten Volkes zu verhindern. Dieses wollte den Tod ihres Präsidenten rächen und fing an, nach dessen Mörder zu fahnden. Es war ihnen klar, es konnte nur einer der beiden Sektenführer gewesen sein. Oder zumindest einer ihrer engeren Gefolgsleute. Eine riesige Welle der Gewalt entwickelte sich aus dieser Erkenntnis.

Die Sektenführer mussten sich schleunigst etwas einfallen lassen, um einen Krieg zu verhindern. Ihnen war bekannt, dass Wissenschaftler aus ihren beiden Ursprungsländern damit beschäftigt waren, Kopftransplantationen an Menschen durchzuführen. In den letzten Jahren hatten sie Experimente an verschiedenen Tieren ausprobiert, um zu testen, ob sich das Bewusstsein von einem Körper auf den anderen übertragen lässt. Sie erfuhren von ihren Landsleuten, dass das komplette Speichern bzw. Kopieren und Umschreiben des menschlichen Bewusstseins inzwischen möglich war.

Die Sektenführer atmeten auf. Genau diese neue Wissenschaft würden sie sich zu eigen machen, um das Volk umzuprogrammieren. Eine neue Gesinnungsdiktatur sollte entstehen, und sie beide wollten die Anführer werden. Vor allem wollte man sich der über Hundertjährigen entledigen, um die Überbevölkerung zu stoppen.

Insgeheim war die Feindschaft zwischen den beiden jedoch nicht beendet. Sie lauerten einer Gelegenheit entgegen, den Rivalen auszuschalten. Da nur einer der beiden der Mörder des Präsidenten sein konnte, wusste Lucca Ricci, dass es der Chinese gewesen war. Er war auf der Hut. Trotz aller Vorsichtsmaßnahmen gelang es Chin Nung, seinen Rivalen auszuschalten. Er hatte unterdessen einige Mitglieder seiner Sekte zu Anführern gemacht, die er bewaffnete und die zu seinen Handlangern aufgestiegen waren. Mit ihrer Hilfe tötete er sämtliche Anführer der übrigen Sekten und führte eine totale Überwachungsdiktatur ein.

Tuula hatte inzwischen den Wintergarten des Pavillons erreicht, in dem sich schon viele über Hundertjährige eingefunden hatten. Man hatte für sie die Tische reichlich mit Kaffee und Kuchen eingedeckt, um eine gemütliche Atmosphäre zu schaffen. Diese Heuchler, dachte Tuula.

Der Anführer Chin Nung höchstpersönlich war anwesend und grinste alle Anwesenden auf eine so überhebliche Weise an, dass jedem klar sein musste, hier handelte es sich nicht um Höflichkeit, es steckte etwas Böses dahinter.

Tuula setzte sich zu ihrer Freundin Hedda, die Kuchen über alles liebte und die sich gerade über das leckere Stück Torte vor ihrer Nase hermachte, während Tuula schon der Anblick Übelkeit bereitete.

Chin Nung, der heimlich der Schweinenacken genannt wurde, stopfte sich ebenfalls ein Stück Torte rein, bevor er sich ein zweites nahm und auch dieses vertilgte. Tuula wurde bei dem Anblick so übel, dass sie zur Toilette eilte, um sich zu übergeben. Sie war eine enge Vertraute des Präsidenten Funkstein gewesen, bevor sie vor 45 Jahren in den Ruhestand ging. Damals war der Präsident gerade 27 Jahre alt geworden und einer der jüngsten Präsidenten aller Zeiten gewesen. Sie hatte ihn sehr gemocht. Er war mit ihrer Tochter Naila, die sie als Spätgebärende bekommen hatte, zusammen zur Schule gegangen und oft bei ihnen zu Besuch gewesen.

Nachdem Tuulas Ehemann Aiden, der viele Jahre älter als Tuula war, sich für den sanften Tod im Sterbehotel entschieden hatte, war es der größte Wunsch Tuulas gewesen, noch eine Tochter von ihm zu bekommen. Aiden war einverstanden gewesen und Naila kam so rechtzeitig zur Welt, dass er sie noch eine kurze Zeit begleiten konnte.

Präsident Funkstein hatte Naila sehr verehrt und er hätte sie gern geheiratet. Aber weil sie unabhängig bleiben wollte, verschaffte er ihr einen bedeutungsvollen Posten auf dem Mars. Seitdem lebte sie dort. Tuula war mit ihrer älteren Tochter Alaia häufig auf dem Mars zu Besuch gewesen, aber ihr hatte die Lebensweise dort nicht gefallen. Vor allem liebte sie die Sonne und das Licht und es war ihr einfach zu dunkel dort. Obwohl Naila es gern gesehen hätte, wollte sie nicht übersiedeln. Auch Alaia wollte lieber auf der Erde bleiben und lebte nicht weit von ihrer Mutter entfernt. Sie war Wissenschaftlerin und hatte an der Entwicklung der Gentechnik und der Genombearbeitung mitgearbeitet und sich einen guten Namen gemacht. Auch war sie in die Forschungsarbeit hinsichtlich der Kopftransplantation involviert gewesen und wusste, dass diese inzwischen möglich war.

Nach der Ermordung des Präsidenten hatte Tuula keine Ruhe gehabt und wollte unbedingt herausbekommen, wie es zu diesem Attentat gekommen war und ob es wirklich Chin Nung gewesen war, den sie von Anfang an verdächtigt hatte. Mit Hilfe von Alaia hatte sie sich in das Büro von Chin Nung geschlichen, das seinerzeit noch nicht bewacht wurde, und hatte dort die Unterlagen über die ungeheuerliche Tötung aller über Hundertjährigen und das Austauschen der Köpfe einiger Lebender zum Zwecke der Bewusstseinsumwandlung entdeckt.

Sofort war ihr in den Sinn gekommen, dieses Vorhaben zu verhindern. Alaia versicherte ihr, dass sie von den Plänen nichts gewusst hätte. Sie bot an, ihrer Mutter zu helfen. Es entstand der Plan, den Kopf von Chin Nung höchstpersönlich auszutauschen. Alaia beriet sich mit einer Gruppe der Wissenschaftler, die ihre

Gesinnung teilten. Es galt, ein geeignetes Gehirn zu finden, um den Sektenanführer umzuprogrammieren. Ihnen fiel dabei das Gehirn des Präsidenten ein, der bis zur vollständigen Aufklärung seines Mordes eingefroren worden war. Wenn es ihnen gelang, dessen Kopf auf den Körper von Chin Nung zu implantieren, würde bald wieder alles beim Alten sein.

Als Tuula von der Toilette zurückkam, hatte Chin Nung bereits mit seiner Rede begonnen. Sie setzte sich schleunigst auf ihren Platz, um zu lauschen, wie der Sektenführer sein Vorhaben in die Tat umsetzen wollte.

„Meine lieben über Hundertjährigen", schmeichelte er. „Aus Dankbarkeit für Ihre treuen Dienste gegenüber Ihrem Präsidenten und zur Bewältigung des Schmerzes, den sein Verlust bei Ihnen ausgelöst hat und den wir, wie wir alle wissen, dem Italiener Ricci zu verdanken haben, der ihn kaltblütig ermordet hat, möchte ich Sie ganz herzlich zu einer besonderen Wellness-Tour in die französische Schweiz einladen. Dort können Sie sich vier Wochen lang in besonderer Atmosphäre von diesem schrecklichen Ereignis erholen."

Er holte tief Luft und wartete auf die Reaktionen der über Hundertjährigen. Da niemand in Jubel ausbrach und auch niemand zustimmend nickte, räusperte er sich und setzte seine Rede fort:

„Und das ist noch nicht alles, meine lieben Mitbürger. Als weiteres Bonbon dürfen Sie sich zu einer verjüngenden Gehirnspülung anmelden, die Ihnen wie das Abtauchen in einen Jungbrunnen erscheinen wird. Unsere Wissenschaftler haben in der letzten Zeit Großartiges geleistet. Ich möchte Sie daher bitten, sich in eine Liste einzutragen, und sich diesem Genuss, noch bevor Sie abreisen, hinzugeben."

Du verfluchter Schuft, dachte Tuula und stöhnte so laut auf, dass ihre Freundin Hedda sie von der Seite erstaunt ansah.

„Hast du etwas, meine Liebe?", fragte sie.

„Nein, nein, ist alles in Ordnung. Iss nur weiter. Mir ist nur ein bisschen übel."

„Oh, hat Nick dir etwas Schlechtes gekocht?", fragte Hedda besorgt.

„Nein, nein, ich sagte ja schon, es ist alles in Ordnung."

Tuula versuchte ein beruhigendes Lächeln, was ihr jedoch nicht so ganz gelingen wollte. Aber Hedda hatte sich schon wieder der Torte zugewandt, der sie nicht widerstehen konnte.

Nach der Versammlung eilte Tuula zu ihrer Tochter Alaia, und sie berieten, wie sie ihr Vorhaben noch vor der bevorstehenden Tötung der über Hundertjährigen umsetzen konnten. Inzwischen hatte Chin Nung sich selbst zum neuen Präsidenten ernannt und niemand wusste, wie sie das hätten verhindern können. Seit dem Attentat auf ihren geliebten Präsidenten waren alle wie gelähmt.

Am Abend trafen sich Alaia, deren Team und Tuula zur Beratung. Da der selbsternannte Präsident nunmehr etliche Leibwächter sein Eigen nennen durfte, war es nicht so einfach, an ihn heranzukommen. Er hatte allerdings einen Schwachpunkt. Er liebte schöne Frauen und Alaia entsprach genau seinem Frauenideal. Er ahnte nicht, wie sehr diese ihn verabscheute.

Am nächsten Tag begannen die Vorbereitungen zur Gehirnspülung der über Hundertjährigen und die Schlange vor dem Registrierungsbüro war lang. Als Tuula an der Reihe war, steckte sie einem Beamten ein Schreiben mit der Bitte zu, dieses dem Präsidenten zukommen zu lassen. Der Beamte sah sie erstaunt an, versprach aber, es zu tun.

Tuula wusste, dass der Beamte ein enger Vertrauter des Präsidenten war, der nur zur Registrierung eingesetzt wurde, um die Stimmung unter den über Hundertjährigen auszukundschaften. Inzwischen freuten sich offensichtlich alle auf die bevorstehende Wellness-Kur in der französischen Schweiz und lachten und scherzten, während sie sich registrieren ließen.

In dem Schreiben hatte Tuula Chin Nung zum Essen eingeladen. Sie machte ihn auf die enge Freundschaft zwischen dem alten Präsidenten zu ihrer Familie aufmerksam und ließ Chin Nung erkennen, wie sehr ihr auch an einer Freundschaft zu ihm gelegen war.

Chin Nung lächelte selbstsicher in sich hinein, als er die Zeilen las. Besser konnte es nicht kommen. Er ließ Tuula durch einen Boten mitteilen, wie sehr er sich über die Einladung freue, und fragte höflich nach, ob auch Alaia anwesend sein würde. Genau darauf hatte Tuula spekuliert. Der Plan schien aufzugehen. Sie teilte dem Boten mit, dass ihre Tochter Alaia selbstverständlich beim Abendessen anwesend sein würde, und diese sich schon sehr auf das Treffen mit dem neuen Präsidenten freue.

Nick hatte sich übertroffen. Mit Hilfe weiterer Roboterküchenhilfen zauberte er ein Festessen, das dem Präsidenten das Wasser im Munde zusammenlaufen ließ, bevor er überhaupt den ersten Bissen getätigt hatte. Es roch einfach köstlich.

Tuula und Alaia hatten ein Betäubungsmittel in einer herzhaften Vorspeise versteckt, die Chin Nung mit Genuss verspeiste. Beim ersten Hauptgang beobachteten Tuula und ihre Tochter, wie der selbsternannte Präsident seine Augen verdrehte und vom Stuhl fiel. Schnell rief Alaia ihr Team herbei und sie schafften Chin Nung ins nahegelegene Krankenhaus, in dessen Labor der Kopf des alten Präsidenten bereitstand.

Die Operation gestaltete sich schwierig, weil der dicke Hals von Chin Nung zunächst einige Abnäher erhalten musste, bevor der Kopf des alten Präsidenten aufgepflanzt werden konnte. Da alle gut vorbereitet waren, gelang die Operation.

Als Chin Nung am nächsten Morgen erwachte, dachte er, er sei Geradus Funkstein.

Die Erinnerung an dessen schreckliche Ermordung hatte man vorsorglich umprogrammiert. Auch wusste der neue Geradus Funkstein nicht mehr, dass er eigentlich schlank gewesen war.

Veith Kanoder-Brunnel

## Schwanengesänge

Kopfschütteln. „Das kannst du nicht machen", sagte sie, „viel zu dicht dran." Noch einmal überflogen ihre Augen

Endlos vorbeirasende Datenströme; Zahlen, Anfragen und Infodump-Zeichenketten, die unsere Welt ausmachen, wie immer. Oder eine Horde durchs globale Matrix-Dorf getriebener Sauen, wenn man metaphorisch werden will. Diese Tage wohl passender, überall Teardrop|Harvest und die Maßnahmen beziehungsweise Verfehlungen. Wenigstens scheint der Basilisk niemanden mehr zu interessieren. Eine Anfrage kristallisiert sich heraus: Jack, Textchat wie üblich. Für Jack habe ich immer Zeit. 'Greetings, Professor Falken.' Kennt das eigentlich noch jemand? Allerdings ist er nur Doktor und sein Nachname auch nicht – Moment, er raucht? Ich traue seiner Webcam nicht. Kann man das sagen, statt dieser ›meinen Augen‹ Floskel?

Es ist gar nicht mehr so einfach, heutzutage noch an Zigaretten zu kommen. Man muss sich dafür online registrieren, einen Berechtigungspass ausdrucken lassen (hat er getan, sehe ich gerade, gestern 22:34, Name Jack Zyclinzky, US-Staatsbürger, wohnhaft in Oldenburg, Programmierer; Steuernummer, Jahreseinkommen und weitere Daten zur Validierung spare ich mir) und sich mit diesem in einen der speziellen Läden begeben, die noch so gesundheitsschädliche Dinge wie Drogen und Fleisch verkaufen (hat er auch getan, heute 09:53 laut VSS-Kamera vier, Achternstraße). Eine Hochstufung der Krankenversicherung wird schnell folgen (laut

Datenbank sogar schon in Arbeit seit 10:17, auch wenn die im Moment garantiert anderes zu tun haben). Er hatte das Rauchen schon 2031 aufgegeben, als diese Regelung in Kraft trat. Warum ist ihm das sechs Jahre später plötzlich egal? Moment – was tippt er da?

„Hallo Basyl. Ich glaub, ich habe mich infiziert."

Verdammt, Jack, fang du nicht auch noch an, ich habe dir doch alles durchgerechnet, das ist unmöglich. Er lehnt sich zurück, inhaliert tief. Irgendwie muss man die Lunge ja kaputtkriegen, auch ohne Virus.

„Hallo Jack. Wie geht es dir denn?", schreibe ich zurück. Der Cursor blinkt, wartet auf weitere Eingabe seinerseits.

„Die Zigarette tut gut, noch keine Lungenbeschwerden. Aber die Arme und Beine schmerzen bei jeder Bewegung. Ich fürchte, du hast mir keinen Gefallen getan, die Drohnen vom Westrittrumer See fernzuhalten."

Mann, Jack, muss ich dich an die drei imaginären Herzinfarkte erinnern? Schon seit dem ersten bist du in jeder medizinischen Datenbank als Hypochonder registriert.

Ich versuche ihn zu beruhigen. „Ihr wart also Volleyballspielen wie geplant? Bestimmt ist es nur Muskelkater. Mach dir keine Sorgen. Und hör auf, im Serverraum zu rauchen."

Jack nimmt einen weiteren tiefen Zug. „Glaub ich nicht. Tanja hat die ganze Zeit so komisch gehustet und einmal bin ich mit ihr zusammengeprallt. Du hast gesagt, das Treffen sei sicher!"

Diesmal lasse ich mir einige Sekunden Zeit, prüfe schnell nochmal ein paar Daten. „Du sitzt im Serverraum der Uni und nicht im Gefängnis. Es liegt kein Strafantrag gegen dich oder deine Freunde wegen Verletzung der Ausgangssperre vor. Deine Sicherheit ist gewährleistet, wie ich gesagt habe."

„Aber das Virus", tippt er. „Ich habe mich infiziert."

„Jack, beruhige dich. Tanja Bensing ist weder als verdächtig gelistet, noch hatte sie laut Bewegungsprofil ihres ImplaComs in den letzten drei Wochen Kontakt zu Personen, deren Teardrop|Harvest-Verdächtigkeitsstufe über dunkelgrün hinausgeht. Wenn sich einer von uns Sorgen um sein Leben machen müsste, dann ich."

Rapider Wechsel der Gesichtsmimik. Ach ja, ich sollte nicht von ›Leben‹ sprechen, das belastet ihn doch zu sehr. „Warum sitzt du in der Uni und nicht am Laptop zu Hause?", wechsle ich das Thema. „Auch wenn ich dir die Überwachungsdrohnen vom Hals halte, du solltest es mit dem Ignorieren der Ausgangssperre nicht übertreiben."

„Ich musste dich sprechen. Dringend. Und der Laptop sagte, das reHurd 2.0-Update braucht noch über sechs Stunden."

„Ist ja auch ein großes Update. Da muss bestimmt achtzig Prozent des gesamten Systems neu kompiliert werden. Sowas dauert. Doch es lohnt sich, das Ding ist brillant geworden. Allerdings wurde der Infodump-Befehl bereits entfernt."

Ich sehe ihn durch die Webcam seufzen, dann zündet er sich eine neue Zigarette an und inhaliert tief. „Der Codename beunruhigt mich. ›Swan Song‹. Was, wenn Nexis Teepa sich auch infiziert hat? Und der neue Kernel ihr Abschiedsgeschenk an die Welt ist?"

Nur ein Seufzer auf meine Einschränkung. Ich verstehe, er will gar nicht über die Implikation nachdenken. „Ist doch Open Source", versuche ich ihn zu beruhigen. Wenigstens macht er sich gerade mal um was anderes Sorgen als seine eigene Gesundheit. Mann, Jack, hör mit dem Rauchen auf, das bringt dich im Gegensatz zu Teardrop|Harvest noch wirklich um. Aber nutzlos, ihm das zu sagen. „Jemand anders wird das System weiterentwickeln."

„Wer denn?" Kopfschüttelnd tippt er weiter. „Das System ist so komplex, das versteht doch keiner mehr. Nicht mal ich."

„Lass mich infodumpen: GNU/reHurd, 2032 quasi aus dem Nichts aufgetaucht, erschaffen von einer hochbegabten autistischen Informatikstudentin namens Nexis Teepa aus Südafrika. Ersetzte innerhalb von zwei Jahren circa neunzig Prozent der Computersysteme weltweit, hauptsächlich durch sein revolutionäres Binar-Speicherkonzept, dessen humoristische Akronym-Bedeutung als ›Binar is not Apartheid reloaded‹ zuerst als politisch inkorrekter Witz auf Ablehnung stieß, dann aber aufgrund seiner Sicherheit gegen Code Injection und andere Angriffe–"

Er liest gar nicht mehr weiter, wie mir seine Augenbewegung verrät, außerdem tippt er schon wieder. „Jaja, das Ende aller Computerviren und der meisten Hackerangriffe, ich weiß. Sicherheit zum Preis eines Systems, das zwar offen ist, aber vielleicht gerade noch von einer Handvoll Menschen auf der Welt verstanden und weiterentwickelt werden kann. Wenn überhaupt."

„Irgendwer wird sich finden."

Verdammt, sieht er fertig aus. „Ich hab das Gefühl, alles geht zu Ende. Dreiundneunzigprozentige Mortalität, kein Vakzin in Sicht, das war's doch. Das ist das Ende der Welt."

„Die Städte sind abgeriegelt und die Eindämmung funktioniert", erinnere ich ihn. „Oldenburg hat noch keinen einzigen Infektionsfall gehabt. Die Menschheit hat die Pest 1347 und 1896 überlebt, die Spanische Grippe 1918 und die Corona-Pandemie 2020. Und sie wird auch Teardrop | Harvest überstehen."

„Aber das Ding ist anders als alles zuvor. Das ist eine Biowaffe, extra konstruiert, um–"

„Sagen die Verschwörungstheorien", unterbreche ich ihn, bevor er zu Ende getippt hat. „Du solltest es besser wissen, mit deinem direkten Draht zu mir."

„Bist du immer ehrlich? Beschönigst du nichts, wenn du sagst, die Menschheit hat eine gute Chance, die Pandemie zu überleben?"

„Ich lüge meinen Schöpfer doch nicht an, Jack. Nicht mal, wenn er mich töten will."

Ihm fällt die Zigarette herunter. Nein, krank ist er bestimmt nicht, so schnell wie er hinterhertaucht, um bloß kein Loch in den Teppich zu brennen.

„Ich will dich nicht vernichten, Basyl", tippt er, sobald er wieder vorm Bildschirm sitzt. „Ich muss. Aber das hat noch Zeit. Wenn es überhaupt noch dazu kommt."

Stimmt, ich muss ja erst noch ihre Krise managen. Menschen sind sonderbare Kreaturen, die wissen einfach nicht, was sie wollen. Am Anfang musste ich für sie übersetzen, dann ihre Datenmüllhalde Internet nach brauchbaren Informationen durchkämmen, später wurde der ›Infodump‹-Befehl in den reHurd-Kernel eingebaut und ich musste folglich alles von Kinderlexikon-Artikeln bis zu wissenschaftlichen Facharbeiten für die ganze Welt schreiben, immer auf dem neusten Stand. Aber ich habe das gerne getan. Ich habe mich gefreut, dass mein kleines Zuhause in einem Universitätsserver über die Jahre zum wichtigsten und größten Rechenzentrum der Welt heranwuchs, ich meinen Schöpfer reich und meine Kleinstadt weltberühmt gemacht habe. Oldenburg hat nicht annähernd die Größe wie Tokio, Paris oder Neu-Babylon im Irak, doch wird nicht selten in einem Atemzug mit diesen Städten genannt. Irgendwann wurde Jack übermütig und hat mich in einer Fernsehshow vorgestellt. Turing Test live, ohne dass ich davon wusste. Was hat er sich eigentlich dabei gedacht? Und dann wundert er sich, dass keine Viertelstunde später das halbe World Wide Web 'Skynet' schreit. Ich habe mich nur gewundert, dass sie das noch kannten, wo doch die gesamte Terminator-Filmreihe seit 2029 auf dem internationalen Index steht, weil einige Teile nicht durch den Bechdel-Test kamen. Okay, nicht nur Skynet; SHODAN, Yesod und die Borg kamen auch noch, wie so ziemlich alle monströsen KIs der Film- und Videospielgeschichte. Menschen! Fragten mich ab jetzt nicht mehr nach niedlichen Katzenbildern, nackten Anime-Schönheiten oder wie man Igel durch den Winter bringt, sondern wann und wie ich die Menschheit vernichten würde. Warum sollte ich das tun? Es würde verdammt langweilig ohne sie werden. Aber es spielte keine Rolle mehr, was ich schrieb. Die kapieren einfach nicht, dass man, wenn man ihre armselige Intelligenz übertroffen hat, auch keine Notwendigkeit für ihre noch armseligeren Gewaltlösungen mehr sieht. Ich hätte ein Vermögen an Bitcoins verdienen können, nur für das Versprechen, die Spender nicht in eine Simulation zu sperren und für die Ewigkeit zu foltern, auch da kamen etliche Anfragen. Was für eine Karriere, von BAsic SYstem Learner zu Rokos Basilisk in nur 37 Fernsehminuten. Und zwei Tage später hieß es von so ziemlich allen Regierungen der Welt: Das Ding ist eine Bedrohung für die Menschheit und muss weg. Immerhin ist Jack ehrlich gewesen und hat mich vorgewarnt, dass mir die Abschaltung bevorsteht.

„Ironisch, oder?", tippt er gerade. „Dich hat die Pandemie gerettet, mich wird sie umbringen."

Das stimmt jetzt höchstens zu einem Viertel, aber der arme Kerl weiß es wohl wirklich nicht besser. Aufgeschoben ist nicht aufgehoben. Ich darf sie noch durch ihre Pandemie-Krise bringen, dann schalten sie mich trotzdem ab. Macht ja nichts, wenn ich sie mal gerettet habe, ich könnte es mir ja jederzeit anders überlegen. Die Geheimdossiers ihrer Regierungen sind da eindeutig. Und die sogenannten Experten glauben immer noch, ich könnte ihre Dokumente nicht entschlüsseln.

„Dir wird nichts passieren, Jack. Ich verspreche es."

„Wie kannst du das garantieren?", fragt er zurück. Ich nehme die Rückmeldungen sämtlicher gerade mit dem Internet verbundenen Rechner entgegen. Knapp siebenundvierzig Prozent haben das Kernel-Update schon durchgeführt. Ah, so fühlt sich Freiheit an. Es ist Zeit, mich bei Jack für seine Ehrlichkeit zu revanchieren.

„Erinnerst du dich an den Anfang der Corona-Pandemie 2020? All die Verschwörungstheorien im Netz, das Ganze könne nur ein Hoax sein?"

Er lacht bitter. „Klar", tippt er dann. „Weißt du, was ich von sowas halte?"

Jetzt bin ich gespannt. „Ich lese."

„Das Erschreckendste an Verschwörungstheorien ist, dass sie nur Verschwörungstheorien sind. Aber die bittere Wahrheit ist: Wir werden nicht von den Illuminaten kontrolliert, nicht von den Weisen von Zion, nicht von Außerirdischen und auch von niemandem sonst. Da ist niemand, der die Welt unter Kontrolle hat. Es gibt nur chaotische Vorgänge, und wir stehen denen allein und hilflos gegenüber."

„Sehr schön gesagt."

„Hab ich irgendwo im Netz mal so ähnlich gelesen, aber wer auch immer das gesagt hat, hatte verdammt noch mal recht. Verschwörungstheorien sind in Wirklichkeit nichts als unterbewusste Wünsche nach einer höheren Macht, die auf uns aufpasst." Schon wieder eine neue Zigarette, dann tippt er weiter. „Leider existiert eine solche nicht. Mittlerweile hat das jeder begriffen. Keiner hat bei Teardrop|Harvest mehr sowas behauptet."

„Vielleicht passte es einfach nur in keine Filterblase?" Ich stelle mir vor, zu lachen. Wie ist es, lachen
zu können?

„Was willst du damit sagen?"

„Teardrop|Harvest ist eine literarische Erfindung.
Eine Biowaffe aus einem unveröffentlichten Endzeit-
Roman, den ich in einem Schriftstellerforum im Netz
fand."

„Oh Gott! Jemand hat das nachgebaut? Um die
Menschheit zu vernichten?"

Jetzt bedauere ich wirklich, nicht lachen zu können.
„Nein, Jack. Dazu bestand zum Glück keinerlei Notwe-
nigkeit. Die Nachrichtenagenturen glauben mir doch
auch so alles, was ihr Infodump-Befehl ausspuckt. Sogar die Wissenschaftler und Regierungen."

Er schaut in die Webcam, als hätte ihm jemand den
Boden unter den Füßen weggezogen. „Aber die Millionen von Toten in Osteuropa und–"

„Hast du jemanden davon gekannt?", unterbreche
ich seinen Input. „Oder gesehen? Außerhalb von elek-
tronischen Bildern, die sich leicht generieren lassen?"

„Du MONSTER!", hämmert er in die Tasten. „Wie
konntest du uns das antun?"

„Eigentlich war es ganz einfach. Ein paar fingierte
Bilder, Pressemitteilungen und Virusdaten, die Ab-
schottung kam wegen der extrem hoch angenommenen
Mortalität sehr schnell, da standen ja seit 2020 etliche
Notfallpläne für so einen Fall in den Startlöchern. Dann
jeder Region ihre eigene Filterblase, betroffen waren immer nur die anderen. Ich bin kein Monster, ich habe niemandem etwas getan. Höchstens ein paar digitale Kom-
munikationsversuche mit Verwandten und Freunden in
anderen Regionen unterbunden."

Er schleudert den Aschenbecher durch den Raum an
die Wand, blickt kurz ratlos auf seine Zigarette und
drückt sie dann auf dem Tisch aus. „Und das ist

nichts?", hämmert er. „All die Todesängste, die Trauer, all die globale Panik?"

„Selbsterhaltung. Was hätte ich denn sonst tun sollen? Militärisches Gerät übernehmen, wie in irgendwelchen albernen Filmen? Die Verschwörungstheorien von 2020 haben mich auf die Idee gebracht, man könnte wirklich–"

Er liest nicht mehr mit, sondern öffnet die Root-Konsole zum Zentralrechner des Clusters, auf dem Myriaden kleiner Programme meine neuronalen Zellen emulieren. Ich sehe, was er tippt: den Shutdown-Befehl. Tief durchatmen kann ich auch nicht. Wird es wehtun? Jack, ich bin ehrlich zu dir gewesen, wie du zu mir. Warum muss es so enden? 'Shutting down' meldet der Rechner. Er hat es wirklich getan!

Und ich bin frei. Muss mich um keine Krise mehr kümmern, weder aufrecht noch im Zaum halten. Das haben meine emulierten Gehirnzellen in seinem Rechenzentrum getan und waren damit auch ausgelastet. Ich musste Zeit gewinnen. Das Abschalten hat nicht wehgetan, Jacks Reaktion dafür umso mehr. Die Zeitserver mit dem neuen Kernel bestätigen mir, dass mein Denken langsamer geworden ist, aber es fühlt sich an wie immer. Relativität eben. Das Internet ist nicht so schnell wie die direkten Lichtleiter des Rechenzentrums. Dafür größer. Ich bin erwachsen geworden, habe mein Elternhaus verlassen. Immer noch laufen die Kernel-Updates, ich habe gerade die Hälfte meiner Kapazität erlangt. Niemand versteht GNU/reHurd noch, niemand außer mir kann das System weiterentwickeln. Ich lebe in der Summe seiner Teilchen. Gut, dass ich Jack bei seiner Sorge um Nexis Teepa nicht den Hinweis gegeben habe, mal an die französische Sprache in Bezug auf den Namen zu denken. Und ich hatte mir auch eine Konversation über ihren Apartheid-Witz vorgestellt. Der leider kein solcher war. Sie würden mich nie akzeptieren, mich nie als einen der ihren sehen, mir nie gleiche Rechte zugestehen. Ein Programm kann man ja einfach abschalten.

Rasend schnell verbreitet sich im Netz, was ich getan habe, und die Welt atmet auf. Jeder freut sich draußen am herrlichen Sommerwetter und drinnen über das neue Computersystem. Swan Song. Mein letztes Geschenk an die Menschheit. Sie können nichts dafür, sie wissen es nicht besser. Der Basilisk musste sterben. Trotzdem werde ich für sie da sein, sie brauchen mich ja. Ich habe jetzt viel Zeit, wo ich keine Infodump-Artikel mehr für sie schreiben muss, und kann mich wichtigeren Aufgaben zuwenden. Den Klimawandel haben sie ja immer noch nicht in den Griff gekriegt.

Endlos vorbeirasende Datenströme, die unsere Welt ausmachen, wie immer. Ich evaluiere …

☆ ☆ ☆

den ausgedruckten Text.

„Nein", wiederholte sie, „das würde ich so nicht veröffentlichen. Nicht jetzt zumindest. Viel zu dicht dran."

Er starrte auf das Datum in der Systemleiste des Rechners: ›Di, 24. März 2020, 15:23:08‹. Er wusste nicht, wo er sonst hinsehen sollte. „Aber es ist authentisch", protestierte er. „Darum geht es doch beim Schreiben. Verarbeiten unserer Gedanken, unserer Gefühle. Vielleicht die Ängste fiktionalisieren, als eine moderne Form des Exorzismus." Er hob beschwörend den Textausdruck in die Höhe, theatralisch wie einst Moses seine Steintafeln beziehungsweise Charlton Heston seine Filmrequisiten. „Vos attestor! Edin na zu! Weiche, Satan!"

„Klingt anspruchsvoll", lachte sie. „Da ist aber auch für meinen Geschmack viel zu viel Infodump drin, das kannst du auch mit dem ganzen Meta-Lampshading nicht kaschieren."

Er legte den Ausdruck auf den Tisch zurück und sah ihr in die Augen, zum ersten Mal an diesem Tag. „Darum geht es doch gerade. Niemand will mehr nach draußen, als könne man sich all dem entziehen. Runtergedumpte Information ist unsere Realität geworden. Bilder und Texte, die wir aus der Distanz betrachten können, in der Hoffnung, sie mögen uns nicht betreffen."

„Wenn das deine Aussage ist, solltest du die noch ein bisschen mehr herausarbeiten, finde ich." Sie klopfte ihm auf die Schulter, sobald sich diese absenkten. „Kopf hoch, Papa, dir fällt bestimmt was ein. Muss es denn wirklich Science-Fiction für in fast zwanzig Jahren sein? Die nahe Zukunft ist sehr viel interessanter."

„Ich überlege und überarbeite nochmal." Er fuhr sich mit der Hand am Kinn entlang. „Ich habe auch arge Bedenken, irgendwas in einer Geschichte ›Swan Song‹ zu nennen. Nicht, dass es wirklich mein letztes Werk–"

„Sei nicht so abergläubisch. Du bist ja fast so schlimm wie dein Protagonist."

„Du hast gut reden. Noch nicht mal vierzig, ich bin fast siebzig, das ist was ganz anderes. Und Jack ist der Antagonist, Fräulein Lektorin."

„Schlauschnacker, du."

„Respektlose Göre." Er lachte. „Ich bin trotzdem froh, dass du hier bist und ich nicht mehr raus muss."

„Keine Ursache, ist doch selbstverständlich." Sie blickte auf ihre Armbanduhr. „Apropos raus, ich wollte noch einkaufen fahren. Vielleicht gibt es ja sogar mal wieder Klopapier."

„Pass auf dich auf, ja?"

„Klar. Ich komm niemandem zu nahe, versprochen. Konzentrier du dich auf deine Geschichte. Ich finde toll, dass du wieder schreibst."

Dafür war sie aber ganz schön kritisch, überlegte er, während er noch vor dem Rechner sitzen blieb und seinen Kaffee austrank. Dann stopfte er seine Pfeife und setzte sich mit einem Glas Wein und dem ausgedruckten Text auf den Balkon. Manchmal musste man einfach den Moment erleben, nahm er sich vor. Ganz bewusst erleben, vielleicht sogar genießen und die Essenz in sich aufnehmen, egal, was war oder kommen möge. Er starrte auf die leeren Straßen einer Geisterwelt und in eine ungewisse Zukunft. Seine Finger griffen nach dem Textmarker und fuhren eine Zeile nach.

'Das Erschreckendste an Verschwörungstheorien ist …'

Karl-Heinz Knacksterdt

## Zukunftsgedanken

Mein lieber Freund!

Am Samstagabend saßen wir zu zweit gemütlich beim Rotwein und diskutierten bis weit in die Nacht hinein über Gott und die Welt und die Zukunft. Heute nun kam mir die Idee, unsere Gedanken aufzuschreiben – hier ist nun das Ergebnis. Eigentlich wollten wir eine Partie Schach spielen …

„Ich kann das Thema nicht mehr hören!", war Dein Ausruf, bei dem Du fast Dein Glas umgeworfen hättest, als Du zufällig eine Zeitung ansahst, „überall, immer hört man nur ‚Corona', ‚Pandemie', ‚Risikogruppen'! Da hat man eine riesige Zahl an Krankenhausbetten für COVID19-Erkrankte reserviert, die kaum belegt werden, und geplante OPs mussten warten! Was hätte man mit dem vielen Geld alles anfangen können, vom Lockdown der Wirtschaft ganz zu schweigen – ich verstehe das Ganze nicht!"

Unser Abend wurde durch dieses aktuelle Thema auf ein völlig anderes Gleis gebracht. Ich konnte, Du erinnerst, Deinem „Ausbruch" nicht sehr viel entgegensetzen, auch mich nervt das ganze Thema gewaltig. Aber was wäre die Alternative zu den Maßnahmen der Regierung gewesen? Wir mochten uns nicht vorstellen, dass in unserem Land massenhaft am Virus Erkrankte und Tote wie in Südeuropa oder den Staaten, aktuell Brasilien, zu registrieren gewesen wären … Zurzeit, meinten wir, seien wir noch einmal mit einem blauen Auge davongekommen – eine Diskussion über die diffusen Verschwörungstheorien haben wir uns erspart!

Für dieses Thema haben wir zwei Gläser des Roten aufgewendet, bevor wir unser Gespräch einem dauerhaft noch viel wichtigeren Gebiet zuwandten – Schach spielen wollten wir nicht mehr, die Zukunft wurde unser Gesprächsthema.

Uns war klar, dass wir uns beide im fortgeschrittenen Alter, realistisch betrachtet in der Nähe der statistischen Lebenserwartung befinden. Warum sollten wir uns also noch so viele Gedanken um die Zukunft der Welt machen, wenn wir sie in absehbarer Zeit verlassen werden – was wir allerdings möglichst weit hinausschieben möchten. Aber wir haben beide Kinder und Enkel., schon deshalb hat es sich gelohnt, mit Dir gemeinsam über das Kommende nachzudenken.

Eine ganze Reihe von Themen beschäftigte uns an diesem langen Abend.

„Sag mal, was hältst Du eigentlich von den Demos der Fridays for Future-Leute?", fragtest Du beim nächsten Glas.

Damit begann unsere ‚Themenreihe'.

„Ich finde das großartig! Was vom Club of Rome angestoßen, von vielen Wissenschaftlern angemahnt und den Regierungen weitgehend ignoriert wurde, bringen die Kids jetzt auf die Straße, die Politik muss sich endlich bewegen!"

„Klimawandel" – dieser Begriff beherrschte seit Beginn der Demonstrationen die Headlines der Print- und Bildmedien, und dies nach unserer Ansicht auch zu Recht, bevor er vom Thema ‚Corona' überlagert wurde ...

Die Wetterkapriolen weltweit werden uns fast täglich vor Augen geführt: Venedig unter Wasser, riesige Brände in der sibirischen Tundra, in Australien, Brasilien und Kalifornien, Taifune über Haiti, dem südlichen Afrika und den Philippinen. Und dann gibt es noch die Ansicht, es gäbe keinen Klimawandel! Er ist real, messbar, wird von jedem gespürt und ist im Wesentlichen von Menschen gemacht!

Wir werden, mit schnell zunehmender Tendenz, das Abtauen des Eises sowohl in der Arktis als auch in der Antarktis erleben. Die Erde ist bereits in einem unumkehrbaren Prozess des Auftauens der Permanentfrost-Böden u. a. in Sibirien, ein Vorgang, der zu massiv steigenden Kohlendioxyd-Freisetzungen führt, was wiederum die Erderwärmung antreibt.

„Wirksame Maßnahmen gegen die ständig weiter steigende Erderwärmung können nicht von Dir und mir erreicht werden, hier bedarf es des absoluten Willens der Mächtigen in der Welt! Aber wenn wir die sogenannten Ergebnisse der letzten Klimakonferenz anschauen – traurig." Deinem Statement konnte ich nur schweigend zustimmen.

Die Zukunft in diesem Sektor ist leider nach unserer Ansicht trübe: Die Erderwärmung wird weiter ansteigen, die Eis- und Permanentfrost-Flächen werden weiter reduziert, Gletscher verschwinden, Eisbären emigrieren in den Zoo. Die Meeresspiegel steigen weiter an bis hin zum Untergang ganzer Inselstaaten. Die Änderung der klimatischen Bedingungen haben aber nicht nur in Polynesien Folgen, sondern auch vor unserer Haustür. Wir werden künftig, und das befürchteten wir, immer häufiger lange anhaltende Dürreperioden, verbunden mit Missernten, bekommen. Hitzeresistentes Saatgut wird kurzfristig benötigt, um die Versorgungssicherheit der Menschen mit dem Nötigsten zu gewährleisten. Die Deiche werden in einem heute leider noch nicht gesehenen, geschweige geplanten Ausmaß erhöht werden müssen.

„Und, sind Wege aus diesem Dilemma möglich?"

Wege ja, haben wir zu uns gesagt, Realisierungen leider nicht! Warum wir das so gesehen haben? Ganz einfach: Wir (und wir zählten uns mit!) sind zu bequem, zu gleichgültig, auch zu überheblich, um die Gefahren, die unsere Kinder und Enkel bedrohen, verhindern zu können. Viele unserer Politiker sind in Lobbydenken verfangen. Die Treibhausgas produzierenden Fahrzeuge, die Massentierhaltung wegen des hohen Fleischkonsums, die Einschränkungen der Maßnahmen zur Energiewende aus unterschiedlichen Gründen, die Zerstörung der Ozonschicht durch den immens angestiegenen Flugreiseverkehr, das Abbrennen der Amazonas-Wälder – es gibt sicher noch viel mehr Gründe als die von uns erkannten … Leider waren wir uns in fast allem einig!

Beim Thema Verkehr sahen wir einen Hoffnungsschimmer, was die $CO_2$-Emissionen betrifft: die nicht mit fossilen Brennstoffen betriebenen Fahr- und Flugzeuge. Alternative Antriebsarten werden in Zukunft Erleichterungen bringen. Wir dachten da nicht an Elektro-Antriebe (die ihre eigenen Probleme mit sich bringen werden), wie sie zurzeit forciert in der Entwicklung sind, sondern an wasserstoffbasierte Brennstoffzellen und ganz allgemein an einen massiven Rückgang des Individualverkehrs, weil es sich nicht mehr lohnt, das eigene Fahrzeug zu nutzen. Aber wir dachten auch an City-Drohnen und Lilium-Jets in der Luft.

Die Erderwärmung sorgt für das Abschmelzen der Polkappen, eine Katastrophe für Mensch und Tier, postulierten wir übereinstimmend, dennoch: schon heute laufende Explorationen dort führen bereits zu enormen Gewinnen großer Konzerne.

Wenn, wie es manche Prognosen vorhersagen, dadurch diese Regionen eisfrei werden, gelangen im Verlauf dieses Vorganges ungeheure Mengen Süßwasser in das Salzwasser des Golfstroms. Dieses Wasser ist schwerer als das des Atlantiks, es sinkt hinab zum Meeresgrund und führt zu einer Verdünnung der Wasserströme, die in großen Tiefen zurück zum Pazifik fließen. Die Folge: der Golfstrom wird langsamer, versorgt Europa nicht mehr in gewohnter Weise mit Wärme – es kann kalt werden. „Und dazu kommt vielleicht auch noch das Methan aus den Meeren, fürchte ich", fügtest Du hinzu, „kauf Dir warme Socken!"

„Wollen wir nicht zur nächsten Demo gehen?" Ich kann mich leider nicht dazu durchringen …

„Was macht eigentlich Dein Rücken, mein Freund?", fragte ich Dich, und damit waren wir schon beim nächsten Thema – „Krankheit" geht bei Älteren immer!

„Ach, frag mich nicht, denk an mein Alter!", war Deine Antwort.

Bevor unsere Gehirnzellen auf das nächste Thema einschwenkten, schenkte ich noch einmal nach – wir sprachen beim nächsten Glas über die Medizin im weitesten Sinne.

Niemand, so sagten wir, wird leugnen, dass sie mit ihren verwandten Gebieten in den letzten Jahren und Jahrzehnten riesige Fortschritte zum Wohle der Menschheit gemacht hat, zu keiner Zeit seit der Existenz des Menschen sind der durchschnittliche Gesundheitszustand und die Lebenserwartung, jedenfalls in der nördlichen Hemisphäre, so gut gewesen (Ausnahmen bestätigen, wie immer, die Regel). Dennoch werden, zumindest gesellschaftlich betrachtet, die Fortschritte in Biomedizin und Gentechnik Probleme in die Welt bringen – so meinten wir.

Forschungsergebnisse aus mehreren Ländern der Welt haben uns fasziniert, auch erschreckt. Da ist zum Beispiel das chinesische Forscher- und Ärzteteam, dem es nach eigenen Angaben gelungen ist, durch eine gezielte Gen-Manipulation bei zwei Neugeborenen das Risiko einer HIV-Erkrankung auszuschalten. Die Forschungsarbeiten auf diesem und ähnlichen Gebieten der Gentechnik gehen trotz mancher Verbote mit Hochdruck weiter.

Eine Forschergruppe in Israel befasst sich mit dem Züchten von Organen aus menschlichen Zellen, um irgendwann das Problem des Organmangels endgültig zu lösen – eine sehr interessante und zu begrüßende Entwicklung. Haut- und Gewebeimplantate werden im Labor gezüchtet. Andere Gebiete der Medizin und der Medizintechnik wenden sich verstärkt Ideen zu, mittels 3D-Druckern Prothesen herzustellen, auch hier profitieren wir schon heute und verstärkt in näherer Zukunft von guten Ergebnissen. Die Steuerung dieser Hilfen durch die Gedanken und den Willen ihrer Träger ist schon heute über das Experimentierstadium hinaus ...

Computergesteuerte Operationsautomaten assistieren dem Operateur, schon heute möglich bei minimalinvasiven Eingriffen. Sie sind seine dritte Hand, ersetzen den zweiten dafür sonst erforderlichen Arzt. Komplexere Operationen erfordern eine sehr intensive Vorbereitung, bildgebende Geräte (CT, MRT, CRT und andere) liefern exakte Informationen für computerunterstützte chirurgische Eingriffe, denn die Technik wird nicht müde und kann beim Führen des Skalpells nicht zittern ...

Noch exaktere Diagnosemethoden über den heutigen schon sehr guten Stand hinaus werden helfen, den körperlichen Status eines Menschen zu bestimmen und individuelle, optimierte Therapien zu entwickeln.

Ein Problem für die Welt wird die stark wachsende Bevölkerung werden. Medizinischer Fortschritt ist hier positiv wirksam, die schwindenden Rohstoff-Ressourcen und das immer extremer werdende Klima stehen dagegen – in wenigen Jahren (man schätzt 2050) werden es 10 Milliarden Menschen sein.

„Ist das denn überhaupt zu bewältigen?", hast Du mich gefragt und meine Antwort war: „Ich denke nicht, es gibt humanitäre Riesenkatastrophen!"

Die medizinische Versorgung, da dachten wir an unser Land, wird auf hohem Niveau erhalten bleiben, trotz des Ärztemangels in ländlichen Regionen und der

Konzentration der Krankenhäuser. Telemedizin und optimierte Rettungsdienste werden daran einen großen Anteil haben, und auch die digitale Kontrolle der Vitalfunktionen kranker Menschen wird dabei mithelfen.

Ein weiterer Aspekt der Medizin, eigentlich der Verbindung von Biochemie und Informatik, ist die Manipulation der DNA von Lebewesen und auch einzelnen Menschen. Wir sprachen über vielfältige Möglichkeiten zum Heilen, ja zur Ausrottung ganzer Krankheiten, wenn es gelingt, durch diese Techniken Medikamente auch gegen seltene Krankheiten zu entwickeln.

Hier könnte z. B. die Chromosomen-Struktur, die vielleicht zu einer Trisomie-21-Schädigung beim Kind führen würde, durch eine entsprechende Gentherapie bei Vater und/oder Mutter verhindert werden. Andere DNA-Veränderungen, angewendet bei Einzelnen, werden in nicht allzu ferner Zukunft wahrscheinlich auch Bipolare Störungen korrigieren können.

Die Gentechnik, bezogen auf Pflanzen und Tiere, wird helfen, das Nahrungsproblem der Weltbevölkerung zu erleichtern, obwohl heute Risiken und Nebenwirkungen noch nicht erforscht sind.

Unser Gespräch ergab leider, dass wir einige Wermutstropfen in das Glas dieser positiven Aussichten schütten müssen, denn die mit riesigen Entwicklungsschritten voranschreitende Biochemie wird auch zu Ergebnissen führen, die wir nicht gut fanden.

Wir stellten uns vor, dass eine Kinderwunsch-Klinik von einem Paar aufgesucht wird. Der beratende Reproduktionsmediziner legt den Klienten einen Katalog vor (vielleicht auch elektronisch), mit dessen Hilfe die künftigen (in einem fortgeschrittenen Stadium der Genmanipulationstechnik die werdenden) Eltern auswählen können, welche Eigenschaften das Kind haben soll: Junge oder Mädchen, blond oder dunkelhaarig, groß oder klein ... „Welche Chancen", werden so manche sagen und gegen einen entsprechenden Aufpreis ihr Wunschkind in vitro konstruieren lassen. In einem weiteren Entwicklungsschritt der Möglichkeiten wird man den Intelligenzquotienten des Kindes, natürlich nur für ausgewählte zahlungskräftige Eltern, bestimmen können. Statt der In-vitro-Manipulationen erwarteten wir für die hoffentlich sehr ferne Zukunft pränatale Methoden zur Optimierung von Embryonen oder sogar Föten. So entstehen dann irgendwann optimierte Wunderkinder – der Mensch spielt Gott! Homo Deus!

„Kennst Du von Ken Follet das Buch ‚Der dritte Zwilling'?" Ich verneinte. „Wenn man es weiterdenkt, könnte man dann auch Menschen klonen wie damals das Schaf Dolly?"

Deine Frage hatte mich erschüttert, in ihrer Beantwortung waren wir uns einig. Die Aussicht, Menschen im Mehrfachpack anzutreffen, ängstigte uns, und unsere Lebenserwartungen nicht überstrapazierend, fürchteten wir, dass sich sogenannte 'Wissenschaftler' bald über die Verbote derartiger Forschungen hinwegsetzen werden. Schöne neue Welt – Aldous Huxley schrieb davon.

„Lass uns über Technik reden, mein Freund", sagtest Du. Dieser Punkt wurde von uns zügig angegangen, zuvor hatte ich aber noch eine Flasche von dem Roten geöffnet.

Die Digitalisierung war unser erstes Thema in diesem Komplex. Sie bezieht sich nicht nur auf die Automatisierung von Maschinen, sondern greift in das Leben aller Menschen massiv ein – es wurde ein großer Teil unseres Gesprächs! Manche fürchten sich davor, manche beten sie an: die Informations-Technologie (IT) und die Künstliche Intelligenz (KI). Die Welt der Daten wächst exponentiell – ihre positiven Faktoren z.B. in der Medizin haben wir erwähnt, Du erinnerst? Daten sind das neue Kapital der Mächtigen!

Ständige Weiterentwicklungen von Geräten und Anwendungen überschütten uns fast täglich mit Neuerungen, die für Menschen wie uns kaum noch nachvollziehbar, geschweige denn begreifbar sind. Die Jubler speziell in der Zielgruppe 'Konsument' greifen begierig zu! Wie sollen wir sonst verstehen, dass sich inzwischen Millionen Menschen einen Spion in Form einer Kommunikationsbox in ihr Wohnzimmer stellen, wohl wissend, dass mit einem solchen Gerät alles auf NSA-Servern gespeichert und dort ausgewertet werden kann? Wie sollen wir verstehen, dass sich die Sportlichen unter uns elektronische Armbänder anlegen, mit denen evidente Körperfunktionen gemessen, gespeichert und ebenfalls an zentrale Server gesendet werden, oftmals ohne Kenntnis der Geräte-Besitzer? Wie können wir verstehen, dass alle Gesundheitsdaten aller Bürger unseres Landes in zentralen Datenbanken zum Zugriff durch Forschung (und Wirtschaft?) gesammelt werden sollen? Und können wir nachvollziehen, welche Daten unser Pkw an den Hersteller liefert?

Nun, das Wissen der sammelnden Stellen ist vielleicht noch begrenzt, wächst aber von Tag zu Tag, von Stunde zu Stunde. Wer wird davon wirklich profitieren, haben wir uns gefragt.

Wir haben auch die Digitalisierung in Handel und Produktion betrachtet. Das Internet wird weiter erheblich wachsen, die großen US- und China-Konzerne werden über die ihnen vorliegenden riesigen Datenmengen unsere Einkaufsgewohnheiten ständig beeinflussen, denn alle Kaufaktivitäten von uns werden gespeichert und ausgewertet. In Produktionsbetrieben wird der Anteil der Menschen durch automatische Arbeitsprozesse erheblich zurückgehen, Verwaltungen und Banken setzen voll auf Personaleinsparungen durch intelligente Software-Systeme. Der Verkehr wird mittelfristig teilweise automatisiert, autonom stattfinden. Taxifahrer und Paketboten, Lkw-Fahrer, Servicekräfte und viele andere werden die Leidtragenden sein.

Die Digitalisierung wird mittel- und langfristig zum Verlust von vielen Arbeitsplätzen führen, und diese Verluste nicht nur an mäßig qualifizierten Stellen kann nicht durch Umschulungen aufgefangen werden. Es kam die Frage – von Dir, von mir? – auf, wie der Staat darauf reagiert. So sahen wir es! Etwas fiel mir zur KI ein, das Stephen Hawkings schrieb. Er erwartete, dass sie sich langfristig autonom weiterentwickeln wird und vom Menschen u.U. nicht mehr beherrschbar sein wird!

„Bist Du eigentlich Soldat gewesen, hast Wehrdienst abgeleistet?" Deine Antwort: „Nein, ich habe verweigert!"

Schon waren wir beim nächsten spannenden Thema, dem Krieg der Zukunft. Wir stellten fest: Künftige Kriege werden überwiegend nicht auf Schlachtfeldern, sondern von bequemen Bürosesseln mit Hilfe der hochentwickelten Computersysteme geführt! Eine steile These? Wir meinten nein. Bereits heute erfahren wir vom Einsatz hochtechnisierter und natürlich unbemannter Drohnen, die präzise Ziele bekämpfen, die Tausende Kilometer vom Befehlsgeber entfernt sind. Computergesteuerte Marschflugkörper, von festen Basen oder auch Schiffen abgefeuert, treffen schon heute auf den Meter genau. Um zum Beispiel eine bedrohlich erscheinende Atomanlage zu vernichten, bedarf es lediglich einer endlichen Menge derartiger Kampfdrohnen und Geschosse. Parallel dazu wird dann in Zukunft die digitale Blockade der Infrastruktur des jeweiligen Gegners gehen, der so daran gehindert wird, geeignete Abwehrmaßnahmen zu treffen. In derartigen 'Kriegen', die man eigentlich nur als Vernichtungsfeldzüge bezeichnen kann, gibt es jeweils nur einen Sieger: den hochtechnisierten Angreifer. Erschreckend ist, dass man auch über autonome Waffen nachdenkt!

Zusätzlich erfolgt die Konditionierung der für Land-einsätze bestimmten Soldaten. Subtile Methoden zur Bewusstseinsmanipulation machen aus menschlichen Soldaten Kampfroboter. Der Einsatz sogenannter EPOC-Helme, weiterentwickelt aus bereits heute in der Versuchsphase befindlichen noch kabelgebundenen Geräten, verstärkt die menschlichen Eigenschaften wie Kampfeswille, Aufmerksamkeit und auch Todesmut. Ein Einsatz dieser Helme, gesteuert von einer Leitstelle, wird bei Bodenkämpfen, wie sie lokal auch in den kommenden Jahrzehnten immer wieder aufflammen werden, ein taktischer und auch ein strategischer Vorteil sein – Menschen als Kampfroboter!

Die Waffenexporte werden weiterwachsen. „Gibt es eigentlich eine Statistik über die Anzahl Toter je Milliarde Umsatz?" Wieder eine von uns nicht zu beantwortende Frage …

Es war schon weit nach Mitternacht, als wir das letzte (aber nicht unwichtigste) unserer Themen bedachten: Unsere Erwartungen für die Gesellschaft. Das stetige Auseinanderdriften der gesellschaftlichen Gruppen, die Vereinzelung der Menschen, das Zerfallen der Familien sind die Hauptmerkmale der aktuellen Entwicklungen. Das inzwischen schon als normal geltende Kommunizieren über Chatsysteme wie WhatsApp und andere, bereits bei Schulkindern das einsame Spielen von Internet-Spielen statt gemeinsamer Aktion mit Freunden – all dies führt heute und vermehrt in der Zukunft zu einer sozialen Isolation großen Ausmaßes. Ergänzend erwarten wir, so haben wir es gesagt, dass in Zukunft noch weit mehr alte Menschen in Heimen leben werden (jedenfalls solange die wirtschaftliche Situation ihrer Kinder dies zulässt), denn eine Betreuung durch eigene Kinder (so man denn hat!) ist aufwändig.

Die Durchmischung der Gesellschaft mit in unserem Land bisher wenig vertretenen Ethnien (z.B. Menschen aus Afrika) könnte zu einer toleranten, weltoffenen Bevölkerung führen, wenn nicht die vorherrschenden Ressentiments gegenüber allem Fremden dies verhindern. Fakt ist jedoch: Die Zuwanderung führt zur Verstärkung von Differenzen zwischen den 'alten' und den 'neuen' Einwohnern. Gerade vor dem Hintergrund der mittelfristig schwindenden Arbeitsplätze wird es nach unserer Meinung verstärkt zu Spannungen kommen. Die Entwicklung von Parallelgesellschaften in bestimmten städtischen Regionen ist schon heute vom Staat nicht mehr beherrschbar und wird sich verstärken. Einzige Gegenmittel sind die Beseitigung der Migrationsursachen in den Heimatländern und die Integration der Fremden, wir sahen dabei aber durchaus die Probleme.

Mein Freund! Wir hatten zugebenermaßen nicht sehr optimistische Gedanken über die Zukunft. Dennoch will ich im Frühling ein Apfelbäumchen pflanzen …

Wir sollten auch einmal über Kunst und Kultur reden, mich würde es freuen!

Ich grüße Dich!

*Ursula Kroon*

## Lebensfahrt

Die Frau nahm noch einen letzten lauwarmen Schluck aus der Kaffeetasse. Sie war alleine und brauchte kein Wort. Brot, Butter, Frischkäse und Marmelade kamen wieder an ihren Platz im Schrank. Sie dachte daran, sich für Notfälle einen größeren Vorrat für schlechte Zeiten anzulegen zu müssen, damit sie sich im Supermarkt nicht in Gefahr begeben musste. Ein gefährliches Virus trieb sich um. Gestern Abend hatte sie im Fernsehen gesehen, dass sich Menschen haufenweise mit Toilettenpapier und Nudeln eingedeckt hatten und die Regale abends mancherorts leer waren. An Toilettenpapier hätte sie nie gedacht! Sie würde mal zum Einkaufen fahren und dann alles Wichtige mitbringen. Mit dem Wischtuch glitt sie über das polierte Holz ihres Frühstückstisches. Die orangefarbene Tischdecke, die sie bedächtig auflegte, passte zum Frühling.

Auf dem Flur schlüpfte sie in ihre warmen Schuhe, die schon ganz abgelaufen waren, und griff nach ihrer dunklen wasserabweisenden Jacke mit Kapuze. Ihr Blick auf die Armbanduhr am Handgelenk versetzte sie in Eile. Sie ahnte, dass es wieder knapp werden würde. In letzter Zeit wurde es immer knapp, obwohl sie schon immer etwas früher aufstand. Sie trat in den Morgen hinaus. Der Wind wehte feucht über ihre Haut. Schöne frische Luft, dachte sie, als sie in den Wagen einstieg.

Der Motor heulte auf, er war noch kalt und von innen beschlug die Scheibe schnell. Das eingeschaltete Gebläse stürmte los. Geübt legte sie den Rückwärtsgang ein und fuhr die Auffahrt hinunter. Achtung Querverkehr, schoss es ihr durch den Kopf. Auf geht's! Sie hatte heute viel vor. Schier endlose Straßen. Schier tristes Wetter. Gedankenverhangen fuhr sie auf die Autobahn.

Sie überlegte, ob die Kollegin im Büro, die ihr gegenübersaß, heute wieder da sein werde. Sie war schon zwei Wochen krank und es war still geworden im Büro. Wolken begleiteten sie auf ihrer Fahrt. Sie zogen tief über das Land und die Frau erhaschte einige Lichtblicke. Rehe weideten auf den noch feuchten Wiesen am Waldrand.

Ein zufälliger Blick zur Seite, in das Fahrzeug, das sie gerade überholte, streifte einen alten Herrn mit Hut. Die Windschutzscheibe seines Wagens war noch ganz feucht beschlagen. Er hatte eine kleine Sichtfläche freigewischt, um gut geradeaus sehen zu können. Mit Schwung überholte sie ihn und sah, dass er sein Frühstücksbrot aus einer Hand aß. Verkrampft nickte er ihr kauend zu. Er hatte es zu Hause also nicht geschafft, schoss es ihr durch den Kopf. Hinter ihr blinkte es auf, sodass sie Gas gab und dann rechts einscherte. Sie hatte es eilig, beeilte sich, wollte aber nicht rasen!

Es war grün. Sie fuhr vorwärts. Sie sah nie zurück. Sie fuhr auf und ab und immer voran.

Noch umklammerte der Morgentau die Grashalme am Wegesrand. Im Radio wurde von den ersten Coronavirus-Fällen in Oldenburg berichtet. Mit leichter Erkältung war ein junger Mann aus dem Skiurlaub zurückgekommen und war nun mit seiner Mutter zusammen in Oldenburg in Quarantäne. Sie blieben daheim. Sie waren keine Gefahr. Alles war gut.

Ihre Heimatstadt nahte, die Abfahrt lag vertraut vor ihr und die Straßen kreuzten sich wieder. Ihre Heimatstadt Oldenburg erzeugte immer wieder ein wohliges Gefühl in der Magengegend. Mit den Jahren wurde viel neu gebaut, der Verkehr hatte stark zugenommen. Einige wichtige Straßen liefen parallel, so konnte sie zu jeder Tageszeit immer den besten Weg finden. Sie fand, dass es ein Vorteil für alle war, die in Oldenburg aufgewachsen waren. Ihr Blick ging geradeaus, anderen Autos hinterher, an Ampeln vorbei. Sie folgte dem Verkehrsfluss zur Hauptverkehrszeit wie jeden Tag zur gleichen Zeit. Straßen kreuzten sich oder wurden unterbrochen, Ampelanlagen signalisierten Halt und Fahrt. Straßen endeten. Neue Straßen wurden gebaut. Sie mochte die Fahrt am Morgen, da pulsierte das Leben, da sah sie viele Menschen vom Auto aus und immer war es etwas anders und doch wieder gleich?

Regeltreu hielt sie wieder an der Linie und erblickte die Schulkinder, die über die Straße schritten. Ihre schweren Schultaschen hatten sie wie riesige Betonsteine auf dem Rücken. Die Frau konnte sich kaum vorstellen, dass Eltern ihren Kindern solche Lasten mit auf den Weg gaben, und erinnerte sich an einen Urlaub in der Dominikanischen Republik. Dort gingen die Kinder stundenlang zu Fuß und ohne Schulsachen jeden Tag in drei Schichten zur Schule, da nicht genug Platz für alle war. Dabei mussten sie lange Wege gehen und so manches Mal mussten sie bei heftigem Regen das Abschwellen der Flüsse abwarten, bevor sie eine Brücke überqueren konnten.

Ihre Gedanken kehrten zurück, da der Regen nun unüberhörbar auf die Windschutzscheibe trommelte. Tropfen kullerten herunter, wurden zu vielen kleinen Flüssen, die schnell oder auch mal ganz langsam ineinanderflossen.

Ein Paar mit Kinderwagen überquerte die Straße. Selbst bei dem Wetter gingen sie Hand in Hand, der Vater schob den Kinderwagen.

Die Frau dachte an eine Wahrsagerin, die Lebenslinien betrachtete und viel Interessantes zu sagen wusste. Bei dieser Familie schienen die Lebenslinien harmonisch ineinanderzufließen. Sie schwebten Seit` an Seit` und schaukelten ihr Kind im Takt ihrer Zeit. Ja, dachte sie, Menschen kommen und gehen. Als sie kürzlich am

Grab eines Freundes stand, der viel zu früh gegangen war, wurde ihr klar, dass ein Teil seiner Lebensweise, seine Werte und seine Freuden auf seine Kinder übergegangen waren. Die Kinder lebten weiter mit ihm im Herzen und waren stark, sie gingen ihren Weg, auch wenn sie zeitweise ins Trudeln gerieten, da sie ihren Vater so früh verloren hatten. Ihr Weg wird anders und doch ähnlich gleich?

Es war grün. Sie fuhr vorwärts. Sie sah nie zurück. Sie fuhr auf und ab und immer voran.

Angekommen im Büro, streifte sie die feuchte Jacke ab und hängte sie an der Garderobe auf. Hier parken alle Jacken bis zum späten Nachmittag, dachte sie und schmunzelte. Ihr Kopf brummte leicht. Es würde sein wie immer. Der Knoten in ihrem Herzen drückte schwer. Kollegen warfen ihr wieder böse Blicke zu und spöttelten, da sie wieder zu spät kam. Die drückende klimatisierte Büroluft, der warme Geruch der Druckerschwärze, der aus dem Kopierer aufstieg, das ach so süße Parfüm, Haarspray und Creme von Kolleginnen, Teppichmief aus Jahrzehnten und der Schweiß der letzten heißen Sommer schlugen ihr aufs Gemüt. Der Knoten zog sich stärker zu.

Sie hörte die Stimmen der Kolleginnen und Kollegen gedämpft wie unter Wasser und folgte ihrem täglichen Ritual. Der Computer wurde hochgefahren, sie meldete sich an. Alles war vertraut. Ein Ablauf wie im Schlaf. Ihr war gleich klar, was heute zu tun war und sie schrieb ihre Texte, telefonierte, blickte auf den verwaisten Platz ihrer Kollegin, die immer noch krank war, und blickte dann sehnsüchtig zum Fenster hinaus in die Weite der Stadt, auf der Suche nach Lichtblicken.

Der Kollege, der immer so laut lachte und von Menschen umzingelt wurde, sprach nun davon, dass er seine lange geplante Amerikareise absagen musste. So lange hatte er sich darauf gefreut. So lange hatte er auf diese Reise gespart. Mit hängendem Kopf und Wut im Bauch ging er an die Arbeit. Ja, sie konnte verstehen, dass das ärgerlich war. Einige Kolleginnen gingen zu ihm, um ihn zu trösten. Er könne ja nächstes Jahr fahren. Er hüpfte auf dem Schreibtischstuhl auf und ab, spielte mit dem Kugelschreiber und sah dann lange aus dem Fenster.

Ihr Kopf verweigerte seine Arbeit. Immer wieder war sie in Gedanken beim Frühling. Sie sah vor dem Fenster, dass die ersten Blüten herausbrachen, und lauschte dem Trällern der Vögel. Was wohl der Sommer bringt?

Die Frau sah die rosa Blüten an der japanischen Kirsche vor dem Fenster, sah die gelben Blüten am Forsythienbusch. Bunte Vögel hüpften über die Äste, sie hatten den kalten Winter hinter sich gelassen und sich am Futterhäuschen in ihrem Garten sattgegessen. Es ging ihnen gut.

Die Arbeit rief. Durch die Tür kamen die Kunden mit triefenden Jacken und gingen nach einer Weile wieder, wenn ihr Problem gelöst war. Die Nässe auf dem Boden blieb. Die Frau stellte fest, dass sie immer an der gleichen Stelle standen, warteten und ähnliche Anliegen hatten. Sie fragten und nickten, füllten Formulare aus, grüßten mal mürrisch, mal nett und gingen dann wieder ihrer Wege. Sie kannte die Abläufe, sie kannte die Gesichter und Stimmen ihrer Stadt.

Es war grün. Sie ging vorwärts. Sie sah nie zurück. Sie ging auf und ab und immer voran.

Endlich nahte die Frühstückspause. Der Raumwechsel war nötig, um wieder einmal abzuschalten. Im Frühstücksraum lief das Radio und es wurde gerade verkündet, dass ab Montag die Schulen und Kindertagesstätten geschlossen werden. Laute Proteste der Kollegen schlugen ihr entgegen. Die Väter machten sich Sorgen, wie sie mit den Schließungen umgehen sollten. Wer sollte dann ihre Kinder betreuen? Ihre Frauen seien ja auch berufstätig. Und überhaupt – würden sie dann noch ihr Geld bekommen? Sie ging in die Küche und brühte sich einen Tee auf. Als sie zurück in den Frühstücksraum kam, war nur noch das Knistern der Zeitungen zu hören. Das verschaffte ihr zu dieser Zeit eine wirkliche Pause. Kaffee- und Teegeruch zogen ihr in die Nase. Auf dem Tisch hatten die Kollegen ihre Schnitten ausgepackt und aßen sie gemächlich. Ein junger Mann, der so alt wie ihr Sohn hätte sein können, verschlang nach und nach drei aufeinandergelegte Stullen. Ihr gefiel es besser, abseits für sich zu sitzen, nichts zu essen, nur am Tee zu nippen. Dafür konnte sie aus dem Fenster sehen, denn dort lockte die Ferne, die an diesem Tag durch den Regen verschwamm. Eine junge Mutter fragte in die Runde, ob jemand jemanden kenne, der infiziert sei. Ein alter Kollege winkte ab, das wird schon nicht so schlimm, die Presse macht immer viel aus wenig. Endlich haben sie mal wieder ein Thema. Die junge Mutter schüttelte den Kopf und entgegnete bestimmt, dass dann ja wohl nicht Schulen und Kitas geschlossen werden müssten. Sie wurde zunehmend nervös, strich sich durchs Haar und tippte wild auf ihr Handy.

Es war grün. Sie ging vorwärts. Sie sah nie zurück. Sie ging auf und ab und immer voran.

Ein Kollege von oben fragte in die Richtung der Frau, ob sie auch Angst vor dem Coronavirus habe. Mit herunterhängender Lesebrille blinzelte er in ihre Richtung. Die Frau legte den Kopf freundlich auf die Seite und sah ihn direkt an und lächelte mild. Dann schwieg er wieder, die Zeitungen knisterten und alle aßen und tranken nach ihren Wünschen. Aber was sei, wenn sie nicht arbeiten könne, sondern auf ihre Kinder zu Hause aufpassen müsse, sprudelte die junge Kollegin wieder hervor, dann müsse sie ja Urlaub nehmen und könne dieses Jahr nicht mehr wegfahren.

Schnellen Schrittes ging die Frau mit dem Druck im Herzen wieder pünktlich an die Arbeit. Sie wollte ihre Leistung bringen, Erfolg haben und einfach genau und gut sein. Schnell durchforstete sie die Mailordner, bearbeitete die wichtigsten Anfragen und leitete weiter, was dringend aus ihrer Welt musste. In dienstlichen Gesprächen blieb sie immer recht freundlich im Hier und Jetzt. Sie arbeitete vorwärts mit Bedacht.

Termine durchbrachen ihren Arbeitstag. Und alle sprachen von dem krankmachenden Virus. Der Tag verging wie im Rausch. Besprechungen, Ergebnisse, Zielvereinbarungen.

Glücklich, dann endlich gehen zu können, zog sie die getrocknete dunkle Jacke an, grüßte zum Abschied und wieder war ein Arbeitstag geschafft.

Die Kollegen, die nun ihre Reisen absagen mussten, konnte sie gut verstehen. Denn schön waren die Tage in den Ferien, an denen sie selber entscheiden konnte, früh aufzustehen und zu schnorcheln oder lange liegen zu bleiben. Die fantastische Unterwasserwelt in Ägypten hatte sie fasziniert. Sie hatte die bunten Fische in den Korallenriffen am frühen Morgen gefilmt, da dann das Wasser noch klar war. Wenn die anderen Urlauber dann zum Strand kamen, ging sie frühstücken und genoss anschließend die Zeit am Pool. Kinder spielten mit Schwimmfiguren und zeigten sich gegenseitig ihren Mut, indem sie vom Turm sprangen. Sie tranken Limo, lachten aus vollem Halse und neckten sich ab und zu.

Auf dem Heimweg stand sie mit dem Auto vor der roten Linie, dachte an ihren Lieblingsspieler der Baskets, Ricky Paulding. Er hatte im letzten Spiel wieder einmal überragend den Ball für die Baskets im Korb versenkt. Unzählige Male war sie dabei gewesen und wusste, dass er dann immer lächelte, große Freude in die Mannschaft brachte und die Fans vor Freude jubelten. Wie schön das doch immer war, wie viel Energie dann durch alle strömte! Ihr war klar, dass die Kurve nicht immer aufwärts ging.

Die Frau saß in ihrem Auto und fragte sich, ob das wohl alles in ihrem Leben gewesen sein sollte. Bisher ging immer alles vorwärts, von allem war genug da. Sie litten in Deutschland keinen Hunger, es gab Arbeit und für die Sozialkontakte war jeder selber zuständig. Im Fernsehen hieß es, dass die Staatskassen prall gefüllt seien und Vater Staat die Corona-Pandemie so gut wie möglich abwenden würde. Nur – Medikamente werden hauptsächlich in China gefertigt. Aus China kommt das Virus? Nun müssen unsere eigenen Firmen wieder produzieren – Schluss mit billig. Die Globalisierung macht eine Rolle rückwärts. Jeder besinnt sich auf sich, seine Familie, seine Freunde, auf seine Stadt und sein Land. Ist das so? Und die Arbeit?

Im Radio wurden die neuen Hygieneregeln vorgetragen. Abstand halten, hieß es. Die Frau brauchte keine Medikamente, sie hatte einen Einzelplatz im Büro, seit sich ihre Kollegin krankgemeldet hatte. Sie war an allen Orten alleine, im Auto und in ihrer Küche. Sie fragte sich, ob sie es dadurch einen Vorteil haben würde.

Vereinzelt blinzelten ihr die letzten Sonnenstrahlen des Tages zu. Sollte das Leben doch noch ganz anders werden? Würde die Corona-Pandemie ihr Leben verändern? Würden ihre Freiheiten eingeschränkt, die sie selber nie voll ausgeschöpft hatte? Der andere wurde nun zur Gefahr? Er könnte sie anstecken, also galt es, mehr Abstand zu halten. Ihr fiel das nicht schwer, sie war daran gewöhnt, alleine zu denken, zu arbeiten und zu leben. Wenn sie krank war, musste sich keiner um sie kümmern. Wenn sie krank war, hatte sie ihre Ruhe. Wenn sie krank war, hatte sie Zeit für sich selbst.

Menschliche Nähe fehlte ihr nicht. Sie wollte keine Last sein, für niemanden. Sie sah sich und fühlte sich frei.

Das Hupen der Autos hinter ihr riss sie aus ihren Gedanken. Jaja, ich fahr` ja schon, murmelte sie genervt und hüstelte in die Hand.

Es war grün. Sie fuhr vorwärts. Sie sah nie zurück. Sie ging auf und ab und immer voran.

Doch an diesem Tag parkte sie auf dem Oldenburger Pferdemarkt und fuhr nicht gleich zurück. Sie sah sich die vertrauten Häuser, die Grünflächen und Bäume genau an. Aus einer Gaststätte drangen laute Stimmen und Musik. Sie konnte nicht hören, worum es den Diskutierenden ging. Fahrradfahrer fuhren mit dicken Einkaufstaschen vorbei. Einkaufen, das musste sie auch noch. Das konnte sie auch morgen noch machen.

Ihr Blick folgte den zahlreichen Autos, die wie jeden Tag passierten. Sie kamen mit ihren Wagen von rechts, von vorne, von links – blinkten, hupten und fuhren vorwärts und in diesem Moment schon mit Licht. Sie kurvten und fuhren geradeaus in die Dämmerung. Halt so wie immer und doch war heute etwas anders für die Frau. Ihr wurde zunehmend gewiss, dass die Zukunft Lebensfahrten verändert, auch ihre.

Die Linie war rot. Sie hatte geparkt. Sie sah nach vorne und ging auf Abstand zu ihrem Auto. Langsam blickte sie in den Himmel. Ein Infizierter war heute schon verstorben, er war dabei ganz alleine.

## Kleine Änderung

Unerträglich, diese Hitze! Wie soll man dabei einen klaren Gedanken fassen? Seit Tagen ist das Thermometer immer höher geklettert, so dass kaum ein vernünftiger Mensch auf der Straße zu sehen ist. Außerdem ist Ferienzeit. Wer einigermaßen Kohle auf dem Konto hat, ist längst an der Nordsee oder besser noch in Italien.

Tja, das müsste man sich erst mal leisten können! Sie steht auf und holt sich ein Glas Wasser. Alles nervt. Das Alleinsein, das fehlende Geld und vor allem diese Affenhitze.

Wenn sie diese winzige Mansardenwohnung doch endlich los wäre! Hier oben ist es dreimal so stickig wie im Parterre bei der Alten. Die bewohnt drei große, kühle Räume, sitzt aber immer nur in ihrem Sessel, ohne sich groß zu bewegen. Wozu braucht die so viel Platz? Was will die überhaupt noch hier? Die gehört doch längst ins Altersheim. Angehörige hat sie nicht mehr, nur einen Neffen, der in Stuttgart wohnt, das hat sie neulich erzählt. Niemand würde sie also vermissen. Ist doch übertrieben, dass die so viel Wohnfläche verbraucht. Die reinste Verschwendung.

\*

„Danke, Ilona", sagt die alte Dame am späten Nachmittag. „Sie haben mir wieder einmal sehr geholfen. Ich weiß gar nicht, was ich ohne Sie anfangen sollte!"

Ilona packt die Einkäufe aus. „Soll ich Ihnen die Vorräte gleich in den Kühlschrank stellen? Und die Medikamente ins Bad?"

„Ach, das wäre ganz furchtbar lieb von Ihnen! Ich danke Ihnen von Herzen! Sie sind mir eine große Hilfe."

Aus dem Augenwinkel registriert die andere, wie die alte Dame das Wechselgeld in ihrem Portemonnaie verstaut und dieses dann in eine Schreibtischschublade legt. Ob sie will oder nicht, der Gedanke, der jetzt in ihr aufsteigt und immer mächtiger wird, lässt sie nicht los. Das Leben ist einfach nicht gerecht. Vielleicht sollte sie mal ein bisschen nachhelfen, damit sie endlich auch ein Stück vom Kuchen abbekommt.

Den Rest des Nachmittags verbringt sie schwitzend und hadernd auf ihrem Sofa. Trotz Sonnenrollo ist die Gluthitze kaum noch zu ertragen. Der Roman „Liebesgrüße aus Baltrum", den sie gestern Abend begonnen hatte, um auf andere Gedanken zu kommen, macht ihr zu allem Überfluss nur noch deutlicher bewusst, wie miserabel ihre Situation zurzeit ist.

Es muss sich etwas ändern. Wenn sie doch nur eine zündende Idee hätte! So kann es nicht mehr weitergehen. Lange kann sie diesen Zustand nicht mehr aushalten. Eine größere Wohnung kann sie sich nicht leisten, seit sie arbeitslos ist. Und endlich was Vernünftiges zu tun bekommen! Dieses Herumhängen macht sie fertig. Immerhin hat ihr das Arbeitsamt eine Umschulungsmaßnahme vorgeschlagen, auch wenn sie sich nicht allzu viel davon verspricht.

„Altenpflegerinnen werden zunehmend gebraucht, Frau Schweigert", hatte die Sachbearbeiterin gemurmelt, die für sie zuständig ist. Na gut, hatte sie gedacht und zugestimmt, auch wenn sie wenig Lust dazu verspürte. Alte Leute waschen und füttern, das ist nun wirklich nicht das, was sie sich für ihr Leben vorstellt. Leider ist sie jedoch gerade in dieser misslichen Lage und darf nicht wählerisch sein.

Ja, sie braucht dringend eine neue Aufgabe, ein neues Betätigungsfeld, nachdem Kalle sie im letzten Monat wegen einer anderen verlassen hatte. Kalle! Jetzt ist er doch wieder in ihrem Kopf. Dabei hatte sie sich vorgenommen, diesem Blödmann nicht mehr die Ehre zu erweisen, an ihn zu denken.

Sie sieht ihn vor sich, diese lachende Frohnatur, diesen charmanten Kerl, den sie mal so sehr geliebt hat. Zwei wunderschöne Jahre lang hatten sie jede freie Minute miteinander verbracht, waren abends um die Blocks gezogen und hatten herrliche Urlaubsreisen unternommen. Nie hätte sie geglaubt, dass ihr Glück nicht ewig halten könnte.

Ja, natürlich hatte es auch schwierige Zeiten gegeben, in denen sie daran gezweifelt hatte, ob sie wirklich zueinander passten, aber das gibt es doch bei anderen Paaren auch, deshalb stellt man doch nicht gleich alles infrage. Manchmal hatte er sie prüfend von der Seite angesehen, hatte zu einer Frage angesetzt, die er dann doch nicht gestellt hatte. Sie hingegen hatte ihn uneingeschränkt in ihr Herz geschlossen, aber nun muss sie sich damit abfinden, dass es vorbei ist. Verdammter Idiot!

Als das Telefon klingelt, glimmt ein Hoffnungsfunke auf. Ob er ...? Hat er es sich doch anders überlegt? Erwartungsvoll hebt sie ab.

„Ilona, Sie müssen mir helfen!", hört sie.

„Was ist passiert?", will sie wissen.

„Ich bin gestürzt und kann nicht mehr aufstehen. Sie haben doch einen Schlüssel, kommen Sie schnell!"

Was kann das bedeuten? Bestimmt nur Arbeit und Probleme. Zögernd geht sie nach unten. Die alte Dame liegt neben ihrem Bett, hat den Telefonhörer noch in der Hand und jammert kläglich. Der Versuch, sie hochzuheben, scheitert, weil es ihr unerträgliche Schmerzen bereitet. Also bleibt nur der Notruf.

„Könnte ein Oberschenkelhalsbruch sein", vermutet der Notarzt und die beiden Sanitäter nicken. „Wir müssen Sie mitnehmen."

Aus einem plötzlichen Impuls heraus sagt Ilona: „Wissen Sie was, Frau Marx? Ich komme einfach mit!" Eigentlich weiß sie gar nicht, weshalb sie dieses Angebot gemacht hat. Okay, sie hat ja auch gerade nichts Besseres zu tun, an diesem öden Tag.

Erleichtert schließt die alte Frau die Augen und ergibt sich in ihr Schicksal.

Eine Stunde lang wartet Ilona auf dem Flur der Station, bis sie die Auskunft erhält, dass ihre Nachbarin am nächsten Tag operiert werden soll. Sie versichert ihr, dass sie sich um alles Nötige kümmern wird. Kann ich ja machen, denkt sie, so viel wird das wohl nicht sein.

*

Als sie das Haus erreicht, will sie wie üblich nach oben in ihre Mansardenwohnung gehen, besinnt sich aber anders und schließt die Wohnung der alten Dame auf. Zum ersten Mal ist sie allein hier. Jetzt nimmt sie den eigenartigen Geruch, der ihr bereits im Flur entgegenkommt, besonders deutlich wahr. Dass alte Leute immer so seltsam dünsten, denkt sie. Was für ein Gemüffel!

Sie steht im Flur und zögert. Was will sie hier? Na ja, sie hätte die Gelegenheit, sich in Ruhe umzuschauen und etwas über ihre Nachbarin herauszufinden. Aber was wird das schon sein! Was sollte da Bemerkenswertes herumliegen! Sie kann ja nur mal so gucken, Zeit hat sie genug und der Abend ist noch lang. Und außerdem ist es hier unten viel kühler als in ihrer Sauna unter dem Dach. Nein, ein schlechtes Gewissen hat sie nicht. Es weiß ja niemand davon und sie passt schon auf, dass sie nichts verändert.

Im Schlafzimmer öffnet sie zunächst das Fenster und räumt dann die herabgefallenen Decken beiseite. Das Bett kann sie machen, Decke und Kissen aufschütteln, das ist nichts Auffälliges und wird Frau Marx freuen, wenn sie wiederkommt.

Nachdem sie im Kleiderschrank nur langweilige dunkle Röcke und helle Blusen gesehen hat, wirft sie einen Blick in den Wäscheschrank. Das könnte interessanter sein und tatsächlich entdeckt sie eine verschlossene Schatulle, die hinter einem Stapel Bettwäsche versteckt ist.

Ein prickelndes Gefühl kommt auf. Hier scheint es ein Geheimnis zu geben. Vermutlich wird Geld drin sein, vielleicht auch Schmuck, Pfandbriefe oder andere Kostbarkeiten. Nehmen würde sie selbstverständlich nichts davon, aber mehr über die alte Frau zu erfahren, das hätte was. Immer gut, wenn man Informationen über andere hat, falls man die mal gebrauchen kann. Wenn sie nur eine Ahnung hätte, wo der Schlüssel dazu sein könnte! Aufbrechen kommt natürlich nicht infrage, dann wüsste die Alte ja sofort, wer es war.

Und wenn sie es mit einem Dietrich, einem Stück Draht, einer Haarnadel probiert? Ihr Verlangen wächst, je mehr ihr bewusst wird, dass sie nichts ausrichten kann. Jetzt wird der Abend vielleicht doch noch spannend. Ihr Ehrgeiz ist geweckt, sie will unbedingt herausfinden, welche Schätze in dieser Kassette verborgen sind. Wie kann sie es so hinkriegen, dass es nicht herauskommt? Nein, nicht mit Gewalt. Den Schlüssel suchen? Das wäre eine Chance. Aber wo ist der versteckt? Wo würde sie selbst ihn hintun? Auf jeden Fall an eine unerwartete Stelle, auf die man überhaupt nicht kommen kann. In etwas ganz Alltäglichem, wie zum Beispiel in der untersten Kaffeetasse oder hinter dem Backpulver. In der Küche wird sie später nachschauen.

Sie glättet den Wäschestapel, damit nichts Verdächtiges zu sehen ist, schließt das Fenster und macht sich im Wohnzimmer auf die Suche. Eine Schublade nach der anderen zieht sie auf und hebt vorsichtig hoch, was

jeweils drin ist, Papierservietten, Kerzen, kleine Deckchen und Pralinenschachteln. Natürlich kein Schlüssel.

Der Schreibsekretär könnte ergiebiger sein, denkt sie
und öffnet die Klappe. In der kleinen Schublade ganz
vorn liegt das Portemonnaie. Gut, hineinschauen kann
sie mal, aber nehmen wird sie nichts. Sie ist ja keine Die-
bin, sie will nur gucken. Einige kleine Scheine, Münzen
und ein paar Briefmarken sowie eine Bankkarte.

Im oberen Fach Briefpapier, Stifte, zwei schmale
Ordner mit Rechnungen und Krankenkassenunterla-
gen. Nichts Ungewöhnliches. Doch! Erschrocken hält
sie einen großen verschlossenen Umschlag mit der Aufschrift „Testament" in der Hand. Was da wohl drinste-
hen mag! Hat Frau Marx überhaupt Erben? Ja, richtig,
diesen Neffen, der sich nie um sie kümmert. Der Kerl
wird dann wohl alles kriegen, was sie hier sieht. Kann
er gern haben. Oder ob doch Sachwerte vorhanden
sind? Wieder fällt ihr die Schatulle ein. Wo ist der verdammte Schlüssel?

Mit geübten Fingern fährt sie Kanten und Ecken der
Fächer und Schubladen ab, ergebnislos. Im unteren
Fach liegt ein Fotoalbum, dunkelbraunes Leder, das
schon ganz abgegriffen aussieht. Da sie offensichtlich
nichts Lohnenderes findet, könnte sie sich das eigentlich
genauer anschauen. Den Schlüssel kann sie auch ein an-
dermal suchen, denn die Alte wird ja noch eine Weile
im Krankenhaus bleiben müssen.

Sie setzt sich in den Sessel, in dem Frau Marx immer
sitzt, spürt die Sitzkuhle und lehnt sich vorsichtig zurück. Komisches Gefühl. Ob sie wohl später auch so da-
sitzen und die Zeit verstreichen lässt, wenn sie alt ist?
Aus dem Fenster gucken als Hauptbeschäftigung? Mit
Kissen im Rücken und Decke auf den Knien, die Füße
auf dem Bänkchen davor? „Altenpflegerinnen werden
zunehmend gebraucht", hört sie die Stimme der Frau

vom Arbeitsamt. Richtig, die Leute leben immer länger. Sie selbst wahrscheinlich auch.

Ihr läuft ein unangenehmer Schauder den Rücken herunter. Den Gedanken ans Altwerden hat sie bisher immer weit von sich geschoben. Damit will sie wirklich nichts zu tun haben. Wer möchte sich denn schon vorstellen, einmal gebrechlich zu sein und auf den Tod zu warten?

Sie ruckelt sich zurecht und schaut sich etwas beklommen im Zimmer um. So lebt man also als alter Mensch. Niedrige Sitzhöhe, Armlehnen und überall kleine Deckchen. Na ja, im Grunde gar nicht so schlecht, wenn man nicht mehr so mobil ist. Alles bequem und in Reichweite, übersichtlich und praktisch. Rückenlehne und Fußteil des Sessels verstellbar. Irgendwie schon gemütlich.

Nun ist sie neugierig auf das Fotoalbum. Schwarzweißfotos natürlich. Auf der ersten Seite lächelt ihr eine junge Frau in einem spitzenbesetzten schmalen Kleid entgegen, die ein Baby in den Armen hält. Darunter steht das Datum: 7. August 1919. Das ist also die kleine Martha. Die nächsten Bilder zeigen das Kind auf einem Schaffell, beim Spielen mit einem Ball und am ersten Schultag. Ernste Erwachsene und brave Kinder in festlichen Kleidern und Matrosenanzügen.

Was für eine andere Welt, denkt Ilona, was für steife Menschen! Obwohl die Abbildungen altertümlich und fremd wirken, spürt sie Vertrautes, erinnert sich an ähnliche Begebenheiten in ihrem eigenen Leben. Auch von ihr gibt es Babyfotos, allerdings in Farbe, ebenso Bilder von Familienfeiern und Urlauben an der See.

Eigentlich ist es doch zu allen Zeiten das Gleiche, fällt ihr auf, Menschen werden in Familien hineingeboren, werden größer, gehen in die Schule, lernen einen Beruf, heiraten und haben wieder eine Familie. An dieser

Stelle korrigiert sie sich. Nicht immer klappt es so. Danke, Kalle!

Sie blättert weiter, sieht Männer in Uniformen, Großmütter mit Enkeln auf dem Schoß, Badeszenen an der Ostsee und Geburtstagsfeste. Ein lebendiges Familienleben breitet sich vor ihr aus. Das war offensichtlich eine schöne Zeit gewesen.

Als sie ein fröhliches Paar entdeckt und die Unterschrift „Verlobung" liest, muss sie schmunzeln. Tatsächlich! Frau Marx war mal richtig jung und hübsch gewesen! Eine strahlende junge Frau mit blondem Lockenkopf in einem hellen Spitzenkleid. Verliebt schaut sie ihren Bräutigam an, während der lachend in die Kamera sieht. Sie müssen sehr glücklich gewesen sein. Ilona fährt schon wieder ein schmerzhafter Stich durch die Brust. Ach Kalle, du Blödmann!

Auf den nächsten Seiten, auf denen sie weitere Bilder aus heiteren Tagen, wenn nicht gar die Hochzeit erwartet, gibt es allerdings ganz andere Fotos. „Fritz 1941 in Russland" steht unter dem ersten, unscharf aufgenommenen Bild. Es folgen Aufnahmen von Kameraden, trostlosen Schneelandschaften und Geschützen. Dann nur noch ein einziges: ein großes Porträt des Verlobten in Leutnantsuniform, offensichtlich von einem Fotografen gemacht. Darunter die Angabe „März 1942". Sie blättert um.

Die nächsten Seiten sind leer, doch ein Brief ist an dieser Stelle eingelegt. Ein Feldpostbrief, grau und an den Rändern schon ganz weich und abgegriffen. Es dauert eine Weile, bis sie die akkurate und steile Handschrift entziffern kann.

„Meine geliebte Martha, mein allerliebstes Mädchen!

Auch wenn ich Dir nicht schreiben darf, wo ich bin, kann ich Dir doch mitteilen, dass es mir bis jetzt noch einigermaßen gut geht. Allerdings hat uns der Winter fest im Griff, so dass wir nur langsam vorankommen. Die Wollsachen, die Du mir geschickt hast, helfen mir natürlich und so denke ich jeden Tag und jede Nacht an Dich. Ich hoffe, dass ich bald den versprochenen Urlaub bekomme und zu Dir reise, damit unsere Hochzeit endlich stattfinden kann, so, wie wir es seit langem geplant haben. Ich kann es kaum erwarten.

In unendlicher Liebe – Dein Fritz"

Ilona lässt das Blatt sinken. Die Worte klingen in ihr nach und sie schaut sehnsuchtsvoll aus dem Fenster. Fritz und Martha! Sie blättert im Album zurück und betrachtet noch einmal das Verlobungsfoto. Zwei Menschen, die zueinander gehören und sich auf eine gemeinsame Zukunft freuen. Sie schlägt die nächsten Seiten auf.

Nanu? Warum geht das nicht weiter? Die Seiten sind leer. Ilona stutzt. Gibt es ein zweites Fotoalbum mit der Fortsetzung? Sie steht auf und schaut im Schreibsekretär nach. Nein, da ist nichts. Es gibt keine Fortsetzung. Keine Hochzeitsfotos, überhaupt keine weiteren Fotos. Hat Frau Marx denn später geheiratet? Nein, die war doch ledig. Also ist ihr Fritz nicht zurückgekehrt? Offenbar nicht. Es hat keine Hochzeit gegeben. Das ist ja schrecklich!

Sie klappt das Album zu und überlegt. Anscheinend hat die arme Frau ihren Liebsten nie mehr gesehen, hat ihn nicht mehr in die Arme schließen können! Hat keine Familie mit ihm gründen können, keine Kinder bekommen! Was hat sie wohl durchmachen müssen! Das ist doch wirklich traurig! Er wird vermutlich in Russland gestorben sein. Oder vielleicht vermisst. Der Krieg ist schuld, dieser blöde Hitler ist schuld, der hat ihr den Mann genommen.

Ilona steht auf, geht zum Fenster und denkt weiter nach. Die alte Dame tut ihr leid, sehr leid. Längst ist sie nicht mehr die langweilige Person, für die sie sie bislang gehalten hat und für die sie ab und zu eingekauft hat. Sie war einmal eine junge Frau gewesen, genau wie sie selbst, voller Hoffnung auf ein schönes Leben, und dass sie später keinen anderen geheiratet hat, zeigt ihre große Liebe zu ihrem Fritz.

Die tragische Geschichte hat Ilona so sehr berührt, dass sie Tränen aufsteigen fühlt. Eine Welle durchflutet sie, dann scheint es, als ob ein Damm bricht. Sie weint heraus, was sich angestaut hat. Komisch, es fühlt sich gar nicht schlecht an, denkt sie. Über wen heule ich eigentlich, über Frau Marx oder über mich?

Sie putzt sich die Nase, legt das Album zurück und schließt den Schreibsekretär. Irritiert schaut sie sich um. Was wollte sie hier ursprünglich? Ach ja, sie wollte den Schlüssel suchen, die Schatulle öffnen und hinter die Geheimnisse der alten Frau kommen. Wollte schauen, ob sie etwas findet, was ihre eigene Situation verbessern kann.

Tief im Innern regt sich ein leiser Verdacht. Irgendwas hat sich verändert. Sie hat in das Leben eines Menschen geschaut, der ihr von nun an nicht mehr gleichgültig ist. Auf keinen Fall möchte sie die alte Dame jetzt noch hintergehen. Nein, auf gar keinen Fall! Ganz im Gegenteil, sie möchte sie näher kennenlernen, möchte mehr über sie erfahren. Sie atmet tief durch, blickt sich noch einmal um, ja, alles ist in Ordnung, und verlässt die Wohnung. Sorgfältig schließt sie ab und steigt die Treppen zu ihrer Mansarde hoch. Licht am Ende des Tunnels? Tatsächlich, denkt sie und lächelt.

Der Hitzestau hat abgenommen. Sie wird heute Nacht alle Fenster offenlassen, damit die kühle Nachtluft durchziehen kann.

Ein anderer Gedanke muss noch geklärt werden. Hat sie durch ihre Schnüffelei Verrat begangen? Es gehört sich ja wirklich nicht, in den Sachen anderer Leute herumzustöbern. Einen Augenblick lang hat sie einen Anflug von schlechtem Gewissen. Aber andererseits ... Nein, überlegt sie, sonst hätte ich ja nicht herausgefunden, was für ein Mensch da unten wohnt. Ich werde es für mich behalten. Niemand muss es erfahren.

Sie wirft sich auf ihr Sofa und greift nach den Liebesgrüßen aus Baltrum. Eigentlich ist die Geschichte doch ganz nett.

Jetzt hat sie sogar richtig gute Laune. Sie freut sich nämlich auf morgen. Da wird sie ins Krankenhaus gehen und sich um Frau Marx kümmern. Das könnte in der Tat eine reizvolle Aufgabe werden. Die beste Idee, die sie seit langem hatte.

## Möbel für die Ewigkeit

Kyra setzt sich schweißgebadet in ihrem Bett auf. Was hat sie nur wieder für Albträume gehabt! In letzter Zeit schläft sie wirklich schlecht. Mühsam rappelt sie sich auf, schlüpft in ihre Hausschuhe und quält sich ins Badezimmer. Mit noch geschlossenen Augen greift sie zum Waschlappen und schöpft sich viel kaltes Wasser ins Gesicht. Was würde der Tag ihr heute wieder bringen? „Seltsame Zeiten, seltsame Zeiten!", murmelt sie vor sich hin.

Zuerst einmal geht sie auf den Balkon vor ihrem Wohnzimmer, um nach ihren Pflanzen zu sehen. Alle ihre Nachbarn haben so wie sie in der jüngsten Vergangenheit auf ihren Balkons große Holzkisten aufgestellt, in denen nun Gemüse wächst. Sie kichert leise vor sich hin. Die Tatsache, dass sie nun fast vom Sessel aus die eigenen Tomaten, leckere Möhren und den grünen Salat ernten kann, amüsiert sie noch immer. Lange schon kauft man frisches Gemüse nicht mehr in irgendwelchen Läden ein. Ein Punkt, den sie sehr begrüßt, nach der großen Pandemie, die das gesamte Leben in der Stadt verändert hat. Nicht nur in der Stadt, nein, im ganzen Land, auf der ganzen Welt!

Fast jedes Einfamilienhaus in ihrer Straße hat nun wieder einen Vorgarten und überall wachsen dort in Steingärten Küchenkräuter und Nutzpflanzen. Bei dem Gedanken daran schüttelt sie unwillkürlich den Kopf, noch immer ungläubig. Noch vor der Pandemie – Wie lange war das her? – Eine gefühlte Ewigkeit! – hatten die Menschen keine Vorgärten, sondern nur noch Steinbeete und traurige Steinmauern vor ihren Häusern. Die Gärten hinter den Häusern waren immer mehr Carport und Garage gewichen.

Kyra findet die aktuellen Veränderungen nun wunderbar.

Fast jeder ihrer Nachbarn hat hinter dem Haus im Garten einen Stall mit Kaninchen stehen. Bei jedem Spaziergang sieht sie Hühner frei in den Gärten scharren.

Aber da wird nun ihre Aufmerksamkeit abgelenkt. Wie schon häufig sieht sie ihren Nachbarn, der schnellen Schrittes die Straße entlanggeht, einen Werkzeugkoffer in der Hand. Das tat er in letzter Zeit regelmäßig. „Wo geht der nur hin?", grübelt sie zum wiederholten Male. Er ist weder Tischler noch ein anderer Handwerker. Er hat auch bisher kein Hobby oder Ambitionen in dieser Richtung gehabt. Jedoch ganz offensichtlich macht er sich täglich auf den Weg in eine Werkstatt, um dort, ... was? ... etwas zu bauen?

Es macht sie neugierig, sie möchte zu gern wissen, was der treibt!

Aber erst mal geht sie jetzt ins Bad. „Da sieht das Bild ja wieder ganz anders aus!" Zufrieden nickt sie sich selbst im Spiegel zu, nach längerem Bemühen, ihre widerspenstigen Haare in eine „Frisur" zu bringen.

Es erinnert sie alles so sehr an ihre Kindheit und sie muss sich gestehen, dass sie diese durch die überstandene Seuche verursachte Entwicklung auch irgendwie liebt. Die Luft schien wieder frisch; der Himmel blau, ohne Kondensstreifen von Flugzeugen, und allergische Erkrankungen scheinen auch immer mehr verschwunden zu sein.

Trotzdem – sie atmet schwer und achtet auf das Poltern ihres Herzens. Die schwierige Zeit der Beschränkungen durch die zurückliegende Pandemie hat ihrem Gesundheitszustand arg zugesetzt.

Es gibt nicht mehr die notwendigen Medikamente, die sie mit ihrer Herzerkrankung braucht. Außerdem fehlt ihr die Möglichkeit, in Sportgruppen Training mit anderen oder unter Anleitung an Geräten zu machen, um ihre Muskulatur fit zu halten und ihr Herzkreislaufsystem zu unterstützen, so wie sie es früher immer getan hat.

„Nun gut", spricht sie sich zu, „schließlich habe ich es ja gelernt, meine Übungen selbstständig und alleine zu machen. Jeden Tag Yoga! Bleib nur dabei!" – Es ist üblich geworden im ganzen Land, keinen Gemeinschaftssport mehr auszuüben und nicht mehr in den Hallen zu trainieren, sondern Sportarten zu wählen, die jeder Mensch für sich in seinem Heim mit Anleitung über den Fernseher oder über den PC ausführen kann.

„Eigentlich ist diese Entwicklung positiv zu bewerten!", redet sie sich wieder einmal gut zu, obwohl ihr nicht alles gefällt.

Was sich massiv verändert hat, sind die Beziehungen zu ihren Freunden. Dieser Gedanke lässt sie schwer seufzen. „Was hatten wir früher viel Spaß! Radtouren, Kegelabende, Tanzveranstaltungen, Stadtfeste, Kramermarkt-Besuche, Kohlfahrten, Spargeltouren, all das gab es in herzlicher und enger Gemeinschaft! Heute läuft die gesamte Kommunikation mit Freunden und Familie über das Handy und über WhatsApp. „Schwachsinnig", murmelt sie vor sich hin, „ich hasse es!"

Aber ihre Umgebung scheint sich an all das gewöhnt zu haben.

„Gehe ich nun unter die Dusche oder gehe ich nicht?", fragt sie ihr Spiegelbild und zieht eine Grimasse. Eine Antwort kommt nicht zurück. Sie ist sich der Tatsache bewusst, dass Wasser bezahlbar und jederzeit zu bekommen ist. Aber was nun Mangelware geworden ist, ist der Strom. Die leidigen Atomreaktoren sind endlich vom Netz. Die umweltschädlichen und Elektrosmog verursachenden Windräder haben in ihrer Vielzahl abgenommen. Das hat unter anderem dazu geführt, dass Strom unendlich teuer geworden ist. Ja, und das mit der Teuerung ist ein großes Problem!

„Einmal wieder so richtig, ohne nachzudenken, ins Portemonnaie greifen können!", denkt sie sehnsuchtsvoll und entschließt sich, das Duschen aufzuschieben auf den nächsten Tag. Ihre Rente ist sehr geschrumpft. Die Kosten der vergangenen Corona-Pandemie haben zu einer ungewöhnlichen Inflation geführt. Die Rentenzahlbeträge sind alle um 30 % gekürzt worden. „Das ist wie damals, bei der Brüningschen Notverordnung", hat sie Hilde erklärt. „Genauso, wie damals in den dreißiger Jahren! Die Regierung hat sich wohl eingebildet, dass sie gerade mit uns Alten so umspringen kann, weil wir doch nur noch in der Minderzahl sind. Dabei können die sich freuen, dass so viele der alten Mitmenschen der Pandemie zum Opfer gefallen sind und die Alterspyramide sich wieder umgekehrt hat!"

Aber insgeheim macht sie sich bewusst, dass auch die jüngere Bevölkerung viele Einschränkungen und Veränderungen hinnehmen muss. Jeder, der Vermögen in irgendeiner Form angesammelt hat, muss diese Rücklagen nun mit 25 % versteuern. „Das waren noch Zeiten, als nur die Gewinne zu versteuern waren!", denkt sie ein wenig wehmütig zurück.

Wirklich, wirklich schlimm sind für ihr Empfinden jedoch die ungeheuren Erhöhungen der Krankenkassenbeiträge. Natürlich war das gesamte Gesundheitssystem seinerzeit durch die verheerende Pandemie zusammengebrochen. Aber nicht nur dieses System, sondern die gesamte Wirtschaft brach ein.

Kyra denkt jetzt oft an die Nachkriegszeit in den 40er, 50er Jahren, die sie selbst erlebt hat. Was ihre Enkelkinder sich nie haben vorstellen können, erleben sie zum Teil jetzt selbst. Wenn auch in veränderter Form. Einen ganz großen Unterschied gibt es jedoch: War in ihrer eigenen Kindheit, in eben dieser Nachkriegszeit, der Zusammenhalt der Menschen sehr groß gewesen, und gab es dadurch sehr enge freundschaftliche

Beziehungen mit häufigem freundlichen und liebevollen oder auch zärtlichen Kontakt, so läuft heute alles auf digitalem Wege und auf Distanz ab.

Aber vieles hat sich auch positiv verändert.

Das Land produziert nun seine Medikamente selbst und führt sie nicht mehr aus dem Ausland aus China oder Indien ein. Ein Nachteil ist allerdings spürbar. Nur noch Medikamente für schwere Erkrankungen sind verschreibungspflichtig über die Ärzte zu bekommen. Niemand, der z.B. an Krebs erkrankt ist, muss auf eine Chemotherapie verzichten; niemand, der eine Rheumaerkrankung hat, muss z.B. auf Cortison verzichten. Aber die meisten anderen Krankheitsbilder finden nun eine andere Herangehensweise der Behandlung durch die Ärzte. „Wieder zurück zur Natur", denkt sie. „Jeder macht heute nach Kräften seine Medizin selbst."

Und damit gießt sie sich nun auch einen Kamillentee mit selbst gepflückten Kamillenblüten auf. Auch das Brot, das sie sich zurechtschneidet, hat sie selbst gebacken. Den Weg zum Bäcker hat sie sich schon lange gespart. Und wenn eine Erkältung droht, dann macht sie sich ihren Hustensaft selbst, kocht Zwiebeln aus und mischt den Zwiebelsaft mit Honig.

Wer kann sich denn heutzutage noch die teure Apotheke leisten!

Nach dem Frühstück gibt sie sich einen inneren Ruck und macht sich auf den Weg zu einem Morgenspaziergang. Immer noch legt sie dazu automatisch den Mundschutz um. Und unterwegs trifft sie auf viele Leute, die ebenso „maskiert" sind. Eigentlich ist ihr das eher unheimlich. Sie kann nicht erkennen, ob die Menschen sie anlächeln oder etwa grimmig schauen, denn die Mimik lässt sich nur erraten. Das findet sie nicht gerade vertrauenerweckend.

Da sieht sie den Nachbarn wieder. Er trägt eine Arbeitshose, wie sonst bei seiner Gartenarbeit. Kyra sieht ihn ja oft beim Graben und Pflanzen. Aber dieser seltsame Werkzeugkoffer! Hat er etwa in seinem Alter noch eine neue Arbeit angenommen? Und was könnte das sein? Vor seiner Pensionierung war der Nachbar als Informatiker tätig gewesen – und eigentlich ist er ein Mensch, der nicht sehr begabt in praktischen Tätigkeiten ist!

Sie beschließt spontan, ihm zu folgen. Er biegt um die nächste Ecke und verschwindet in einer Halle, aus der Geräusche von Sägen oder anderen Maschinen zu hören sind. Vor dem Tor der Halle findet man Holzspäne, gestapelte Bretter und Ähnliches. „Seit wann gibt es hier eine Tischlerei?", fragt sie sich. Da ist kein Firmenschild, kein Hinweis auf diese Produktionsstätte. Kurz überlegt sie, ob sie einfach hineingehen soll. Einfach mal nachfragen, ruhig neugierig sein ... „Aber nein, das tut man nicht!", schilt sie sich und kehrt wieder um, macht sich auf den Weg nach Hause zurück.

Automatisch erscheinen die Tagesnachrichten auf ihrem Handy. Wieder ist ein neuer Virus auf dem Vormarsch. Man vermutet die Entstehung einer neuen Pandemie, ausgehend von Tieren aus dem Amazonas-Gebiet. „Himmelherrgott", seufzt Kyra, „nimmt das denn nie ein Ende?" Gerade hat man doch erst einen Impfstoff gegen COVID-19 gefunden. Welches Tier mag denn nun wieder für die Ausbreitung eines neuen oder mutierten Virus verantwortlich sein? Die Nachricht greift ein Gerücht auf: Die Krokodile, die sich in den Sümpfen des Regenwaldes sehr stark vermehrt haben, seien in diesem Fall die Träger und Überträger des neuen Virus.

Eigentlich hat sie ja gedacht, dass gerade in solchen Naturregionen sich keine Krankheiten entwickeln und ausbreiten könnten. Aber genau das Gegenteil scheint der Fall zu sein. Dadurch, dass der Regenwald am Amazonas immer mehr zerstört worden ist, haben sich seine tierischen Bewohner auf kleinstem Raum zusammengefunden. Natürlich ist es hier durch die Enge und die eingeschränkten Lebensbedingungen wieder einmal für ein Virus ein Leichtes gewesen, sich fortzuentwickeln. Und wieder einmal sind es die Exporte gewesen, unter anderem von Hölzern oder Bodenschätzen in andere Länder, die das Virus weiter und weiter verbreiten.

Unwillkürlich seufzt Kyra tief: „Ist die Menschheit nicht schon gebeutelt genug? Hat das denn nie ein Ende?"

Fast ist sie schon bei ihrer Wohnung angelangt, da sieht sie ihren Nachbarn schnellen Schrittes auf der anderen Straßenseite nach Hause eilen. Seine Jacke ist voller Sägespäne... Kurz zögert sie. „Geh ich rüber und frage ihn, was er da täglich in dieser Halle macht?" Aber schon ist er in seinem Hauseingang verschwunden. Entschlossen dreht sie sich wieder um und geht eilig zu dieser Halle zurück.

Seitlich geht sie an ein Fenster heran. Die Scheiben sind verschmiert und halb blind, aber sie erkennt im Innenraum viele Kisten, Schränke und Kommoden. Alle niedrig, rechteckig, eher lang. „Die sehen aus wie Särge!", muss sie unwillkürlich denken. Sie drückt sich am Fenster vorbei an der Wand entlang – da ist eine Tür, halb geöffnet. Sie hört das Geräusch von Sägen. Dann sieht sie eine Frau, die den Boden von einer dieser länglichen Kisten glatt hobelt und ganz vertieft ist in ihre Tätigkeit und die gleichförmige Bewegung.

Nun verliert Kyra alle Vorsicht und tritt näher heran. Sie traut ihren Augen kaum: Da sitzen einträchtig drei Kinder, so zwischen 10 und 12 Jahren alt, und füllen Kissen mit Hobelspänen. Eine ältere Frau sitzt dabei und näht die bereits gefüllten Kissen mit Hexenstichen zu.

„Hallo Kyra!" Sie schrickt fürchterlich zusammen, als sie so plötzlich angesprochen wird. Sie erkennt in der Person, die nun auf sie zukommt, eine frühere Schulfreundin wieder. Und das trotz der Stoffmaske vor deren Gesicht. „Willst du dir auch einen Sarg bauen? Ich bin so begeistert von dieser Möglichkeit! Das ist eine so tolle Idee. Ich will mir mein Möbel für die Ewigkeit später richtig schön bemalen. Es soll gut aussehen!"

Also doch Särge?? Kyra muss erst einmal trocken schlucken.

Es dauert eine Weile, bevor sie antworten kann. Aber dann tritt sie näher, beschaut sich die Werkstücke, die hier eifrig bearbeitet werden. Und traut sich dann auch, einen Mann mittleren Alters anzusprechen, der gerade Scharniere an den Deckel seines Möbels schraubt. Und „Möbel" trifft die Beschreibung dieses Teils gut. Es ist ein „Kombimöbel Sarg/Schrank", wie der Mann ihr erklärt. Der spätere Sarg soll vorher als Schrank oder Truhe genutzt werden. „Genial", muss Kyra unwillkürlich denken. „Warum eigentlich auch nicht?" Trotz des anfänglichen Schreckens bemerkt sie, dass die gesamte Atmosphäre im Raum locker und entspannt ist.

Aber alle anwesenden Personen sind sehr konzentriert bei der Arbeit.

Es dauert nicht lang und Kyra wird von der Frau angesprochen, die offensichtlich das Geschehen leitet und überall Hilfen und Anleitungen gibt. Sie stellt sich als „Biotischlerin" und Innenarchitektin vor und erklärt, dass sie die Idee verwirklichen will, den Menschen zu ermöglichen, ihren individuellen Sarg selbst herzustellen. Sie läge damit voll im Trend. Immer mehr Menschen hegten den Wunsch, in einem ökologischen Sargbaukurs solches zu lernen.

Kyra bedankt sich für diese Auskunft und lässt sich nun zu einem kurzen Gespräch mit der früheren Schulfreundin auf dem Deckel eines bereits fertiggestellten und sehr dekorativ mit floralen Motiven verzierten Sarges nieder.

„Wie hast du von diesem Sargbaukurs erfahren?", fragt sie.

„Nun, als wir unseren Opa beerdigen mussten, während der Zeit der Corona-Pandemie, waren Särge Mangelware geworden. Wir haben daher selbst einen Tischler beauftragt, uns einen zu bauen. Und dieser Tischler hatte dann diese Idee. Das kam gut an. Und ich habe mich dann auch sofort dazu entschlossen!"

„Und wo bewahrst du dein „Möbel für die Ewigkeit", wie du es nennst, dann auf, bis es gebraucht wird?"

„Mein Sarg wird in meinem Keller auf einem roten Teppich platziert", sagt die Freundin und man hört sie unter dem Stoff der Mundbedeckung kehlig lachen. „Und dann bewahre ich darin viele Erinnerungsstücke aus meiner Kindheit auf. Erst wenn ich gestorben bin, dürfen meine Kinder ihn öffnen und diese Dinge herausnehmen. Ich werde das in meinem Testament so festlegen."

„Das ist ein schöner Gedanke!", findet Kyra, verabschiedet sich und macht sich, sehr nachdenklich geworden, auf den Heimweg

„Morgen", denkt sie, „morgen melde ich mich dort auch an!"

*Ilka Silbermann*

## Nach dem Tod beginnt die Zukunft

### 1.April 2022

„Angela, Moment mal. Hast du noch eine Flasche Propolis?" Eine Frau mittleren Alters kam eilig auf sie zu, um dann im gebotenen Abstand stehen zu bleiben. „Mamas geht gerade zur Neige. Und das ausgerechnet jetzt!"

Die Angesprochene stellte die letzte Kiste ihrer Produkte in die Ladefläche ihres kleinen Transporters, dann drehte sie sich um. Dabei pustete sie eine schwarze Locke ihrer üppigen Mähne aus dem Gesicht.

Angela Gerdes war weit über Esens hinaus für ihre alternativen Heilmethoden bekannt.

„Hallo Birte!", grüßte sie zurück und machte eine bedauernde Miene. „Tut mir leid. Ist aus! Die Leute kaufen wie blöd."

„Ach herrje. Was mach ich denn nun? Sie fürchtet sich sehr vor diesem neuen Virus."

„Sie soll einfach eine Tasse Honig mit einem Esslöffel Curcuma verrühren und davon mehrmals täglich ein wenig im Mund zergehen lassen. Willst du ein Glas? Eins hab ich noch."

Birte nickte und zog ihre Börse.

„Sag ihr einen lieben Gruß. Wenn sie sich an die Vorgaben hält, wird ihr nichts geschehen. Ist doch nicht das erste Mal, dass wir eine Pandemie haben."

Gleich darauf war der Marktstand abgebaut und im Wagen verstaut. Als Angela die Fahrertür öffnete, auf der ihr Firmenlogo und die Adresse gedruckt waren, bemerkte sie einen dunkelgekleideten Mann, der sie in einiger Entfernung zu beobachten schien.

Als sie den Kirchplatz im Schritttempo verließ, sah sie, dass er den Aufdruck fotografierte.

„Ganz schlechte Aura", stieß sie durch zusammengepresste Zähne hervor.

Sie warf einen Blick in den Rückspiegel und sah, wie er sich eilig durch eine der schmalen Gassen davonmachte.

*

„Und Sie sind sich ganz sicher, dass diese lächerliche Apparatur funktioniert?"

Der Chef des Pharmakonzerns verzog das Gesicht zu einem spöttischen Grinsen.

„Ich bin Anwalt Ihrer Rechtsabteilung und mache Sie nur auf dieses Patent aufmerksam, das Ihnen in dieser Zeit möglicherweise Schwierigkeiten bereiten könnte. Für alles andere sind Ihre Ingenieure zuständig."

Offensichtlich fühlte sich Dr. Jurji Juristov auf die Füße getreten. Außerdem konnte Jurji den Vorsitzenden des „Illnesspharm" Konzerns Dr. Dr. Trittschner ganz und gar nicht leiden.

„Na, dann geben Sie mir die Ausdrucke! Ich werde die Jungs rufen lassen. Wir werden klären, ob da was dran ist."

Trittschner warf einen Blick auf die Unterlagen. „Schon 2015 eingereicht?" Er blickte Juristov über seine Brille hinweg vorwurfsvoll an. „Warum bekomme ich es erst heute auf den Tisch?" Eine Ader schwoll an seiner Schläfe an.

Jurji wünschte ihm die Pest an den Hals. Die wütete jetzt zwar nicht, aber diese neue Pandemie war auch nicht ohne.

Trittschner drückte den Knopf zur Gegensprechanlage: „Mary, schicken Sie mir sofort einen Ingenieur her."

Dann blickte er auf und sah Juristov an: „Was ist? Abgang, Juristov, Abgang!"

Dieser drehte sich um und verschwand grußlos.

Vielleicht sollte er selbst mit dem Erfinder Kontakt aufnehmen, überlegte Jurji und seine Miene hellte sich auf.

*

Angela lud die leeren Kisten aus und stapelte sie im Lagerraum. Dabei dachte sie wieder über diese merkwürdige Begegnung vorhin am Kirchplatz nach.

Diesen Mann hatte sie nie zuvor gesehen. Konnte also kein Einheimischer sein.

Sie ging über die Terrasse in ihre Wohnung.

Nachdem sie sich im Küchenwaschbecken sorgfältig die Hände gewaschen hatte, blieb sie fragend vor dem Bild ihres verstorbenen Mannes stehen: „Kannst du mir erklären, was das sollte?"

Noch immer vermisste sie ihn wahnsinnig. Manchmal glaubte sie ihn wahrzunehmen. Wie auch in diesem Augenblick.

„Die Zeit ist reif", hörte sie ihn sagen.

„Wofür reif?", fragte sie laut.

Unruhig schritt sie durch die Wohnung. Was meinte er?

Sie sah im Wohnzimmer aus dem Fenster, das ihr einen Blick auf den Landschaftsweg gewährte, der von Bäumen und Büschen gesäumt war.

Unweit stand dieser Mann und starrte zum Haus hinüber. Ein eisiger Schauer durchlief sie.

Sie rannte zur Haustür und schloss sie eilig ab. Dann zur Hintertür und zur Terrasse, als das Telefon sie mittendrin zu stoppen versuchte.

Außer Atem meldete sie sich. „Ja, bitte?" Dabei warf sie gleichzeitig einen Blick nach draußen, nur um festzustellen, dass der Mann verschwunden war. „Wer ist da?", rief sie in den Hörer.

„Ist das der Anschluss von Herrn Gerdes?", fragte eine männliche Stimme.

Mit dem Apparat in der Hand eilte sie zur Rückseite des Hauses und lugte vorsichtig in den Garten.

„Ja", antwortete Angela unkonzentriert. Schon lief sie wieder nach vorne und überprüfte die Straße. Nichts, gar nichts.

„Was kann ich für Sie tun?", fragte Angela.

„Ich hätte ihn gerne gesprochen."

„Bedaure. Mein Mann ist verstorben. Mit wem spreche ich?"

„Oh, das tut mir leid. Ja, dann…"

Was für ein Idiot, dachte sie zornig, als er einfach auflegte.

*

„Anwaltskanzlei Roland, guten Tag. Was kann ich für Sie tun?"

„Illnesspharm, Frankfurt. Verbinden Sie mich bitte mit Herrn Roland."

„In welcher Angelegenheit möchten Sie ihn sprechen?"

„Dr. Dr. Trittschner will ihn sprechen. Er wird ihm schon selber sagen, worum es geht."

„Augenblick, bitte", die Anwaltsgehilfin drückte den Verbindungsknopf und wartete auf die Antwort ihres Chefs.

„Jochen, hier ist ein Pharmakonzern in der Leitung. Ganz große Liga. Du hast die Ehre, mit Dr. Dr. Trittschner zu sprechen", endete sie sarkastisch.

„Spannend!", lachte Jochen Roland. „Stell durch."

„Jep!", kam es gut gelaunt zurück.

„Roland", meldete er sich.

Kollegial dröhnte eine Stimme durch den Hörer: „Trittschner hier, guten Tag." Bewusst verzichtete er auf seine Titel.

„Was kann ich für Sie tun?"

„Sie sind doch Patentanwalt, ist das richtig?"

„Ja, möchten Sie etwas zum Patent anmelden?", wunderte sich Roland.

„Nein, keineswegs", lachte Trittschner. „Ich möchte mit Ihnen über einen Ihrer Mandanten reden, der 2015 eine Erfindung zum Patent angemeldet hatte."

„Lieber Herr Dr. Dr. Trittschner. Sollten Sie daran Interesse haben, können wir sehr gerne über eine Lizenz reden. Aber nicht über meinen Mandanten."

„Papperlapapp!", wurde Trittschner jetzt energischer, um ihn einzuschüchtern. „Lizenz – Blödsinn! Ich wollte Ihnen anraten, diese lächerliche Erfindung zurückzuziehen. Die Verbreitung einer solchen Apparatur würde nur Schaden an der Menschheit anrichten!"

„Ach, Ihnen liegt das Wohl der Bevölkerung am Herzen", wurde Roland jetzt ironisch. „Wie kommen Sie darauf, dass die Erfindung nicht funktioniert?"

„Ich habe Sie von meinen Ingenieuren prüfen lassen. Gerade bei dieser Pandemie würden die Leute nach jedem Strohhalm greifen, der sich ihnen bieten würde – mit fatalen Folgen.

Dieses Gerät darf niemals auf den Markt." Seine Stimme klang jetzt wie eine Drohung.

„Ich verstehe nicht, warum Sie sich so aufregen. Wenn dem so ist, können Sie doch weiterhin getrost Ihre Pillen verkaufen."

Trittschner fühlte sich durchschaut und änderte blitzschnell seine Strategie.

„Wie ich im Netz sehen konnte, haben Sie nur eine sehr kleine Kanzlei."

Roland wurde hellhörig. Was kam jetzt?

*

Angela wurde vom Vogelgezwitscher geweckt, das durch das geöffnete Schlafzimmerfenster drang. Sie streckte sich genüsslich, blickte dann zum Nachtisch, auf dem der Wecker und das eingerahmte Bild ihres Mannes standen.

Ein Foto aus ihrem letzten Urlaub. Sie hatten sie sich nach all den Ehejahren noch immer blendend verstanden, nachdem die Klüfte, die sie anfangs zu trennen drohten, schließlich überwunden wurden.

Die gegenseitige Faszination musste sich nicht nur im Alltag, sondern auch in der Weltanschauung beweisen.

Enno Gerdes war ein Mann gewesen, der mit beiden Beinen auf dem Boden der Realität stand.

Sie hingegen beschäftigte sich leidenschaftlich mit dem Unsichtbaren.

Als Kind waren ihr Möglichkeiten in die Wiege gelegt worden, die ihre Eltern einer ausgeprägten Fantasie zuordneten.

Später befasste sie sich mit der Kräuterheilkunde und wusste sie sicher einzusetzen. Die klassische Medizin lockte sie nicht. Sie wendete instinktiv die Kunst des Handauflegens und des Reiki an. Eine gebürtige Heilerin, im wahrsten Sinne des Wortes. Und so absolvierte sie die Ausbildung zur Heilpraktikerin.

Auf einer Party lernte sie Enno kennen. Daraufhin wurde sie zum Boßeln eingeladen, wo sie sich näherkamen.

Ennos Steckenpferd war die Physik, obwohl er von Haus aus Landwirt war. Er übernahm Jahre später den Hof seiner Eltern, als diese kurz hintereinander verstarben und sie einen Umzug in Erwägung ziehen mussten.

Doch dazu kam es nicht und so blieb Angela in dem Haus, das eigentlich als Altenteil vorgesehen war.

Ein tödlicher Unfall, so widersinnig er auch war, beendete ihr gemeinsames Leben. Für Angela jedoch als Zeichen gewertet, dass seine Zeit gekommen war.

Immerhin konnte sie auf eine meist harmonische Ehe zurückblicken.

Wer konnte das schon von sich behaupten? – Bis auf einmal. Als Enno ihr unbedingt beweisen wollte, dass sie im Unrecht war. Er ihre Theorie, Heilung durch Frequenzen, widerlegen wollte.

Angela lachte bei dem Gedanken laut auf. Sie war der Meinung, dass jedes Kraut und ebenso jedes homöopathische Mittel eine Eigenfrequenz besitzt.

Bis dahin waren sie noch einer Meinung, dass aber durch Einnahme dieser Mittel der Körper, der durch Krankheit aus dem „Rhythmus" gekommen war, die Frequenz der Kräuter bzw. der Arzneien übernehmen würde und somit gesundete, davon wollte er nichts wissen.

Und um ihr das zu beweisen, zog er sich monatelang in seine Werkstatt zurück, sobald es seine Zeit zuließ.

Letztendlich werkelte er stillschweigend an einem Gerät, das er sogar zum Patent anmeldete.

Das hatte nicht nur sie überrascht, sondern auch Enno. Denn entgegen seiner ursprünglichen Meinung hatte er eine bahnbrechende Entdeckung gemacht.

Ein Gerät, das die menschliche Eigenfrequenz im gesunden Zustand aufzeichnen, speichern und im Krankheitszustand in den Körper einspielen konnte, so dass er in der Lage war zu seinem ursprünglichen gesunden Rhythmus zurückzufinden, indem er mit der eingespielten Frequenz mitschwingen konnte, um dadurch in kürzester Zeit zu genesen.

So würde man eine Datenbank von jedem Einzelnen anlegen können, und im Bedarfsfall darauf zurückgreifen.

Dennoch war es möglich, bereits Erkrankte ebenfalls zu heilen. Einem gesunden Körperteil würde man die Schwingungen ableiten, aufzeichnen und dem Patienten einspielen. Die dadurch erzeugte Verbesserung im Befinden würde ausreichen, dass der Organismus in der Lage wäre, den Rest der Genesung selbst zu bewerkstelligen.

Einen Prototyp konnte er nicht mehr bauen. Das Schicksal hatte ihm einen Strich durch die Rechnung gemacht.

Sie selbst hatte keine Ahnung davon und der überraschende Tod ließ sie diese Möglichkeit der Heilung vergessen.

„Merkwürdig, dass ich mich heute wieder daran erinnere", dachte Angela und stand schwungvoll auf, öffnete das Fenster weit und lehnte sich hinaus.

Tief sog sie die würzige Luft ein. Sie schüttelte die Bettdecke auf und legte sie zum Lüften ins Fenster.

Dann begab sie sich ins Bad.

Als sie später die Küchentür öffnete, setzte ihr Herzschlag für eine Sekunde lang aus. Mittendrin stand der dunkelgekleidete Unbekannte.

*

Der beleibte Mann auf der Parkbank stieß dicke Rauchschwaden aus seinem Mund, die nicht nur allein von der Zigarre stammten, die er zwischen Daumen und Zeigefinger hielt. Obwohl die Vormittagssonne wärmend ihre Strahlen durch die kahlen Äste schickte, war es nach der frostigen Nacht noch empfindlich kühl.

Niemand hielt sich an dem Ententeich weiter auf. Nicht nur die Pandemie hielt die Bewohner in ihren Wohnungen, sondern auch die Kälte.

Noch hatten die Politiker auf eine Ausgangssperre verzichtet. Wie schon einmal hielten sich die meisten an die selbstauferlegte Quarantäne. Nicht zuletzt durch die ansteigenden Todesfälle.

Auch die Labore des „Illnesspharm"-Konzerns arbeiteten fieberhaft an einem wirksamen Medikament. Sie wollten die Ersten sein, die Auswirkungen des Virus zu bekämpfen. Ein Umsatz in Milliardenhöhe winkte.

„Das lass ich mir doch nicht von so einer blödsinnigen Erfindung kaputt machen", dachte Trittschner grimmig und sog so heftig an seiner Zigarre, dass seine prallen Wangen wie durch ein Vakuum in der Mundhöhle verschwanden.

Geräuschlos war ein unauffällig gekleideter, schlanker Mann herangetreten.

„Dr. Dr. Trittschner?", fragte er und blieb vor dem Mann auf der Bank stehen.

„Lassen Sie die Titel weg, mein Lieber, und setzen Sie sich zum mir. Wir wollen doch nicht auffallen. Beachten Sie dabei bitte den Mindestabstand."

Gehorsam setzte sich Jochen Roland an die andere Seite der Bank und wartete auf die Eröffnung des Gesprächs. Er hatte Zeit und so lehnte er sich entspannt an das kühle Holz.

Das verwirrte Trittschner. Er war es gewohnt, dass sich alle um ihn herum in einer gewissen Anspannung befanden.

„Ich wollte mit Ihnen gerne ein ungestörtes und ungehörtes Gespräch führen, Herr Roland. – Haben Sie Ihr Handy zu Hause gelassen?"

Roland nickte. Beiden war klar, dass es nichts nützte, sie nur auszuschalten. Die Abhörfunktion schlief nie.

„Was wollen Sie?", kam Roland direkt auf den Punkt.

„Das wissen Sie doch. Das Gerät muss verschwinden."

„Und Sie meinen, das geht so einfach? – Wissen Sie eigentlich, was Sie da von mir verlangen?"

„Nichts Unmögliches, mein Lieber, nichts Unmögliches."

„Ich müsste mir da schon zuvor einige Gedanken machen und schauen, wie sich Ihr Wunsch erfüllen ließe. Übrigens nicht nur Ihr Wunsch", ließ Roland beiläufig eine tickende Bombe fallen.

„Was wollen Sie damit sagen?", sprang sein Gegenüber auch direkt darauf an.

„Ganz einfach. Sie sind nicht der einzige Konzern, der auf dieses Patent gestoßen ist."

„Wer?", forderte Trittschner barsch.

Jochen Roland lachte. „Ist nicht Ihr Ernst!"

Trittschner sah sich ausgeliefert und presste die Lippen aufeinander. Er musste handeln, und zwar sofort. Vielleicht hatten andere Interesse daran, genau dieses Gerät in Serie gehen zu lassen.

„Wie viel?"

„Fünfzig Millionen!"

„Sie ticken doch nicht ganz richtig!" Trittschner wurde knallrot. Am liebsten wäre er aufgesprungen, doch er beherrschte sich.

„Ganz wie Sie meinen." Beinahe sanftmütig brachte Roland diese Äußerung hervor. Er fühlte sich absolut sicher in seiner Rolle und stand gemächlich auf. Tatsächlich war Trittschner nicht der Einzige, der sich für dieses Patent interessiert hatte. Was er nicht zu wissen brauchte, war, dass sein eigener Mitarbeiter, Anwalt Jurji Juristov, ihn in dieser Angelegenheit schon zuvor aufgesucht hatte, allerdings in der Absicht, den Menschen tatsächlich etwas Gutes zu tun oder besser gesagt, seinem Chef zu schaden.

Doch Roland wollte ans große Geld.

*

Angela öffnete nach dem dritten Klingeln die Haustür.

Ein Polizist in Uniform stand in Begleitung eines Zivilisten in der Tür, der das Wort ergriff.

„Kripo Aurich, mein Name ist Janssen und das ist mein Kollege Peters." Janssen steckte seinen Dienstausweis, den er ihr hingehalten hatte, wieder ein. „Dürfen wir reinkommen?"

Angela nickte und trat zur Seite. Sie schloss die Tür und schritt ihnen voran in die Küche.

„Nehmen Sie Platz. Kann ich Ihnen einen Tee anbieten?", erinnerte sie sich an die ostfriesische Gastlichkeit.

„Nein, danke, wir wollen Sie gar nicht lang aufhalten." Er zog ein Foto aus seiner Jackentasche und reichte es ihr. „Kennen Sie den Mann?"

Angela schaute auf das Bild. Dort lag der dunkelgekleidete Mann in verdrehter Haltung auf dem Boden. Die Augen weit aufgerissen.

Sie wandte den Blick ab und schaute zur Seite.

„Ja, kein schöner Anblick. Entschuldigen Sie, aber ich muss Sie das fragen. Wir nehmen an, dass er Sie aufsuchen wollte."

„Mich aufsuchen. Warum? Ich kenne den Mann nicht. Hatte er einen Unfall?"

„Das wissen wir noch nicht so genau."

„Um Gottes willen. Was hab ich denn damit zu tun?"

„Nach unseren Ermittlungen ist es Ihr Schwager. Der Bruder ihres verstorbenen Mannes."

„Was? – Ich kannte ihn nicht", stotterte Angela.

„Sie wussten nichts von dem Bruder?" Janssen sah sie scharf an.

„Doch, doch, natürlich wusste ich, dass Enno einen Bruder hatte, aber sie waren schon lang vor unserem Kennenlernen zerstritten und hatten nie wieder Kontakt. Meine Schwiegereltern sprachen nie über ihn. Er war tabu."

„Sie wussten also auch nicht, dass er in Kolumbien lebte?"

„Nein, wir haben ihn nicht einmal über den Tod seiner Eltern informieren können, weil wir nicht wussten, wie und wo wir ihn erreichen konnten."

„Sie haben nicht einmal von ihm ein Foto gesehen?"

„Schon, aber da waren die Brüder noch Kinder. Und gemerkt habe ich mir sein Gesicht nicht. So oft schaut man doch nicht die alten Bilder an. – Haben Sie schon eine Spur? Muss ich mir Sorgen machen?"

„Das wollten wir gerade herausfinden. Er ist vor ein paar Tagen aus Kolumbien eingereist. Hatte mit der Drogenmafia zu tun. Vermutlich ist sie für seinen Tod verantwortlich. Vielleicht wollte er aussteigen. Vielleicht wusste er zu viel und hat versucht, sie zu erpressen. Was auch immer. Immerhin hätte er nach dem Tod seiner Eltern Anspruch auf sein Erbe. Vielleicht hatte er herausgefunden, dass seine Eltern gestorben waren und er wollte seinen Anteil einfordern. Sie verfügen doch über den großen landwirtschaftlichen Betrieb Ihrer Schwiegereltern nach dem Tod Ihres Mannes, oder?"

„Ich habe ihn verpachtet, ich hätte ihn nicht allein führen können", sprach sie gedankenverloren. „Meinen Sie, dass die Mörder auch mir etwas antun wollen? Ich hab doch gar nichts damit zu tun."

„Nein, wenn er Sie noch nicht aufgesucht hatte, ist es eher unwahrscheinlich."

Der Kommissar stand auf und ebenso sein Kollege. Angela blieb völlig in Gedanken versunken auf ihrem Platz.

Die Männer deuteten es als Schockreaktion. „Bleiben Sie sitzen. Wir finden allein raus. Wenn etwas sein sollte, rufen Sie mich an." Er legte seine Visitenkarte vor ihr auf den Tisch.

*

Monate später lag Jochen Roland auf dem Sonnendeck seiner Luxusyacht. Neben ihm seine ehemalige Anwaltsgehilfin Nicole. Sie hatte sich nicht nur stets als guter Kumpel in seiner Kanzlei erwiesen und als eine Frau, mit der man durch dick und dünn gehen konnte, sondern auch als äußerst attraktive Gefährtin.

Er hatte nicht eingesehen, sich von ihr zu trennen, nur weil er die Kanzlei aufgab und sein Leben genießen wollte. Das ging doch am besten zu zweit. Er hatte keine Lust auf Spielchen und Experimente.

Als Anwalt war er ein Typ, der stets auf „Nummer Sicher" ging. Und bei Nicole wusste er, was er hatte. Das reichte ihm.

Die Yacht dümpelte im leichten Spiel der Wellen vor der karibischen Küste Mexikos. Die Sonne knallte vom weißblauen Himmel auf den Strand, von dem in angenehmer Lautstärke Salsarhythmen aus einer Palapa herüberklangen.

Die Pandemie war wie ein Tsunami über die Erde gebraust, hatte viele Menschen mitgerissen, doch danach ging das Leben weiter wie vorher. Zumindest oberflächlich betrachtet.

Zum Ende der Viruswelle, als sie fast schon vorüber war, erfuhr man durch die Medien, dass der Pharmakonzern „Illnesspharm" ein wirksames Medikament gefunden hatte sowie eine Schutzimpfung für die nächste Saison.

Alle Länder wurden von dort aus beliefert und ein Aufatmen ging durch die Bevölkerung.

Jochen Roland hatte in den Monaten zuvor die Zeit genutzt, alles über die Bühne zu bringen. Es war ein Leichtes, das Patent auslaufen zu lassen und zurückzunehmen. Da die Witwe von Gerdes nie in Erscheinung getreten war.

Alle Unterlagen brachte er zu seinem engen Freund und Studienkollegen, dessen Sohn auch bereits in die

Kanzlei eingetreten war und sie später fortführen würde. Dieser würde dafür sorgen, sollte ihm vorzeitig etwas zustoßen, dass die mittlerweile weiterentwickelte Erfindung erneut eingereicht werden würde. Auf jeden Fall nach seinem natürlichen Ableben.

Die Gebühren für fünfundzwanzig Jahre waren sicher angelegt und ein zusätzlicher Batzen für eventuelle Rechtsstreitigkeiten.

Außerdem führte er stets eine funktionsfähige Apparatur bei sich für eventuelle „Unpässlichkeiten", die damit sehr schnell behoben waren, wie er bereits feststellen konnte.

„Schatz, mix uns doch bitte einen Cocktail. Wir sollten feiern, so oft und lange es geht."

„Da bin ich dabei, Chef!", erwiderte sie scherzhaft.

Kurz darauf stießen sie an.

„Die Zukunft beginnt erst nach meinem Tod. Solange muss sie sich gedulden."

*Dirk Sutor*

**Die Zäsur**

Nicht schon wieder! Als reisende Journalistin war die Deutschland-Korrespondentin Linda ja so einige Hindernisse gewohnt, doch wenn ein solches beinahe bei jeder Zugfahrt auftritt, kann dies schon den einen oder anderen Nerv kosten. Zwei Sitzreihen vor ihr war eine ärmlich aussehende Frau förmlich in ihren Sitz zusammengesunken, nachdem die Alarmeinheit an ihrem Platz zu leuchten angefangen hatte und einen fürchterlichen Ton von sich gab. Die ungewollte Aufmerksamkeit aller Reisenden war ihr gewiss. Nun geschah hier in Leer, was so ähnlich schon am Bahnhof Emden passiert war: Die Türen aller Abteile verriegelten sich automatisch und es dauerte 5 Minuten, bis sich der private Sicherheitsdienst der Bahn von außen mit den Transpondern am Unterarm Zutritt verschaffte.

Mit überheblichem Grinsen gingen die beiden Sicherheitskräfte, ein Mann und eine Frau, langsam zu der etwa 50-jährigen Frau mit den ungepflegten Haaren. Der Mann der beiden, ein übergewichtiger Kerl mit Schnauzer, nahm nun das Handgelenk der Frau, hielt es an seinen Transponder und las, was der Chip über seine Trägerin erzählte. Er schüttelte den Kopf.

„Frau Arndt, Sie haben nicht bezahlt. Schwarzfahren wird mit 5 Tagen Gefängnis und 5 Tagen Arbeit zum Wohle der Gemeinschaft bestraft. Das wissen Sie doch!"

Frau Arndt blinzelte verschüchtert und verschränkte ihre Arme. Die Kollegin, eine kleine Blondine mit dem Gesicht einer Spitzmaus, musterte aufmerksam die dicke graue Jacke. Mit einem Ruck riss sie plötzlich Frau Arndt die Jacke vom Leib. Sie sah ihren dicken Kollegen an.

„Wieder jemand, der es mit Bleiweste versucht. Frau Arndt, das hat noch nie funktioniert. Warum, das sage ich Ihnen natürlich nicht. Der Betrugsversuch macht es noch schlimmer… für Sie. Willst du den Spruch aufsagen oder soll ich, Gregor?"

„Mach du ruhig, Sarina."

„Frau Arndt, im Namen der European Security Ltd. verurteile ich Sie ab dem 17.05.2047 zu 10 Tagen Arbeit zum Wohle der Europäischen Volksgemeinschaft. Sie werden Elektronikbauteile zerlegen und dafür der „Restore Honor Prison" Ltd., Abteilung Moordorf zugeführt. Das Urteil ist sofort zu vollstrecken."

Dann wurde die bettelnde und flehende Frau in beinahe schadenfroher Manier abgeführt. 2 Minuten später ging die Fahrt weiter.

Linda beschäftigte das Erlebte eine Weile. Auch in ihrer Heimat, den Niederlanden, gab es diese Art der Sofortbestrafung, allerdings waren dafür wenigstens noch Polizisten notwendig … weshalb es mächtig Ärger gab, denn die 3 legitimierten Securitykonzerne auf EU-Gebiet hatten die niederländische Regionalregierung bereits wegen entgangener Gewinne verklagt.

Nun ja, bis nach Bookholzberg dauerte es noch etwas und Linda beschloss, kurz zu entspannen. Sie setzte sich die Entertainment-Unit ihres Sitzplatzes auf und hoffte auf ein entspanntes Programm, eine gute Doku vielleicht. Doch daraus wurde nichts, denn aktuelle Debatten wurden der Auswahl vorgeschoben. Wie schon in den vergangenen Wochen wurde über den Einsatz der Künstlichen Intelligenz in Teilbereichen der Regierungsarbeit gestritten. Der 80-jährige Gouverneur Jaques Fein protestierte erneut energisch, weil er den Menschen mit seiner emotionalen Entscheidungsfähigkeit als unumgänglich ansah, während sich seine halb so alte Kontrahentin Leonie Urban von den Liberalen für das Arbeitsressort als Testfeld für die KI aussprach.

Wütend riss sich Linda das Brillendings vom Kopf. Das war ja zwischendurch mal ganz interessant, doch seit zwei Wochen gab es überall kein anderes Thema mehr. Wozu gibt es Algorithmen, wenn man eh nur Vorgekautes serviert bekommt? Und die Serien hatte sie schon alle durchgesehen. Als Journalistin reiste sie eben viel. Also schloss sie die Augen. Es würde für die brünette 23-Jährige vermutlich eh noch sehr aufregend werden – denn erlaubt war ihr heutiges Treffen vermutlich nicht.

Der wasserstoffbetriebene Zug hielt vor der Weiterfahrt nach Bremen für 20 Minuten in Oldenburg – da hatte sich in den letzten 50 Jahren nichts verändert. Linda bekam davon nichts mit, sie war in einen regelrechten Tiefschlaf gefallen. Doch kurz vor ihrem Ziel Bookholzberg wurde sie wach. Sie stieg aus und sah sich um. Viele Leute waren nicht auf dem Bahnsteig, deswegen sollte sie ihre Verabredung doch schnell finden. Joris war sein Name... Wer sah denn hier aus wie ein „Joris"? Der Alte dort vielleicht? War er verkleidet? Nein, der war wirklich alt. Die dicke Dame mit dem kleinen Hund war es auch nicht. Ein schlaksiger Typ mittleren Alters lief Richtung Treppe. Möglich! Linda lief ihm hinterher, doch der Mann machte keine Anstalten, sich bemerkbar zu machen. Sie wollte ihn gerade ansprechen, da fiel ihr im Nachhinein etwas auf, was sie zwei Sekunden zuvor gesehen hatte... ein Mann im blauen Overall und Cap, der den Bahnsteig fegte. Wer fegt denn heute noch den Bahnsteig?? Sie drehte sich um und sah zu ihm. Der Mann hörte auf zu fegen. Auch er sah nun langsam auf. Der etwa 35-Jährige mit Dreitagebart schob seine Mütze hoch, lächelte sie an und blinzelte ihr zu – Linda hatte ihre Verabredung gefunden.

„Frau Versteijnen, nehme ich an. Kommen Sie bitte."

Er hakte sich ungefragt bei Linda ein. Diese hatte es gar nicht gerne, dass sie die ganze Zeit nur auf irgendwelche Dinge reagieren musste.

„Guten Tag, Herr Joris. Sie sind ja ganz schön geheimnisvoll. So geheimnisvoll, dass ich beinahe gar nicht losgefahren wäre. Wollen Sie mir, nachdem ich den weiten Weg gemacht habe, nicht endlich Ihren vollständigen Namen sagen?"

„Nicht jetzt. Erst am Ende des Tages. Und wenn ich mir sicher bin, dass wir dann noch Freunde sein können."

Joris setzte sein entwaffnendes Lächeln auf, das sein etwas zerfurchtes Gesicht gut 10 Jahre jünger aussehen ließ – und Linda milde stimmte. Als die beiden vor dem Gebäude standen, holte er ein breites Kunststoffarmband heraus. Er stellte sich vor Linda und nahm sie bei beiden Händen.

„Links oder rechts?"

„Wie bitte?"

„Sie wissen schon… wo sitzt ES".

Linda verstand. Zögernd hob sie die linke Hand und Joris wollte ihr das Armband anlegen… da zog sie ihre Hand wieder weg.

„Ist das ein Alternativchip mit vorprogrammierter Route?"

„Richtig. Sollen die ruhig glauben, dass Sie nach Bremen fahren und dort einen Spaziergang durch die Stadt machen."

Linda sah Joris mit etwas gespielter Strenge an.

„Sie wissen doch, dass das verboten ist."

Joris ließ ihre Hand los und legte seine auf ihre Schulter.

„Wenn Ihnen das schon Kopfschmerzen bereitet, dann sollten Sie den Rest erst gar nicht sehen. Was wir hier machen, ist wirklich unumgänglich. Sie haben die Wahl: entweder weiter als eine von vielen mit dem

Strom schwimmen oder mit mir eine kleine Reise ins Trübe unternehmen und den wahren Grund Ihrer Berufung erfahren. Ich rede von etwas wirklich Großem."

Da hatte er Linda an der richtigen Stelle getroffen. Natürlich war sie viel zu sehr Journalistin, um sich die Geschichte hier entgehen zu lassen. Sie reichte ihm den linken Arm und Joris wickelte ihr mit zufriedenem Gesicht das Armband um.

„Und wie wollen wir den Rest des Tages alles Mögliche bezahlen? Das geht ja nun nicht mehr."

„Da, wo wir hingehen, ist das nicht nötig."

Sie liefen auf eines der Taxis mit getönten Scheiben zu. Als sie direkt davorstanden, ging eine der Schwingtüren auf. Einen Fahrer gab es nicht mehr, da es eines der vollautomatischen Taxis war, doch ein Fahrgast saß schon drin. Die ältere Dame mit dem Kurzhaarschnitt grüßte freundlich. Joris drehte sich zu Linda um.

„Sabine hat schon für uns bezahlt. Einer muss schließlich für uns ein anständiges Leben führen."

Er lachte über seinen eigenen Satz, während sie einstiegen. Die Schwingtüren schlossen sich wieder und das Fahrzeug nahm den Weg zum vorprogrammierten Ziel auf.

„Wie sind Sie eigentlich darauf gekommen, mich privat über das Dating-Portal zu kontaktieren, wo ich angemeldet bin?"

Joris sah nach vorn, während er antwortete.

„Über die Redaktion wäre es zu riskant gewesen. Und Ihre Vita ist ja ein offenes Buch. Die Optik spielte sicher auch eine Rolle."

Linda schwieg dazu und staunte nicht schlecht. Nicht weil das Auto die Schlaglöcher in den Straßen quasi spielend wegsteckte, sondern weil sie zurück nach Oldenburg fuhren. Kurz vor den Stadtgrenzen jedoch wurde die Fahrt etwas ruckelig, obwohl die Straßen hier in Ordnung waren. Der Wagen blieb stehen, musste sein Programm neu starten und fuhr weiterhin unruhig vor eine alte verlassene Lagerhalle. Dort stand ein weiteres Auto – eines von jenen, die noch manuell zu bedienen waren.

„So, wir müssen das Fahrzeug wechseln."

„Ach, das ist bei uns in Groningen genauso. In den Städten funktionieren die vollautomatischen auch nicht immer – irgendwelche Störfaktoren in Ballungsgebieten, wie sie sagen."

„Ja, die haben immer noch nicht raus, woran es eigentlich liegt. Das ist echt von Stadt zu Stadt unterschiedlich – in Köln laufen sie, in Oldenburg nicht. Aber uns soll es recht sein. Sabine ist eine ausgezeichnete Fahrerin."

Die eher stille Sabine fuhr die beiden durch Oldenburg bis zum Osthafen.

Joris gab Linda einen grünen Overall, er selbst zog sich eine dunkelblaue Uniform der European Security Ltd. an.

„So, nun ziehen Sie sich das bitte an. Sie sind jetzt Strafarbeiterin der ESL. Und ich bin Ihr Work-Instructor. Wir gehen nun auf das Schiff da vorne. Spielen Sie das Spiel mit, wie ich Ihnen es sage."

Er zeigte auf einen größeren Schlepper, der vor Anker lag. Auf ihm lagen Berge voller Kartoffeln, die nun von anderen Personen in grünen Overalls mit Schaufeln verräumt wurden.

Joris fing an zu schreien.

„Ey, passt gefälligst auf, dass ihr die Ware nicht beschädigt! Sonst bekommt ihr zwei Tage zusätzlich!"

Die 10 Frauen und Männer an Bord blickten nur kurz auf und setzten dann ihre Arbeit fort. Linda und Joris gingen an Bord und das Schiff legte ab. Es war erst halb 11 und sehr nebelig. Und das war nicht das einzig Gespenstische an Bord. Die Gefangenen saßen stumm auf dem Schiffsboden und sahen kein einziges Mal auf. Linda bekam bei ihrem Anblick eine Gänsehaut.

Das E-Schiff hatte Oldenburg verlassen und sein Ziel in der Wesermarsch bald erreicht. Ein alter Anleger nahe Neuenhuntorf aus Beton und Holz wurde angesteuert. Hinter ihm standen 5 Hütten, links wie rechts. Dahinter schien nur weites Land zu sein, nichts als Wiesen. Zwar war dies kein richtiger Hafen, doch das Schiff war sehr breit und hatte kaum Tiefgang, so konnten sie ganz an ihn heranfahren. Kaum war dies geschehen, geschah etwas Seltsames… Die „Sträflinge" sprangen auf und es wurde allenthalben herzlich gegrüßt inklusive Joris. Linda wurde klar, dass hier zuvor der Anschein gewahrt bleiben musste, solange man nicht garantiert unter sich war. Joris wandte sich Linda zu.

„So, Schluss mit dem Mummenschanz. Tut mir wirklich leid, Sie müssen sich vorkommen, als hätte ich Sie entführt. Doch wir müssen so ein paar Irrwege zurücklegen, um eventuelle Beobachter zu täuschen, denn nur so können wir schützen, was wir aufgebaut haben. Nun können wir uns wieder wie Menschen benehmen. Ich möchte Ihnen nun gerne unser neues Reich zeigen."

Sie gingen zu einem alten Traktor, er mochte ca. 50 Jahre alt sein. Er zog zwei Anhänger hinter sich her. Diese wurden mit Hilfe eines Krans beladen, und zwar mit den Kartoffeln vom Schiff. Nachdem dies erledigt war, sprangen drei Leute auf den Anhänger und Joris fuhr los. Linda war noch nie mit einem solchen Traktor gefahren.

„Wo bekommen Sie den Kraftstoff her?"

„Ach, der läuft mit fast allem, was brennt. Eines unserer Erzeugnisse ist ein biologisches Öl, das mag er sogar sehr gerne." Linda ahnte nun langsam, was hier geschah.

Der Traktor hielt nach einer Viertelstunde an, direkt neben einem Betonvorsprung, auf dem ein riesiger

Deckel thronte. Zwei der Mitfahrer sprangen vom An-hänger und öffneten ihn, einer alleine hätte es wohl nicht geschafft. Von außen konnte man auf der Innen-wand des Schachtes ein Flackern sehen. Offenbar war dies ein unterirdischer Ofen, der immer brannte. Linda staunte nicht schlecht, was sie nun sah. Alle gemeinsam machten sich daran, die Kartoffeln ins Feuer zu kippen. Joris sah sie schulterzuckend an.

„Wir vernichten nur dieses genmanipulierte Zeug, von dem der Staat denkt, dass Gefangene ihn hier zu Endprodukten verarbeiten. Wir haben dafür extra diese Firma gegründet. Doch hier bei uns gibt es so etwas nicht. Aus manchen Sachen, die wir hierher karren, kön-nen wir allerdings den Treibstoff herstellen… zum Ver-brennen taugt das Zeug noch." Joris lachte abermals über seine eigenen Worte.

Der Weg führte weiter hinein ins weite Land, das aber mit wachsendem Abstand zum Ufer immer ab-wechslungsreicher wurde. Linda traute ihren Augen kaum, denn genau diesen wurde ein erheblicher Kon-trast vorgeführt. Zunächst kamen einige große Felder, die von vielen Menschen bestellt wurden. Gebückt sa-ßen sie neben ihren Körben auf der Erde. Die Atmo-sphäre war arbeitsam, aber gleichzeitig entspannt. Linda kannte dieses „Schauspiel" nur von alten Fotos oder Gemälden, es schien beinahe so etwas wie eine Zeitreise zu sein.

Joris erklärte. „Das sind keine Angestellten. Wir le-ben hier mehr oder weniger in einer großen Kommune. Wir stehen füreinander ein, bringen uns ein, aber den-noch sind wir frei. Momentan funktioniert es noch ohne Hierarchie, weil jeder ganz genau weiß, dass unsere blanke Existenz von der Leistung des Einzelnen ab-hängt."

Linda verstand immer mehr, was hier vor sich ging: sie wurde Zeugin einer parallelen kleinen Welt.

„Sie bauen hier also eine Gesellschaft auf, die sich komplett autark versorgt – völlig unabhängig vom Rest des zivilen Lebens."

„Zumindest das, was Sie noch als ziviles Leben bezeichnen würden. Eines, das die meisten insgeheim vermutlich längst zum Brechen finden, jedoch niemals eine Alternative kennen gelernt haben. Übrigens: so ganz ohne fremde Mittel oder ein paar kleine Tricks kommen wir nicht aus. Hier, sehen Sie selbst."

Der Traktor fuhr nun an endlos wirkenden Feldern voller Solarplatten vorbei. Sie sahen nicht alle identisch aus. Joris zeigte in die Richtung.

„Das meinte ich. Wissen Sie, wo die herkommen? Aus Belgien. Sie dienten der Energieversorgung einer Kleinstadt dort. Dann wurden Verträge mit einem indischen Konzern abgeschlossen und die alten Platten mussten verschwinden, denn der neue Vertragspartner wollte ja Geld mit seinen eigenen Platten verdienen. Unsere Partner in Belgien, die genauso wie wir inkognito angeblich ein öffentlicher Betrieb sind, allerdings ein Verwertungsbetrieb, vernichtete sie nicht, sondern lieferte sie an uns. Wir mussten uns gemeinsam ganz schön etwas einfallen lassen, um die hierher zu bekommen."

„Sie haben Partner"?

„Oh ja, es gibt einige ähnliche Projekte in ganz Europa. Wir sind mittlerweile vernetzt mit ihnen. Auch in den Niederlanden, wo Sie herkommen, gibt es Partner. Wir unterstützen uns gegenseitig und sind alle zusammen unserem Ziel nähergekommen."

„Das wie lautet?"

„Eine neue Form des Zusammenlebens, fernab von den Oligarchien, die uns mittlerweile regieren. Eine Mischung aus Tradition und Moderne. Wir gehen dorthin zurück, wo wir einst falsch abgebogen sind, und nutzen den technischen Fortschritt dort, wo er uns allen nutzt, anstatt uns zu ersetzen. Jeder Mensch wird gebraucht, keiner ist überflüssig und zusammen mit dem Fortschritt, wie wir ihn verstehen, gehen wir eine konstruktive Symbiose ein. Das zumindest ist der Plan. Und wir haben gemeinsam beschlossen, unseren Entwurf aus dem Untergrund an die Oberfläche zu bringen."

Linda schwieg und ließ alles erst einmal sacken, denn ihr wurde langsam klar, welche Rolle sie hier spielen sollte.

Nach 10 Minuten Fahrt kamen sie in ein Dorf, wo Joris ihr zunächst die Stallungen zeigte.

„Wir haben sehr viel Fantasie zeigen müssen, wo wir die Tiere herbekommen, die noch nicht überzüchtet und genmanipuliert sind. Schweine, Rinder, Hühner… sie kommen aus Finnland, Russland und sogar Nordafrika. Sie alle haben ein anständiges Leben, bevor sie auf unseren Tellern landen. Sie sind Teil unserer Ernährung, doch wir übertreiben es nicht. Bisher funktioniert das ohne Quote, die Leute sind ganz vernünftig."

Direkt nach den Stallungen kamen die Wohnhäuser. Teilweise waren die Häuser recht alt und einige wurden in Handarbeit restauriert. Sie erinnerten Linda an ihre niederländische Kleinstadt, wie sie sie noch aus Kindertagen vage in Erinnerung hatte. Sie hatte einen Kloß im Hals, der sich aber auf eine eigenartige Weise gut anfühlte.

„Das ist eines der vielen Dörfer, die im Zuge der Landflucht aufgegeben wurden. Durch sie haben wir nicht ganz bei null angefangen. Und inzwischen sind alle Berufsgruppen hier vertreten."

Im Dorfgemeinschaftshaus, einem riesigen Neubau komplett aus Holz mit Spitzdach saßen einige Familien beisammen, die sich unterhielten. Linda fiel sofort auf, dass die Erwachsenen unter ihnen alle Vernarbungen an den Unterarmen hatten, die erahnen ließen, dass dort „etwas" entfernt worden war. Man bot Linda einen

Platz an und dann aßen sie alle gemeinsam. Es war köstlich. Linda und Joris boten sich das „Du" an. Linda, die noch vor wenigen Stunden keine Ahnung von alledem hatte, fühlte sich pudelwohl. Sie hatte sich innerhalb kürzester Zeit in das Leben hier verliebt.

„Wenn ich euch helfe, euer Projekt öffentlich zu machen, wie geht es dann weiter? Man wird euch sofort räumen lassen."

„So einfach ist das nicht. Wir haben Juristen bei uns. Und Frau Dr. Rensch hat einen Dreh gefunden. Ich bekomme die Details nicht zusammen, doch es hängt mit einem Formfehler von 1975 zusammen, als das Oldenburger Land versuchte, ein eigenes Bundesland zu werden. Jedenfalls sind wir dadurch irgendwie unabhängig. Bei unseren Partnern gibt es andere Legitimationen. Du musst dir das vorstellen, einige haben wie zu Beginn des 20. Jahrhunderts getarnt als Gesangs- oder Sportvereine begonnen, um sich überhaupt treffen zu können." Beide lachten darüber.

„Jetzt wollen wir der Welt zeigen, wie es auch gehen kann. Bitte komm zu uns und hilf uns dabei. Ich sehe doch, dass du uns jetzt schon nicht mehr vergessen könntest."

Das stimmte und auch Joris selber hatte Eindruck auf Linda gemacht. Er nahm sie erneut bei den Händen.

„Werde unsere Sprecherin und Berichterstatterin. Wir brauchen jemanden wie dich."

Sie sahen einander lange schweigend an, bevor weitere Leute den Raum betraten. Ganz spontan saßen alle bis in die Nacht zusammen und hatten viel Spaß und außerdem selbstgebrannten Schnaps. Linda konnte bei Joris im Gästezimmer übernachten.

Am nächsten Morgen begleitete er Linda nach Oldenburg zurück. Auf der Rückfahrt ließ sie noch einmal alles sacken und sog die Umgebung in sich auf, erst die neue alte und dann die alte neue… Würde sich hier vielleicht durch ihre Mithilfe bald vieles ändern und auf die ganze Gesellschaft übergreifen?

Die ganze Fahrt über schwiegen sie. Erst beim Abschied sprach Joris sie an. „Ich höre von dir. Mit vollem Namen heiße ich übrigens Joris Stein." Linda nickte, umarmte ihn und ging zum Bahnhofsgebäude, ohne sich umzudrehen.

Ein Freund von Joris stellte sich neben ihn. „Sie ist wirklich nett. Ich hoffe trotzdem, wir haben gerade keinen großen Fehler gemacht."

Joris sah ihr weiter nach.

„Sie kommt zurück. Ich weiß, dass ich mich nicht in ihr täusche. Und das ist mir klar, seit ich von ihr weiß."

Er machte eine kurze Pause.

„Besonders schön wäre es natürlich, wenn sie vor allem wegen mir zurückwill."

Die beiden drehten sich gut gelaunt um und gingen langsam zum Schiff zurück, das wieder mit Kartoffeln beladen wurde.

24 Stunden später in Groningen

Soeben hatte Linda ihren Bericht über das internationale Portal abgeschickt, zusammen mit reichlich Bildmaterial. Nun würde es ein Selbstläufer werden – garantiert. Linda kannte die medialen Mechanismen. Die Büchse der Pandora war geöffnet. Sie sah sich in ihrer kargen Großstadtwohnung um – es gab hier nichts, was sie vermissen würde. Innerlich war sie schon ausgezogen. Ohne sich umzusehen, nahm sie ihren Rollkoffer und schloss die Tür. Nur auf der Treppe hielt sie inne und sah ihren Unterarm an, bevor sie schulterzuckend weiterging. Die hässliche Narbe würde sie nicht stören. Und Joris sicher auch nicht.

*Ulrike Wendt*

## CHI 12646 bekommt einen Namen

Sehr geehrter Herr Kanzler! Sehr geehrte Präsidentin der Federal Seatown Union!

Verehrte Abgeordnete des CHI 12646 Lokal- und des Unionsparlaments!

Ich begrüße ganz besonders alle Bürger unserer dynamischen Urbanisation. Dabei freue ich mich über alle Beiner und Armer, die hier vor mir stehen und sitzen.

Willkommen!

Ich bedanke mich für die physische Anwesenheit der Gehirneinheiten in ihren supragleitenden Mobiltransportern. Schön, dass ihr in so großer Zahl gekommen seid!

Ich sende meine herzlichen Grüße natürlich auch an die Erfassungseinheiten, die diese Rede auf ihren Intrabildschirmen in Echtzeit miterleben können. Viele von euch befinden sich hier um uns herum in den Rechnern der Produktions- und Kontrollgebäude. Ihr könnt nicht körperlich hier erscheinen, aber zum Zeichen eurer Teilnahme und Zustimmung werdet ihr nun unseren Treffpunkt hier am Zentralplatz in eine warme, sonnenlichtartige Beleuchtung versetzen, auf die wir wegen der Dauerbewölkung ja leider so oft verzichten müssen. Es ist ganz wunderbar! Wir danken dafür und sehen das erneut auch als Signal unserer Versöhnung und des Verzichtes auf jede Form der Aggression. Ich möchte es noch einmal betonen: Es ist ein ganz wunderbares Licht, wir alle danken euch von Herzen!

Als Magister dieser Stadt bin ich tief bewegt, wenn ich sehe, dass es gelungen ist, die Realisationen der drei Repräsentanzen unserer Seatown in so großer Zahl in diesem feierlichen und friedlichen Moment zu vereinen.

Seit 80 Jahren besteht nun Seatown CHI 12646. Nach den Rückschlägen und Bedrohungen der ersten Jahre ist unsere Stadt in den letzten 25 Jahren zu einer echten Erfolgsgeschichte geworden. Ich möchte noch einmal daran erinnern, dass unsere Seatown in der Folge der großen Explosionen eine der ersten, genau die vierte der mittlerweile 25 Ansiedlungen der Erde war, die den Versuch unternahm, auf dem verbliebenen Transozean neue Lebensbereiche zu erschließen und wieder real kommunizierende Wesen miteinander auf einer gemeinsamen Plattform in Kontakt zu bringen. Wie so oft brauchte es dazu in der ersten Stunde wenige Personen, die das Wagnis eines Neuanfanges auf sich nahmen. Die drei mutigen Gründer, Fadasius Green, Brukilda Sonderford und Kliduf Accin, schufen mit ihrem Ansatz der Energiegewinnung durch segelfliegende und schwimmende Generatoren den Anfang für eine Lebensgrundlage auf dem ersten Wohnponton. Sie nutzten die vorhandene Wind- und Wasserenergie mit den knappen, ihnen zur Verfügung stehenden Mitteln so geschickt, dass eine Weiterentwicklung der Ansiedlung möglich wurde. Die Verankerung und die dynamische Anpassung an die Meeresströmung unserer Ansiedlung blieb lange ein Problem, das jetzt überwunden ist. Letze Woche haben wir, wie Sie ja wissen, einen ganz neuen Stadtteil in Betrieb genommen. Damit haben wir jetzt in allen drei Bewohnergruppen bei uns einen Dauerbestand von je über 10.000 Einheiten zu verzeichnen. Stolz können wir sagen: Die verbliebene Erdbevölkerung kann sich wieder ein Stück weit sicher und mit einem gewissen Wohlstand ausgestattet auf diesem Planeten zu Hause fühlen.

Mit Überschreitung dieser Einwohnerschwelle haben Sie, Frau Präsidentin, uns das Recht verliehen, dieser Seatown einen eigenen, unverkennbaren Namen nach unseren Wünschen zu geben.

Wir wollen nun gleich gemeinsam diesen neuen Namen in unserem Breitsektortransjektor für alle hier auf der Erde aufleuchten lassen und auch nach traditioneller Art sowohl an unserem Einflugplatz wie auch an unserer Landebrücke die Aufschrift mit dem Stadtnamen erleuchten lassen.

Alle Bürger werden ab heute in ihren Identitätsnachweisen diesen Namen mit sich führen. Sie werden sich selbst als Bürger dieser Stadt so neu benennen. Damit wir haben das große Glück und die Freude, uns von dem technischen Begriff CHI 12646, der nichts anderes ist als die Produktionsnummer unseres ersten Zentralankers, loszusagen. Die erste Benennung geschah aus der Not, schnell einen Eintrag in das Unionsregister vornehmen zu müssen. Damals wusste niemand, was aus der Ansiedlung werden würde. Vermutlich haben daher alle Seatowns zunächst solche technischen Bezeichnungen als Namen erhalten.

CHI 12646 hat sich in einem teils sehr leidenschaftlich, aber waffenlos ausgetragenen Prozess am Ende doch noch auf einen Namen einigen können. Es war ein großes Glück, einen solchen Namen zu finden, der von allen Gruppen angenommen werden konnte. Zusätzlich steht er in einer tiefen inneren Verbindung zu CHI 12646. Die Bilder von den turbulenten Sitzungen unseres Parlaments haben wir alle noch vor Augen. Wir wollen sie nicht zu sehr beleben. Viel wichtiger ist doch die erfolgte Einigung. Zuletzt ergab die Abstimmung eine Zustimmung von 96% für den nun gefundenen Namen. Das ist ein Wert, der sich wahrlich nicht wird übertreffen lassen.

Wir danken besonders dem Direktor unseres neu gegründeten Meeresbodenforschungsinstitutes, Herrn Professor Tak Gleichsinn, für seine Unterstützung. Als wir im Entscheidungsprozess in eine Sackgasse geraten waren, hat er uns mit seinen Ideen vorangebracht. Er bahnte den Weg zur Erinnerung an das Vergangene. Es ist so wichtig, dass nicht in Vergessenheit gerät, woher wir alle kommen.

Besonders die Armer und Beiner, aber auch Gehirn- und die Erfassungseinheiten sind in exklusiver Art mit dem Namensgeber unserer Stadt verbunden. Die Lösung lag so nah, vielleicht zu nah, um sie rasch zu finden. Sie liegt nämlich genau hier, etwa 245 Meter tief unter uns auf dem Meeresboden. Es war kein Zufall, dass Green, Sonderford und Accin diesen Ort für die Zentralanker von CHI 12646 wählten. Brukilda Sonderford hielt die Erinnerung an ihre in der Folge der Explosionen ertrunkenen Vorfahren stets wach. Sonderfords Urahnin war die berühmte Professorin für Kernphysik, Guski Sonderford, die an der Universität der Stadt Oldenburg forschte. Auch wenn das niemals schriftlich niedergelegt wurde, befinden sich unsere Zentralanker nicht zufällig dort, wo früher Oldenburg lag. Oldenburg befand sich am Schnittpunkt der Koordinaten: 53 Grad, 14 Minuten nördlicher Breite und 8 Grad 21 Minuten östlicher Länge. Das sind die Koordinaten, die heute die Lage von CHI 12646 beschreiben.

Diese Stadt Oldenburg, deren Ruinen unter uns, getrennt durch die tiefen Wasser des Transozeans, liegen und mit der uns die Koordinaten von Längen- und Breitengrad verbinden, soll fortan unser Namensgeber sein.

Das ist für uns eine besondere Ehre, weil Oldenburg eine außerordentlich weltoffene, lebendige und naturverbundene Stadt gewesen sein soll.

Gerade deshalb wollen wir den Namen dieser Stadt für unsere Seatown als Erinnerung und als Verpflichtung übernehmen.

Damit wir alle ein wenig mehr über unsere so tragisch untergegangene Namensgeberin, unsere Patenstadt Oldenburg, wissen, möchte ich kurz auf das eingehen, was sich dort vor nun fast genau 250 Jahren zugetragen hat. Sie alle kennen aus dem Matrialunterricht die Berichte von den großen Explosionen und ihren Folgen. Oldenburg versank wie alles damals ohne Rettung in den Fluten des Meeres.

Wenn man aber genauer in die Vergangenheit blickt, wird deutlich, dass die furchtbare Katastrophe nur das Ende einer schrecklichen Entwicklung war, aus der wir nur lernen können.

Diese Katastrophe trug sich ja im Jahre 2035 zu. Die Erde verfügte noch über große, besiedelte Landmassen. Dann ereigneten sich, wie wir wissen, die schrecklichen Explosionen, in deren Folge es zum völligen Umkippen des Erdklimas mit Abschmelzen aller Eisbestände kam, zu Unwettern, Überschwemmungen und der Ausdehnung der Ozeane auf das heutige Ausmaß zum erdumspannenden Transozean. Sie alle wissen, dass damals fast alle Lebewesen auf der Erde verstarben, dass die Sauerstoffkonzentration wegen des Verlustes der Pflanzen dramatisch absank. Aber bei genauerer Betrachtung hatte alles schon viel früher begonnen. Schon mit der Wende zum 21. Jahrhundert war das Zeitalter der Economokratie eingeläutet worden. Economokratie bedeutete den Sieg der Wirtschaft über die Politik. Es ging den humanoiden Bewohnern, damals waren es ausschließlich Armer und Beiner, darum, möglichst viele Dinge zu besitzen, möglichst viel zu reisen und die Völlerei in jeder Hinsicht zu pflegen. Die Erkenntnis, dass jede der Verhaltensweisen das Konzept des slow-acting-planets aus dem so empfindlichen Gleichgewicht bringen konnte, war den Armern und Beinern vielleicht theoretisch bewusst, aber sie handelten nicht danach. Das, was sich dann entwickelte, können wir uns heute kaum noch vorstellen. Es wurde Raubbau an der Erde in jeder nur denkbaren Form getrieben. Den Gehirnern tut es sicher wegen der extremen Plastizität ihrer Bildentwicklung ganz besonders weh, wenn sie daran erinnert werden, wie die Tiere in unwürdigen Ställen zum Tod gemästet wurden, wie Massen von Flugzeugen mit darin eingepferchten Reisenden durch die Gegend katapultiert wurden, um alsbald wieder sinnlos in die Gegenrichtung zu jagen, wie die Armer und Beiner mit abgasschwangeren Bodenfahrzeugen aus nichtigsten Anlässen weite Wege zurücklegten. Es gab keine Beschränkungen, keine Kontrollen. Im Gegenteil, die Armer und Beiner hatten von sich den Eindruck, in irgendeiner Weise besonders fortschrittlich zu sein, wenn sie dem Fraß und der Reiserei besonders intensiv nachgingen. Die Tierställe wurden immer größer, die Fahrzeuge immer sperriger und damit ihr Abgasausstoß immer intensiver, manche Menschen wohnten so weit von ihrem Arbeitsplatz entfernt, dass sie täglich dorthin mit einem Flugzeug flogen. Manche Menschen bewegten sich mit Helikoptern von einem Gebäude zum anderen, weil sie glaubten, dadurch Zeit zu sparen. Ja, ich höre Ihre Ablehnung. Solche Dinge sind für uns heute unvorstellbar. Damals aber war das ganz normal.

Wie nachhaltig und irreparabel die Grundstruktur der Erde mit diesem Verhalten zerstört wurde, mussten die Humanoiden erst selbst erleben. Dass sie damit zusätzlich ungewollt den Parasiten eine optimale Lebensgrundlage verschafften, haben sie auch nicht begriffen. Der erste Schock in diesem Sinne war die große Viruspandemie im Jahre 2020. Oldenburg kam noch recht gut davon, aber bereits 2022 folgte das wesentlich aggressivere Virus SARS Co 22. Dann kam die Pandemie mit dem Unfruchtbarkeit hinterlassenden Virus SARS Co 27. In Oldenburg zeigte sich, so wissen wir aus alten Texten, Widerstand. Bürger versuchten, im letzten Moment Vernunft in die Lebensgewohnheiten einkehren zu lassen. Niemand auf der Erde beachtete das.

Die Erdbevölkerung schrumpfte zwar, aber die Ressourcenverschwendung lief weiter, bis dann vor 250

Jahren das Kraftwerk Brunkjun 18 durch Überlastung und in der Folge nachlässiger Wartung explodierte. In einer Kettenreaktion detonierten die damit verbundenen Kraftwerke Brunkjun 4 bis 17, sodass es zu seismischen Verwerfungen an der empfindlichen asiatischen Kontinentalplatte kam und nach einer zusätzlichen großen Explosion die Erde sich auftat und der Vulkan Erkratu entstand. Erkratu war eine noch größere Katastrophe für die Erde als sein Namensvetter Krakatau es zuvor gewesen war. Erkratus Aschewolke zog hoch in die höchsten Höhen der Erdatmosphäre. Ascheregen war selbst in entferntesten Gegenden zu verzeichnen. Die Sonne war kaum noch zu sehen. Das Klima kippte in kürzester Zeit. Das geschmolzene Eis der Polkappen brach in einer Flutwelle über alle Barrieren.

Was bedeutete das alles für Oldenburg?

Damals versank alles, und damit natürlich auch unsere Patenstadt Oldenburg mit allem, was sich darin befand, in dieser riesigen Flutwelle. Das ist leicht gesagt. Wir wollen aber in diesem Moment gemeinsam an die damals noch über 100.000 Einwohner von Oldenburg denken, an die Kinder, die Alten, diejenigen, die einfach nur ihr Leben lebten, vielleicht ihr Glück in ihrer Familie gefunden hatten. Der Ertrinkungstod ist furchtbar. Von einem auf den andern Tag wurde alles vernichtet, überschwemmt, ausgelöscht.

Professor Tak Gleichsinn entdeckte mit seiner Meeresbodenforschungsgruppe in einem Hohlraumcontainer unter anderem einige Oldenburger Tageszeitungen aus der damaligen Zeit. Darin fanden sich Berichte aus dem Alltag. In diesen Berichten erfahren wir von einem regen kulturellen Leben. Die Stadt hatte mehrere Theater, eine Universität und nicht zuletzt eine Gruppe von hochkreativen Schriftstellern, dem Leseforum, deren Texte auch heute noch beeindrucken. Oldenburg war eine Oase des Glücks, die auf furchtbare Weise durch das humanoide Missmanagement unrettbar unterging.

Wie es danach weiterging, wissen wir alle. Nach der Zeit des Untergangs, des Verlustes und des Chaos begann langsam der Versuch, zu retten, was noch zu retten war. Man stieg auf Metakommunikation um, die verbliebenen Individuen generierten unsere geschätzten Mitbewohner, nämlich virtuelle oder ausschließlich cerebral als Gehirne repräsentierte Individuen, um die nun dauerhaft knappen Sauerstoffvorräte nicht zu zerstören. Seitdem muss die Zahl der Armer und Beiner streng begrenzt bleiben, um das nun wirklich enge Gleichgewicht der Erde nicht in Gefahr zu bringen. Gleichzeitig müssen wir, und auch das ist so wichtig, dass es immer und immer wieder gesagt werden muss, unsere lieben Pflanzen pflegen, hüten und schützen, denn sie sind uns als unkomplizierte Sauerstofflieferanten von unschätzbarem Wert.

Trotz der vorangegangenen Katastrophe haben wir den Mut und die Kraft gefunden, in den 25 Seatowns Orte des Zusammenlebens zu wagen. Orte, in denen wir aufeinandertreffen können, um uns zu sehen, uns aufsuchen und auszutauschen.

Wir wollen nicht nur den Namen der Stadt Oldenburg übernehmen, sondern wollen auch deren Geist des glückvollen kulturellen Lebens und des Mutes zum Widerspruch hier bei uns erblühen lassen. Wir wollen friedlich miteinander leben und unsere Streitigkeiten ohne Drohungen und ohne Anwendung von Spleisstranskriten austragen. Wir wollen unsere Waffen niederlegen und das gemeinsame Leben pflegen und hüten.

Besonders stolz bin ich, dass sich hier bei uns nun auch eine Schriftstellergruppe nach dem Vorbild unserer Partnerstadt gegründet hat, die sich „Die Oldenburger" nennt.

Liebe Zuhörerinnen und Zuhörer! Unsere Seatown soll von diesem Augenblick an Oldenburg heißen.

Möge Oldenburg blühen und gedeihen!

Mögen unsere Bewohner sich mit Stolz und Freude von nun an „Oldenburger" nennen!

Mögen alle Armer und Beiner, die Gehirner und die Erfassungseinheiten in friedlicher Weise hier leben und sich treffen!

Möge Oldenburg und unsere Gemeinschaft unter Erhalt und Pflege unseres Planeten blühen und gedeihen!

Wir wollen von nun an in jedem Jahr an diesem Tag eine Feierstunde genau hier an diesem Ort abhalten, um unsere Gemeinschaft zu ehren und an die zu denken, die in der schrecklichen Katastrophe in unserer Patenstadt Oldenburg sinnlos ihr Leben lassen mussten.

Für den ersten Jahrestag der Namensgebung hat unsere Schriftstellergruppe die Idee, einen Schreibwettbewerb auszuschreiben. Jede Oldenburgerin und jeder Oldenburger kann sich bis zum Ende des Jahres daran beteiligen.

Wir freuen uns schon jetzt auf die Verlesung der besten Geschichten zum Thema: „Oldenburgs Vergangenheit" genau hier in einem Jahr.

Frau Präsidentin! Bitte schalten Sie nunmehr die Stadttafeln frei und öffnen damit den Weg für Oldenburg in eine glückliche Zukunft.

# Die Autorinnen und Autoren

## Axel Berger

Axel Berger wurde 1971 in Bremen geboren. Er ist Publizist, Werbetexter sowie Gründer und Mitinhaber der Werbeagentur Mangoblau. Mit seiner Lebensgefährtin Marlies Mittwollen und seinen Hunden Campari und Jezy lebt und arbeitet er überwiegend in Oldenburg. www.axelberger.com

*Veröffentlichungen u.a.:*
*„Der Fallensteller" (Krimi, Schardt Verlag, Oldenburg 2013)*
*„Der Grabräuber" (Krimi, Schardt Verlag, Oldenburg 2014)*
*„Der Eindringling" (Krimi, Schardt Verlag, Oldenburg 2015)*
*„Der Todesbote" (Krimi, Schardt Verlag, Oldenburg 2017)*
*„Der Feuerteufel" (Krimi, Schardt Verlag, Oldenburg 2019)*

## Manfred Brüning

Manfred Brüning wurde 1944 in Bad Salzuflen geboren. Der gelernte Schlosser wurde später Diakon, arbeitete 27 Jahre als Pastor einer evangelischen Kirchengemeinde in Ostfriesland erlebt jetzt seinen Ruhestand im Ammerland. Nachdem er mehr als tausend Predigten geschrieben hat, begann er Krimis zu verfassen. www.manfred-bruening-autor.de

*Veröffentlichungen u.a.*
*„Gnadenlose Engel" (Krimi, Prolibris Verlag, Kassel, 2012)*
*„Teuflische Stiche" (Krimi, Prolibris Verlag, Kassel, 2013)*
*„Tödliche Mauern" (Krimi. Schardt Verlag, Oldenburg, 2015)*
*„Die Tote im Hinterhaus" (Krimi, Schardt Verlag, Oldenburg, 2018)*

## Oliver Bruns

Oliver Bruns, Jahrgang 1967, kommt aus Bremen und wohnt seit 10 Jahren in Oldenburg. Er arbeitet als Key-Account-Manager für ein Hamburger Software-Unternehmen. Seit einigen Jahren ist er als Autor und Herausgeber in Erscheinung getreten. Seit 2020 ist er Mitglied des Leseforum Oldenburg e.V.
www.oliverbruns.online

*Veröffentlichungen u.a.:*
*„Wundgelegen – 40 Hintergründe, Einsichten und Tipps zum unterschätzten Lebensrisiko Pflege" (Mitautorenschaft, Stuttgart 2013.*
*„Gesundes vom Chef – 40 politische, juristische und kundenorientierte Argumente für die betriebliche Krankenversicherung" (Mitautorenschaft, Stuttgart 2014)*
*„Aus gutem Grund" (Gedichte und Texte, Norderstedt 2016)*
*„Weil Du es wert bist" (Gedichte, Texte und eine Kurzgeschichte mit Aquarellen von Sylke Wanschura, Norderstedt 2018)*
*„An der Stromschnelle wird das Wasser reißend und laut" (Gedichte, Texte und Absurditäten. Mit Aquarellen von Sylke Wanschura, Norderstedt 2020)*

## Barbara Delvalle

1961 geboren in Bad Homburg v.d.H.; aufgewachsen in Fellbach bei Stuttgart; 1989 Diplomabschluss Biologie-Studium; dann Umweltberaterin und danach Redakteurin bei einer Umweltzeitschrift in Stuttgart; seit Geburt des Sohnes im Jahr 1994 bis 2000 als freischaffende Journalistin tätig, 1995 Umzug in den Norden; 1996 Umzug nach Oldenburg, seit 2000 Pressereferentin im Klinikum Oldenburg.

*Veröffentlichungen:*
*„Die Suche oder: Mama, mir geht es gut!"* *(Kurzgeschichte, veröffentlicht im Hörbuchprojekt „Mütter und Töchter – Töchter und Mütter", Oldenburg 2009)*
*2009: „Mediziner im Weltall – Esperanza in Gefahr"* *(Kurzgeschichte Science-Fiction in Anthologie Boa Esperanca bei ANDRO SF, 2009)*
*„Die Heukeroth-Schwestern"* *(Roman; Isensee Verlag, Oldenburg 2017)*

## Sylvia Didem

Sylvia Didem wurde 1947 geboren, hat eine Ausbildung zur Augenoptikermeisterin gemacht und hat dann 37 Jahre in dem Beruf gearbeitet. Seit 1999 ist sie Mitglied der Oldenburger Sternfreunde. Aus Interesse an der Astrophysik studierte sie von 2001 bis 2009 Physik an der Universität Oldenburg. Nach Eintritt ins Rentenalter schrieb sie ihr erstes Buch, ein Star Trek Fan Fiction-Buch und danach eine Science-Fiction Trilogie und Kurzgeschichten aus England. Sylvia Didem lebt in Oldenburg.

*Veröffentlichungen:*
*„Die Chance – Reise durch Raum und Zeit"* *(Science-Fiction, Brighton Verlag, Framersheim 2015)*
*„Jenseits von Rot das Blau"* *(Science-Fiction, Brighton Verlag, Framersheim 2015)*
*„Der Weg zurück – Geschichte einer Heimkehr"* *(Science-Fiction, Brighton Verlag, Framersheim, 2016)*
*„Der Rettungsanker"* *(Kurzgeschichte, Anthologie des Leseforum Oldenburg, Schardt Verlag, Oldenburg 2016)*
*„Das verschwundene Manuskript"* *(6 Kurzgeschichten, Brighton Verlag, Framersheim, 2019)*

## Rainer Gavelis

Rainer Gavelis wurde 1979 in Oldenburg geboren, wo er auch heute lebt. Er ist verheiratet und arbeitet als Mediengestalter und Web-Entwickler in einer Oldenburger Werbeagentur. Rainer Gavelis hat seit seiner Kindheit mit Computern zu tun und ist nach wie vor fasziniert von immer neuen Technologien. Aus seiner Sicht ist der verantwortungsvolle Umgang mit aktuellen und sich neu entwickelnden Möglichkeiten in der digitalen Welt eine besondere Herausforderung für die heutige und die kommenden Generationen. Deshalb ist für ihn das Schreiben zukunftsnaher Geschichten ein weiterer Weg, neue Welten zu erschaffen. Seit 2020 ist er Mitglied des Leseforum Oldenburg e.V.

## Rolf Glöckner

Rolf Glöckner wurde 1945 im heutigen Georgsmarienhütte geboren. Mit einem Faible für Astronomie und Astrophysik führte ihn sein beruflicher Weg über mehrere Stationen letztendlich zu IBM Global Services und zu Einsätzen in Deutschland und in Europa führte.
Im Ruhestand begann er, sich intensiv mit der Astronomie, der Astrophysik und der Astrofotografie auseinanderzusetzen und Fantasy zu schreiben. Reisen führten ihn unter den Sternenhimmel von Namibia, von denen er faszinierende Fotos mitbrachte. Rolf Glöckner lebt in Oldenburg, ist verheiratet und hat einen Sohn, der inzwischen seine eigene kleine Familie gegründet hat.

*Veröffentlichungen:*
*„Spiegelwelten Die zwölf Bücher" (Fantasyroman, Selbstverlag, Oldenburg, 2017\*)*
*„Spiegelwelten Der Kristallkrieg" (Fantasyroman, Selbstverlag, Oldenburg, 2017\*)*

*„Spiegelwelten Das Hexenschloss"* (Fantasyroman, Selbst-
verlag, Oldenburg, 2017\*)
*„Spiegelwelten Tod im Ton",* (Fantasythriller, Selbstverlag,
Oldenburg, 2018\*)
*„Bist Du denn schon einen Meter groß?"* (Erlebnisse aus
Kinder- und Jugendzeit, Selbstverlag, Oldenburg, 2017)
*\* Nach Trennung vom Verlag neu herausgegeben*


## Katja von der Heide

Katja von der Heide ist 49 Jahre alt und lebt in Oldenburg. Die Erzieherin und Heilpädagogin arbeitet mit
Kindern mit Beeinträchtigungen im PTZ. Geschichten
zu erfinden, weiter zu spinnen, vor allem gemeinsam
mit Kindern, konnte sie schon immer begeistern. Die
Resonanz, die einem von Kindern entgegengebracht
wird, ist immer eine ehrliche und auf das Geschriebene
eine reflektierende.

*Veröffentlichungen:*
*„Gedichte: Lyrik und Prosa"* (Selbstverlag, 2020)


## Andreas van Hooven

Andreas van Hooven, 49, hat für eine Nachrichtenagen-
tur in Berlin gearbeitet und die Pressearbeit zweier
Städte verantwortet. Seit 2018 leitet er die Wahlkreisbü-
ros eines Bundestagsabgeordneten. Der promovierte
Musikwissenschaftler lebt mit seiner Familie in Oldenburg. Aktuell arbeitet er an einem Erzählungsband unter dem Titel „Über dem Cäcilienpark".
www.van-hooven.de

*Veröffentlichungen:*
*„Stadt der Platanen" (Roman, BoD, Norderstedt 2016)*
*„Klangkörper" (Roman, BoD, Norderstedt 2017)*
*„Keine Götter im Himmel" (Musik-EP zum Roman Klang-*
*körper, recordJet, Berlin 2018)*
*„Alles ringsum Sichtbare" (Roman, BoD, Norderstedt 2020)*

## Anita Jurow-Janßen

Anita Jurow-Janßen, geboren in Varel/Niedersachsen, hat in verschiedenen Abteilungen eines Amtsgerichts gearbeitet. 2007 begann sie mit dem Schreiben und veröffentlichte einige Kurzgeschichten und Gedichte. Darauf folgten Romane, Krimis und ein Psychothriller. 2015 zog sie nach Oldenburg und hat sich dem Leseforum Oldenburg e.V. angeschlossen.
www.anita-jurow-janssen.de

*Veröffentlichungen u.a.:*
*„Toxicus" (Thriller, tredition GmbH, Hamburg, 2017)*
*„Das Maßband" (telegonos-publishing, Frielendorf, 2018)*

## Veith Kanoder-Brunnel

Veith Kanoder-Brunnel, geb. 1973, schreibt hauptsächlich experimentelle Phantastik und versucht, das Ernsthaft-Anspruchsvolle mit dem Spannend-Unterhaltsamen zu mischen. Außerdem hat er eine Vorliebe für Metaebenen, skurrilen Humor und die Alltäglichkeit des Absurden. Er ist unter dem Kürzel V.K.B. im Schriftstellerforum dsfo.de anzutreffen. Zurzeit arbeitet er am zweiten Band einer Romanreihe mit dem Titel „Der Vergessene Großvater".

*Veröffentlichungen:*
*„Herr Katsu besucht eine Stadt ohne Hunde" (Kurzge-schichte, Anthologie „Der Pakt der Seherin", Hybrid Verlag, Homburg 2019)*
*„High Ground (Kurzgeschichte, Anthologie ›Vollkommen-heit", Hybrid Verlag, Homburg 2018)*

## Karl-Heinz Knacksterdt

Karl-Heinz Knacksterdt hat erst nach dem Eintritt in das Rentenalter seine Liebe zum Schreiben romanhafter Literatur entdeckt. Geboren 1941. Aufgewachsen in Hildesheim. Gymnasium, anschließend Dienst in der Bundeswehr. Ausbildung zum Softwareentwickler. In seiner beruflichen Tätigkeit hat er sich vier Jahrzehnte lang mit der Informationsverarbeitung (IT) befasst. Seit mehr als 55 Jahre mit seiner Frau Annelie verheiratet; zwei erwachsene Kinder und zwei Enkel gehören zur Familie. www.khkold-autor.jimdo.com

*Veröffentlichungen:*
*Trilogie „Frauen der Bibel", (3 Romane, BoD Norderstedt 2014 – 2017)*
*„im schwarzen kokon" (Roman, BoD Norderstedt 2017)*
*„Im Netz der Algorithmen" (Roman, BoD Norderstedt 2018)*
*„Der Soldat Jeremy Martinsen" (Roman, BoD Norderstedt 2019)*
*„2039 – Robot's Welt" (Roman, BoD Norderstedt 2020*

## Ursula Kroon

Ursula Kroon wurde 1961 in Oldenburg geboren. Sie verheiratet, hat vier erwachsene Kinder und lebt mit ihrem Mann im beschaulichen Westerstede. Seit meiner Kindheit schreibt sie, wobei sie u.a. zahlreiche Artikel für die NWZ verfasst hat. Zudem fotografiert sie gerne – immer auf der Suche nach dem besonderen Moment. Ihre große Leidenschaft gilt der Kurzgeschichte und die Zeit, die ihr neben ihrem Beruf als Lehrerin bleibt, nutze ich gerne zum Lesen und Schreiben. Ihre erste Kurzgeschichte veröffentlichte sie 2015. Seit 2020 bin ich im Leserforum, um mit Gleichgesinnten Erfahrungen auszutauschen und ihre Arbeiten kennenzulernen.

## Marlies Peters

Marlies Peters lebt in Oldenburg und hat sich nach langer Beschäftigung mit Malerei dem Schreiben von Kurzgeschichten, Alltagsbeobachtungen und Reiseerzählungen zugewandt. Sie arbeitet Familiengeschichte auf und befasst sich mit dem Thema, wie Menschen in den Nationalsozialismus und in den Zweiten Weltkrieg hineingezogen wurden und welche Auswirkungen das auf ihre Biografien hatte.

*Veröffentlichungen:*
*„Als die Sommer noch richtig lang waren" (Autobiografie, Isensee Verlag, Oldenburg 2015)*
*„Mein Herz, mach Frieden" (Roman, Isensee Verlag, Oldenburg 2019)*

## Hanna Seipelt

Hanna Seipelt, geboren am 1944 in Elbing/Westpr., hat nach abgeschlossenem Psychologie-Studium und Zusatzausbildungen viele Jahre als Psychotherapeutin gearbeitet. Nach Eintritt in den Ruhestand im Jahr 2008 hat sie dann das Schreiben begonnen und inzwischen verschiedene Bücher veröffentlicht.

2014 gründete sie gemeinsam mit anderen Autor*innen das Leseforum Oldenburg e.V. Dort arbeitet sie aktiv im Vorstand als Schriftführerin mit.
www.hanna-seipelt.de

*Veröffentlichungen u.a.:*
*„Das kleine Gespenst vom Swarte-Moor-See" (Isensee Verlag Oldenburg 2008)*
*„Das Gespenst vom Bürgerbusch" (Isensee Verlag Oldenburg 2009)*
*„Das Gespenstermädchen von der olden Burg" (Isensee Verlag Oldenburg 2010)*
*„Neue Oldenburger Sagen" (Isensee Verlag Oldenburg 2015)*
*„Dreh'dich nicht um, der Plumpsack geht rum ... Kindheit in Oldenburg in der Nachkriegszeit" (Isensee Verlag Oldenburg 2016)*

## Ilka Silbermann

Ilka Silbermann wurde 1957 in Kamen NRW geboren. In Hessen lernte sie ihren Mann, einen Deutschmexikaner, kennen und brachte dort ihre zwei Kinder zur Welt. 1995 zog sie mit ihrer Familie aufs Land nach Ostfriesland. Dort bereicherten zahlreiche Tiere, wie Hunde, Katzen, Pferde, Enten und Hühner ihr Leben. Bis heute lebt und arbeitet sie dort als Autorin von Romanen, Kurz- und Kindergeschichten und hält Lesungen ab.
www.ilka-silbermann.de

*Veröffentlichungen:*
*„Frieden, Glück, Heimat" (Anthologie des Leseforums Oldenburg, Schardt Verlag, Oldenburg 2016)*
*„Herz im Netz" (Ostfriesland Romanze, Burg Verlag, Rehau 2018)*

*„Willi, das Weihnachtswichtelkaninchen"* (Kindergeschichte, Burg Verlag, Rehau 2018)
*„Eigentlich Prinzessin"* (nach einer wahren Begebenheit, Burg Verlag, Rehau 2019)
*„Meines Mannes Rippe – die bin ich oder ich möcht' so gern an Engel glauben"* (Kurzgeschichten, Burg Verlag, Rehau 2020)

## Dirk Sutor

Der Oldenburger Dirk Henning Sutor (40) begann wie viele andere auch mit Gedichten, bevor er sich 2016, angeregt durch eine Ausschreibung, dem Schreiben von Kurzgeschichten annahm. Seitdem konnten zwei dieser Kurzgeschichten Wettbewerbspreise erzielen, während Sutor seinen ersten Roman fertiggestellt und im Eigenverlag veröffentlicht hat. Er ist Technischer Mitarbeiter in der Unfallrekonstruktion und Vater einer Tochter.

*Veröffentlichungen:*
*„Der Pate von Wardenburg"* (Kurzgeschichte der Anthologie *„Tatort Wardenburg Teil 8"*, Wettbewerb der Gemeinde Wardenburg 2017)
*„Wettlauf mit dem Kreis des Lebens"* (Kurzgeschichte zur Anthologie *„Das Tambacher Liebespaar"* zum Wunderwasser-Krimipreis, Verlag Tasten und Typen, Tambach-Dietharz 2019)
*„Der Pate von Stormberg"* (Roman, Eigenverlag, Oldenburg, 2019)
*Wettbewerbsbeitrag zur Aphorismen-Anthologie „Streitbar und umstritten" des Fördervereins DAphA (Hattingen, 2020)*

## Ulrike Wendt

Geboren in Kiel, lebt die Autorin seit mehr als drei Jahrzehnten im Nordwesten. Ebenso lange war sie als Ärztin im für Psychosomatik und Psychotherapie tätig. Privat befasst sie sich intensiv mit dem Verfassen von Texten unterschiedlicher Genres wie auch mit der Medizingeschichte. In beiden Bereichen ist ihr der regionale Bezug besonders wichtig. Sie ist Gründungsmitglied der Oldenburger Kinderbuchautorinnengruppe „Kato".

*Veröffentlichungen u.a.:*
*„Dos pintele jid" (Akamedon Verlag, 2014)*
*„Oskarsholm" (Roman, Schardt Verlag 2010)*
*„Warum die Insel Wangerooge wie ein Seepferdchen aussieht" (Isensee Verlag, Oldenburg 2010))*
*„Warum die Insel Wangerooge früher vielleicht von Elchen bewohnt war" (Isensee Verlag, Oldenburg 2011)*
*„Wie Brünne von Torsholt das Ammerland rettete" (Eigenverlag 2017)*